우리가 함께
달릴 때

SIDETRACKED

다이애나 하먼 애셔 장편소설 이민희 옮김

우리가 함께 달릴 때

창비

어머니께
—다이애나 애셔

차
례

일러두기

1. 본문의 주는 모두 옮긴이의 것입니다.
2. 본문의 고딕체는 원서에서 이탤릭체로 강조한 부분입니다.

1장

/

"프리드먼!"

나는 눈을 뜨고 고개를 들었다. 드살보 선생님이 내 쪽으로 터벅 터벅 걸어오고 있었다.

"저요?"

선생님이 내 앞에 서더니, 팔짱을 끼고 축구장을 눈으로 훑었다.

"여기 다른 프리드먼은 없는 것 같은데."

엄밀히 말하면 그건 사실이 아니다. 티파니 프리드먼도 있으니 까. 하지만 티파니는 이름 철자가 나와 미묘하게 다르다. 게다가 여자다.

"프리드먼."

선생님이 다시 불렀다.

"거기서 뭐 하니?"

"음……, 수비요?"

"골대 뒤에서 말이니?"

골문 네트를 보았다. 그렇군. 확실히 내 앞에 있다.

"도대체 왜 그래, 프리드먼? 뭐가 무섭니?"

나는 '혓바닥처럼 빨간 피망으로 속을 채운 그린 올리브'라고 말하고 싶었다. '말린 자두, 흡혈박쥐, 거리 청소 기계'라고 말하고 싶었다. 실은 '찰리 캐스트너'라고 말하고 싶었다. 딱 일 분 전, 그 녀석이 자연 다큐멘터리에 나오는 성난 버펄로처럼 광기 어린 눈빛으로 나를 향해 돌진했다. 그래서 나는 7학년 첫 체육 시간에 두 손으로 머리를 감싼 채 골대 뒤에 쭈그리고 있었다.

하지만 그 대신 이렇게 말했다.

"아무것도 아니에요."

"아무것도 아니라. 좋아."

드살보 선생님은 골대 뒤로 오더니 두툼한 손을 내 등에 얹고서 나를 필드 한가운데로 데려갔다.

"그럼 빠릿빠릿 움직여, 프리드먼. 공 피해 다니지 말고."

아까부터 속이 울렁거렸지만, 간신히 대꾸했다.

"알았어요."

드살보 선생님은 필드 반대편으로 성큼성큼 걸어갔다. 선생님이 호루라기를 불자 경기가 다시 시작됐다.

"프랭크, 나 너희 팀이야?"

내가 프랭크 말도나도에게 묻자, 프랭크는 농담하냐는 듯 나를 바라봤다. 농담 아닌데.

"어, 하필."

프랭크가 말했다.

"어떻게 알아?"

"팀 조끼 보고?"

프랭크는 내가 당연히 알 것이라는 듯이 대꾸했다.

주위를 둘러보았다. 아이들 가운데 절반 정도가 등 번호가 적힌 파란색 조끼를 입고 있었다.

"아, 그러네. 고마워."

나는 선생님이 보고 있을까 봐 다른 아이들처럼 이리저리 움직였다. 하지만 역시나 선생님은 나에 대해 까맣게 잊은 듯했다. 나는 어물쩍 사이드라인으로 빠졌다. 회색 다람쥐 한 마리가 눈에 들어왔다. 다람쥐답게 촐싹거리며 먹이를 찾아 돌아다니고 있었다. 다람쥐는 통통한 갈색 단풍나무 씨앗 하나를 주워 들었다. 천사의 날개처럼 생긴 씨앗을 작고 뾰족한 앞발로 움켜쥐더니 깨물기 좋은 곳을 찾아 요리조리 돌렸다.

별안간 다람쥐가 움직임을 멈췄다. 몸을 꼿꼿이 세운 채 내 뒤를 뚫어져라 바라봤다.

그 순간, 나도 얼어붙었다. 발밑에서 땅이 흔들리고 있었다. 무슨 일인가 해서 뒤를 돌아보니, 중학생 스물네 명이 축구장을 가르며 달려왔다. 선두에 선 찰리 캐스트너는 미친 듯이 공을 몰며 곧장 내게로 향했다.

이번에는 도망칠 곳이 없다. 그저 다가올 충격에 대비하고 추수감사절까지는 낫기를 바라는 수밖에.

곧 박살 나서 땅에 처박힐 줄 알았는데, 찰리의 두 다리가 기적처럼 거꾸로 붕 떠올랐다. 땀에 젖은 커다란 몸이 공중에서 휘청했다. 마치 영원처럼 느껴지던 그 순간, 찰리가 그대로 잔디에 쿵 떨어졌다. 누가 찰리 캐스트너를 들이받고 공을 빼앗은 것이다.

어떤 여자애가.

그 아이는 눈 깜짝할 사이에 내 곁을 지나갔다. 어찌나 가까웠던지 그 아이 머리카락이 내 얼굴을 찰싹 때렸다. 다른 여자애들처럼 머리를 포니테일로 묶지 않아서, 머리카락이 마구 휘날렸다. 공은 찰리의 집요한 발에서 드디어 해방됐다는 듯이 그 아이 앞에서 경쾌하게 굴렀다. 그 낯선 여자애는 방향을 틀어 상대 팀 골대를 향해 질주했다. 하마터면 찰리가 때려눕힌 내 시체를 우르르 밟고 지나갈 뻔한 아이들도 일제히 방향을 바꾸어 그 뒤를 쫓아갔다.

찰리는 두고 보자는 듯이 나를 쏘아보고는 벌떡 일어나 그 아이를 뒤쫓았다. 그러나 따라잡기에는 역부족이었다. 여자애는 덩치가 컸다. 뚱뚱한 게 아니라, 키가 크고 강했다. 무엇보다, 빨랐다. 남자애들보다도, 그 누구보다도.

어느새 그 여자애는 상대 진영을 돌파했다. 이제 막을 수 있는 사람은 빌리 헤이워드뿐이었다. 작지만 다부진 빌리가 홀로 골대 쪽을 수비하고 있었다. 빌리는 공을 빼앗거나 발을 걸거나 아니면 둘 다 하려고 다리를 뻗었지만, 그 여자애가 골반으로 빌리를 픽 쳤다. 아까 찰리도 그렇게 나가떨어진 모양이었다. 빌리는 공중으로 1미터 가까이 날아올랐다. 마치 토네이도가 빌리의 몸을 휘리릭 감아올렸다가 패대기치는 것 같았다.

남자애들은 우뚝 서서 보고만 있었다. 여자애들은 낯선 여자애를 향해 눈을 흘겼다. 자기들이 좋아하는 빌리가 바람 빠진 공처럼 나가떨어진 모습이 기꺼울 리 없었다. 최후의 방어선이었던 빌리마저 잃자 골키퍼 샐리 맥나마라의 얼굴이 극심한 공포로 물들었다. 샐리는 단 한 발짝도 떼지 못했다. 공이 네트 안으로 날아들 때까지.

골이었다. 하지만 환호성을 지르는 사람은 아무도 없었다.

드살보 선생님이 호루라기를 불었다.

"다들 뭘 멍하니 보고 있어?"

선생님이 소리를 질렀다. 아무도 대꾸하지 않았지만, 답은 뻔했다. 다들 그 낯선 여자애한테서 눈을 못 떼고 있었으니까. 여기서 가장 눈치 없는 사람, 바로 나조차도 알아챘을 정도로.

"히프 체크* 처음 봤니?"

---

* 스포츠에서 골반이나 엉덩이를 부딪쳐 상대방의 공격을 막아 내는 동작.

"이름도 있어요?"

빌리가 투덜거렸다.

"대박."

빌리의 친구 재커리가 덧붙였다.

"거기 여학생, 여자 축구팀에서 뛰면 좋겠구나."

선생님이 말했다.

"미식축구팀이 세격일 텐데요."

빌리가 말했다.

"고질라팀은 없나요?"

재커리가 덧붙였다.

남자애들이 전부 웃음을 터뜨렸다.

키 큰 여자애는 어깨를 으쓱하고 고개를 떨궜다. 모래 빛 머리 카락이 앞으로 쏟아져, 얼굴이 보이지 않았다. 나는 드살보 선생님이 그 아이의 어깨에 손을 얹고 우리에게 누구라고 소개해 줄 줄 알았다. 전학생이라 아는 아이가 한 명도 없었으니까. 하지만 선생님은 말없이 다시 호루라기를 불었다. 그리고 찰리에게 축구공을 넘기며 체육관 입구를 가리켰다. 제자리에 갖다 놓으라는 신호다. 7학년 세계에서 다시금 자기 지위를 확인하고 싶었는지, 찰리는 나를 부르며 공을 던지는 시늉을 했다. 공에서 손을 뗄 필요도 없었다. 그저 머리 위로 확 던지는 척만 했는데도 나는 본능적으로 피했다. 깔깔대는 소리가 울려 퍼졌다.

아이들은 남자와 여자로 갈라져 무리 지어 교실로 이동했다. 여자애들은 서로 소곤대며 걷고 남자애들은 식수대를 먼저 차지하려고 체육관 뒷문으로 질주했다.

여자애들 맨 뒤에는 전학생이, 남자애들 맨 뒤에는 내가 있었다.

2장

/

입안이 모래를 머금은 것처럼 텁텁했지만, 나는 체육관 식수대에 줄을 서지 않았다. 중학교에서는 종종 자신과 타협해야 할 때가 있다. 찰리가 나를 두고 무슨 꿍꿍이를 품었든 모래투성이 입을 견디는 쪽이 백번 낫다. 다행히 우리 LD 학생들의 이런 고충을 잘 아는 누군가가 통합 교육반 앞에도 식수대를 마련해 놓았다. 통합 교육반은 바로 내가 다음 수업을 들을 장소다.

LD는 '학습 편차(Learning Differences)'의 준말이다. 원래는 '학습 장애(Learning Disabilities)'라는 뜻이었는데 조금 덜 비참하게 들리게끔 바꾼 것이다. 통합 교육반은 LD 학생들이 머릿속을 정리하고, 보충 수업을 듣고, 호통을 덜 들으려고 가는 곳이다.

통합 교육반 학생들에게는 저마다 '문제'가 있다. 우리 엄마 말로는 방해 '물질'이란다. 내 문제는 ADD, 즉 주의력 결핍 장애다.

ADD는 ADHD와 상당히 비슷하지만 조금 낫다고 할 수 있는데, 바로 'H'가 '과잉 행동(Hyperactivity)', 말하자면 스스로 감당을 못 할 만큼 활력이 넘치는 상태를 뜻하기 때문이다. 나는 'H'가 그리 심하지 않아서, 그냥 ADD다.

사람들은 내가 ADD 진단을 받았다고 하면 집중을 못 하는 줄 아는데, 꼭 그렇지도 않다. 오히려 나는 집중을 꽤 잘하는 편이다. 엉뚱한 데 해서 그렇지. 숙제를 받아 적어야 할 시점에 창틀을 따라 기어가는 무당벌레를 지켜보거나, 교과서에서 「조립 라인이 불러온 도로 위의 변화」 대목을 읽어야 할 시점에 모델 T*의 정면 사진을 보며 허먼 왕고모부를 닮았다고 생각하는 식이다. 그 밖에도 나는 큰 소리가 날 때마다 움찔하고, 글자를 칸에 잘 못 맞춰 쓰고, 털실의 까슬까슬한 느낌을 싫어한다. 그게 ADD 때문인지 완전히 다른 이유 때문인지는 잘 모르겠지만.

내게 중학교에서의 하루하루는 뭐랄까, 황소 달리기 축제와 비슷하다. 텔레비전에서 본 적이 있다. 스페인 팜플로나라는 곳에서 일 년에 한 번 열리는 축제인데, 사람들이 거리에 황소 떼를 풀어놓고서 허겁지겁 달아나거나 뒷골목에 몸을 숨긴다. 안 그랬다가는 들이받혀 죽을 테니까. 내가 느끼는 기분이 바로 그거다. 쫓아

---

* 포드가 만든 세계 최초의 대량 생산 자동차. 1920년대에는 미국 도로를 달리는 자동차의 절반이 모델 T라고 할 정도로 흔한 차종이었다. 이러한 대량 생산은 이동식 조립 라인 덕분에 가능했다.

가고, 피하고, 숨을 데를 찾으려고 애쓰고.

내 뒷골목은 바로 통합 교육반이다. 이곳 담당은 T 선생님이다. 진짜 성은 테이텔바움이지만 T 선생님이라고 불리는 것을 더 좋아한다. 선생님은 '특별한 도움이 필요한' 학생들을 찾아오면서 복도에서 비욘세의 '올 더 싱글 레이디스' 같은 노랫말을 온몸으로 흥얼거리는 쾌활한 사람이다. 내가 알기로 싱글은 아니지만. 선생님의 책상 옆 벽면에는 남편과 두 마리 개, 조지와 링고의 사진이 붙어 있다.

T 선생님은 물방울무늬와 분홍색을 좋아한다. 짧고 삐쭉삐쭉한 머리카락 속으로 손가락을 찔러 넣어 쓸어 넘기는 버릇이 있다. 가끔 손 내리는 것을 깜빡한 채 그대로 멍한 표정을 짓는데, 하필 옷마저 분홍색인 날이면 마치 거꾸로 선 플라밍고처럼 보인다.

체육관을 뒤로하고 통합 교육반 식수대에서 물을 열 모금쯤 마신 뒤 교실에 들어섰을 때, T 선생님은 딱 그 자세였다. 한 손은 일일 소식지를 들고 있고 다른 손은 머리에 얹혀 있었다. 선생님은 혹시 우리가 중요한 공지를 놓칠까 봐 소식지를 매일 소리 내어 읽어 준다. 장담하는데, 괜한 우려는 아니다.

"기자를 모집합니다."

내가 자리에 털썩 앉자마자 T 선생님이 낭독을 시작했다.

"9월 15일, D-1호실에서 열리는 모임에 참석하세요. 교내 월간지 '잉크통'은 여러분이 알고 싶어 하는 소식을 보도할 기자가 필요합니다!"

나는 '잉크통'이 정말로 우리가 원하는 소식을 전해 준다면 어떤 식일지 상상해 보았다. 아마 오늘의 헤드라인은 이럴 것이다. "레이크뷰에 등장한 키 큰 여자아이! 교내 깡패를 물리치다!". 나는 그 기사를 통해 그 아이가 어디서 왔는지, 이름은 무엇인지, 내 목숨이 위태로운 줄은 어떻게 알고 나를 구해 줬는지 알아냈을 것이다.

대니엘 사이밍턴이 '잉크통'에 지원하겠다고 나섰다. T 선생님은 "좋았어, 대니엘."이라고 말하고는 그제야 머리에 얹은 손을 내려 화이트보드에 보라색으로 이렇게 적었다.

대니엘: 9월 15일, 잉크통 모임.

선생님은 이어서 낭독했다.

"스페인어 동아리 모임이 9월 13일 화요일, 3시 15분에 피네간 선생님의 특활반에서 진행됩니다. 스페인어 필수 아님."

"하지만 스페인어 동아리라면서요. 스페인어를 못 하면 어떡해요?"

대니엘이 반박했다. 아무래도 통합 교육반에 있기에는 지나치게 똑 부러진 아이다.

"아마도 스페인의 멋진 문화를 배우지 않을까? 춤이라든지, 음악이라든지……."

T 선생님이 예를 들었다.

"저 스페인어 할 줄 알아요."

책장 위에 걸터앉은 트레버 홀컴이 말했다.

"*타코, 부리토, 고르디타……*."

"*나초, 찰루파, 엔칠라다*."

산지트 하우다리가 덧붙였다.

그러자 여기저기서 '*파히타*' '*타말리*' '*치미창가*' 등이 쏟아졌다. 내 머릿속에서 또다시 횡소 떼가 달리기 시작했다.

"자, 그만!"

T 선생님은 다그치면서도 타코벨* 메뉴가 전부 다 나올 때까지 참을성 있게 기다렸다.

"다음은, 중요한 얘기니까 잘 들어."

선생님이 목소리를 키웠다.

"트랙 보수 공사가 완료되었습니다. 우리 레이크뷰 체육부에서는 7학년을 대상으로 육상 및 크로스컨트리** 팀을 새롭게 모집합니다. 함께 달려요, 레이크뷰! 바로 내일, 9월 9일 금요일, 방과 후에 D-5호실로 오세요."

"달리기는 스포츠가 아니에요."

트레버가 발뒤꿈치를 책장 선반에 턱턱 부딪히며 말했다.

"스포츠가 아니라니?"

---

* 멕시코 요리를 주로 취급하는 세계적인 패스트푸드 업체.
** 원형 트랙이 아닌 들, 언덕, 숲 등을 달려 횡단하는 장거리 경주.

T 선생님이 물었다.

"그리고 이제 그만 책장에서 내려오렴, 트레버."

"진정한 스포츠는 아니라고요. 농구나 미식축구처럼요."

트레버가 대꾸했다.

"그러는 넌 뭐 쿼터백*이라도 돼?"

산지트가 이죽거렸다.

"달리기는 멍청해."

트레버가 다들 새겨들으라는 듯이 힘주어 말하고는 책장에서 폴짝 뛰어내렸다. 그 바람에 책 『조이, 열쇠를 삼키다』가 바닥에 툭 떨어졌다.

"멍청하다니! 너희 모두에게 얼마나 좋은 기회인데."

T 선생님은 말을 멈추고 뜬금없이 나를 뚫어지게 바라봤다.

"조지프, 네가 시도해 보면 딱 좋을 것 같다."

"저요? 저 운동 신경 없는데요."

내가 말했다.

"그러지 마, 조지프. 넌 달릴 수 있어. 내가 알아."

"그럼요, 공을 피하기 위해서라면요."

트레버가 빈정거렸다.

"전교에서 제가 제일 느릴걸요."

---

* 미식축구에서 공격을 지휘하는 선수. 대개 덩치가 크고 팔 힘이 좋은 선수가 맡는다.

내가 말했다.

산지트가 인정하듯 고개를 끄덕였다.

"맞아요, 선생님. 농담 아니에요."

"꼭 빠르지 않아도 돼. 처음엔 느려도 차차 빨라질 거야. 달리기는 평생 할 수 있는 운동이란다."

"하지만 저는 못······."

나는 말을 맺기도 전에 아차 했다. 선생님이 나를 빤히 내려다보았다.

"조지프, 우리는 '못 해요'라는 말은 하지 않는다. 우리는 한 발 한 발 나아가며······."

"우리 자신을 믿는다."

내가 힘없이 맞받아쳤다. T 선생님의 좌우명이나 다름없는 말이었다.

"그럼 나머지는 어떻게 할래? 육상부 모임 참석할 사람?"

산지트가 손을 들었다.

"저 달리기 좋아해요. 제가 갈게요."

산지트는 T 선생님을 무척 좋아해서 틈만 나면 잘 보이려고 애쓴다.

"저도요."

에리카 첸이 동참했다. 내가 보기에 에리카는 산지트를 약간 좋아하는 것 같다.

"훌륭해!"

T 선생님은 산지트와 에리카의 이름을 화이트보드에 적었다.

"조지프는?"

"어서, 조지프."

대니엘과 트레버가 부추겼다. 썩 격려하는 눈치는 아니었지만 나는 그런 데 워낙 둔하니까.

딱히 거부할 핑곗거리가 떠오르지 않았다. 클라리넷 동아리나 유도부라면 모를까. 방과 후에 나는 보통 숙제를 하려다가 좌절하고 딴짓을 하거나, 딴짓을 하고 나서 좌절한다. 가끔 자연 다큐멘터리를 보기도 하는데 뭐라도 죽임을 당할 것 같다 싶으면 바로 화면을 꺼 버린다.

또, 나는 걱정이 많다. 너무나 많다.

하지만 T 선생님은 내 대답을 기다리고 있었다. 그래서 비록 달리기가 내 '할 일 목록'(그런 게 있다면)의 우선순위는 아니었지만, 일단 알겠다고 대답했다. 모임에 참석하겠다고. T 선생님은 화이트보드로 춤추듯 걸어가 빨간색으로 내 이름을 추가했다.

조지프: 9월 9일, 육상부 모임. D-5호실.

3장

/

집에 오니 뜻밖에도 부엌 쪽에서 엄마 아빠의 목소리가 들렸다. 아빠가 이렇게 집에 일찍 올 리가 없는데.

"그게 무슨 소리야, 경찰 구류 중이라니?"

엄마가 물었다.

"그쪽에서 그러더라고. 나한테 전화해서는 장인어른이 경찰 구류 중이라고."

"맙소사, 거의 여든이나 된 양반이야. 해 뜨는 집 실버타운에서 단체 여행 간 거였잖아. 대체 무슨 짓을 하셨대?"

"나도 몰라. 가끔 막가실 때 있잖아. 언젠가 이런 날이 올 줄 알았다니까……."

"지금 할아버지 얘기하는 거예요?"

내가 물었다.

엄마 아빠가 고개를 돌려 나를 봤다. 내 발소리가 어지간히 조용
했나 보다. 마치 내가 안개 속에서 홀연히 나타났다는 듯한 표정들
이었으니까. 둘은 서로 눈을 마주쳤다. 엄마가 입을 열었다.

"할아버지는 애틀랜틱시티에 계셔."

"체포되셨대요?"

"그게……."

아빠가 머뭇거렸다.

"무슨 사고 치셨대요?"

내가 물었다. 점점 흥미진진해졌다.

"사고인지 뭔지는 모르겠는데……."

"맷, 당신이 그랬잖아. 경찰 구류 중이라고. 무슨 사고를 치긴 친
거야."

"어쨌든 나는 장인어른이 경찰에 연행됐다는 것밖에는 몰라."

"심문하려고 잡아 두는 걸까요?"

텔레비전에서는 그렇게 한다. 사람을 취조실에 가두어 놓고 심
문한다.

"설마. 너희 할아버지가 은행을 턴 것도 아니고."

"우리야 모르지."

아빠가 내게 윙크했다.

"맷……."

엄마가 경고하듯 말했다.

"그럼 탈옥시킬 거예요?"

누군가를 탈옥시키는 것은 내 오랜 소망이다. 지금도 상상할 수 있다. 꾸벅꾸벅 조는 간수, 달랑거리는 열쇠 꾸러미……

"탈옥 같은 거 아무도 안 해. 거기 갇혀 계신 것도 아닌데."

"음, 실은, 경찰 구류라는 게 거의 그런 뜻……."

"그럼 지금 철창에 갇혀 계신다는 거야?"

아빠 말에 엄마 얼굴이 창백해졌다.

"물론 아니지, 여보. 농담도 구분 못 해?"

나는 농담과 진담을 구분하지 못할 때가 종종 있다. 엄마는 잘 구분한다고 생각했는데.

"맷, 아버지 모시고 오자."

엄마는 부엌을 부산스럽게 돌아다니며 물건들을 집어 서랍에 착착 넣었다.

"내가 가 볼게. 내일 아침에 모시고 올 테니까 당신은 조지프랑 여기 있어."

"왜 저는 같이 가면 안 돼요?"

나는 답을 알면서도 굳이 항의했다.

"새 학기 첫 주잖니. 아빠가 잘 처리할 거야."

엄마는 그렇게 말하면서도 썩 확신에 찬 표정은 아니었다. 그도 그럴 것이 아빠가 넥타이를 풀며 휴대전화 달력을 스크롤하고 있었기 때문이다. 영업 일정을 확인할 때의 버릇이다. 아빠는 치과용

의료 기기 판매원이다. 실은 꽤 잘나가는 치과용 의료 기기 판매원
이다. 골든 크라운이라는 상을 세 번이나 받았다.

"맷! 우리 아빠가 지금 유치장에 있다고!"

"알았어, 알았어."

아빠는 휴대전화를 내려놓고 자동차 키를 집어 엄마 앞에서 흔
들었다.

"당장 가 볼게. 옷만 갈아입고 출발할 거야."

아빠가 위층으로 올라가자 엄마는 식탁 의자에 앉아 이마를 문
질렀다.

"학교는 어땠니?"

엄마가 건성으로 물었다.

나는 평상시처럼 '괜찮았어요.'라고 말하려다가 정말로 하고 싶
은 말이 떠올랐다.

"찰리 캐스트너가 체육 시간에 엉덩방아를 찧었어요."

"거참 쌤통이구나."

"여자애한테 당해서요."

"진짜? 누군데?"

"이름은 몰라요. 전학생인데, 키도 크고 남자애들보다 빨라요."

"와, 걔도 참 힘들겠네."

엄마가 말했다. 무슨 뜻인지는 모르겠지만.

"축구 시합을 하고 있었는데, 찰리가 저를 막 덮치려고 했어요.

그때 그 애가 뒤에서 뛰어나오더니 저를……."

아빠가 티셔츠에 청바지를 입고 나타나자 엄마는 내 이야기를
끊었다.

"맷, 그렇게 입고 가려고?"

"턱시도라도 입길 바라?"

"좀 더 정중해 보일 순 없을까?"

"실라, 거기선 그런 거 신경 안 써."

아빠는 지갑을 열어 보았다.

"그나저나 현금이 별로 없는데, 보석금 필요하면 그쪽에서 신용
카드도 받으려나?"

"보석금?"

또다시 혼란에 빠진 엄마를 뒤로하고 나는 내 방으로 향했다.
"구했어요."라고, 부엌에서 못다 맺은 말을 중얼거리면서.

"그 애가 저를 구해 줬어요."

잠시 후, 아빠가 내 방에 왔다.

"내일 보자. 아빠는 할아버지 구해 오마."

나는 일어나서 아빠를 껴안았다. '구하다'라는 말이 주변에 떠
도는 듯했다. 침대에 앉아 체육 시간에 일어난 일을 또 한번 떠올
렸다. 축구장을 가로지르던 여자애, 마구 휘날리던 머리카락, 찰리
가 붕 날아 쿵 떨어지던 모습까지. 입가에 슬며시 미소가 번졌다.

4장

/

다음 날 아침, 엄마가 수화기를 내려놓고는 내게 전부 다 괜찮다고 말했다. 정확히는 "괜찮아. 괜찮고말고."였다. 그렇게 말할 때는 보통 괜찮지 않다는 뜻이었다. 아니면 괜찮기는 한데 썩 만족스럽지 않거나.

"아빠가 할아버지 모시고 와요? 아니면 해 뜨는 집에 데려다주고 와요?"

내가 물었다.

"할아버지는 당분간 우리와 함께 지내실 것 같구나. 해 뜨는 집에서 어떻게 생각할지는 모르겠다만."

엄마가 한숨을 쉬었다.

어쩌면 이번이 해 뜨는 집 실버타운에서 할아버지에게 준 마지막 기회였을지도 모른다. 듣자 하니 그곳의 인내심은 이미 바닥나고 있었다. 엄마 아빠가 소곤대는 소리를 들었는데, 할아버지는 그곳 생활을 싫어하고 규정도 잘 따르지 않는 모양이었다. 어떤 규정들이 있는지는 모르겠지만 아마 애틀랜틱시티에서 체포되는 것도 규정 위반이겠지.

"학교 갈 준비 됐니?"

엄마는 애써 씩씩한 목소리로 물었다.

"나도 메종에 갈 거라시."

엄마가 일하는 곳은 '아 라 메종 홈 앤드 키친'이라는 잡화점이다. 엄마는 꼭 오랜 친구처럼 그곳을 메종이라고 부른다. 오전 근무인 날이면 집에서 고작 몇 블록 떨어진 학교까지 나를 차로 태워다 주고 간다. 아무래도 내가 혼자 걸어서 등교하는 게 신경 쓰이나 보다. 혹시라도 내가 방치되었다고 느낄까 봐. 어쩌면 내가 엉뚱한 데 정신이 팔려 학교 가는 것도 잊어버릴까 봐 걱정하는 것일 수도 있다. 상당히 가능성 있는 얘기다.

그런 이유로 엄마는 오늘도 나를 학교 앞까지 배웅했다.

"좋은 하루 보내렴!"

엄마 차가 멀어지자마자 나는 머리를 굴려 찰리 캐스트너 패거리가 다니지 않을 만한 곳을 떠올렸다. 정문 계단은 아니다. 후문 계단도, 복도도, 패거리가 언제 어느 방향에서 나타날지 모르기는 마찬가지다. 그러다 문득 오늘 오후에 육상부 모임이 있다는 사실이 기억났다. 이참에 새 트랙이나 한번 구경해 보기로 했다.

나는 텅 빈 연습 경기장을 가로질러 여름내 트랙터와 굴착기와 콘크리트 혼합기로 복작대던 저지대를 내려다보았다. 갈라진 틈새로 잡초가 듬성듬성했던 아스팔트 땅이 어느새 짙푸른 잔디를 빙 둘러싼 새 타원형 트랙으로 변해 있었다. 새빨간 토마토색 트랙에 새하얀 페인트로 뚜렷하게 그어진 선이 레인을 나누어 주었다. 무척이나 선명해서 꼭 픽사 애니메이션에서 튀어나온 것 같았다. 가로로 작은 선들도 그어져 있고, 숫자와 작은 삼각형들도 콕콕 박혀 있었다. 암호나 고대 동굴에 새겨진 기호처럼 보였다. 자세히 보고 싶었다. 곧장 뛰어 내려가 밟아 보고 싶었다.

하지만 나는 계단을 한 칸도 내려가지 못하고 굳어 버렸다. 콘크리트가 발명된 시절부터 있었던 낡고 울퉁불퉁한 계단 때문이었다. 나는 이 계단이 싫었다. 마치 나를 향해 깨지고 뒤틀린 이빨을 드러내며 웃는 괴물 같았다. 달리기는 무슨. 이 계단은 내가 육상부 모임에 정식으로 발을 들이기도 전에 나를 넘어뜨린 뒤 와작와작 씹어 삼킬 것이다.

그대로 돌아서려는데 T 선생님의 말이 떠올랐다. "'못 해요'라는 말은 하지 않는다." 성가신 말이다. 나는 정말로 못 할 때가 많으니까. 하지만 이번에는, 어쩌면 할 수 있을지도 모른다. 나는 철제 난간을 부여잡고 계단을 하나씩 내려갔다. 한 번에 한 칸씩. 비록 괴물이 호시탐탐 나를 쓰러뜨릴 기회를 노렸지만, 어느새 나는 무사히 내려왔다.

트랙 주변에는 철망이 허리 높이로 둘러쳐 있었다. 자물쇠가 잠겨 있지 않아, 문을 밀고 들어갔다. 트랙은 겉모습과 비슷한 냄새가 났다. 온통 고무와 새것 냄새였다. 표면을 보니 2학년 미술 시간에 했던 스펀지로 색칠하기가 떠올랐다. 꾹 밟으면 트랙이 빨간 물감을 찍 뱉어 낼 것 같았다. T 선생님도 이 모든 것을 알고 있을까? 아마 알고 있으리라.

발뒤꿈치를 들었다 낮다 했다. 쪼그려 앉아 트랙을 두 손으로 짚어 촉감을 확인했다. 뭐든 만져 봐야 직성이 풀린다. 이런 성격을 가리키는 말도 있다. T 선생님 말로는 내가 '능동적' 학습자란다.

그때 목소리가 들렸다. 여자애 목소리였다. 고개를 들어 보니, 체육 시간의 그 전학생이었다.

"프리드먼, 맞지?"

그 아이가 말했다.

"음……."

"꽤 간단한 질문인데. 너 프리드먼 맞지?"

"응."

나는 프리드먼이라고 불리는 것을 좋아하지 않는다. '프리드먼'으로 시작하는 말은 보통 명령이나 폭소로 이어지기 일쑤니까.

나는 일어나서 손을 바지에 툭툭 털었다.

"뭐 해?"

"트랙을 시험해 보고 있었어."

"트랙에선 달려야지. 물구나무설 게 아니라."

그 아이가 말했다. 놀리는 것 같지는 않았다. 하지만 시동을 걸고 있는지도 모른다.

"그냥 어떤 느낌인지 보려고."

내가 말했다.

"너도 육상부에 가입할 거야?"

"모르겠어. 너는?"

"아마도."

"축구는 안 하고?"

내 말에 그 아이가 이맛살을 찌푸렸다. 잘못 말했나? 때리지는 않았으면 좋겠는데.

"나 축구 별로 안 좋아해. 작년에 축구 캠프 갔었거든. 여자애들이 재수 없게 굴더니 결국 나를 따돌리더라고."

그 순간 그 아이가 좀 달라 보였다. 약간 슬퍼 보였다. 엄마가 말했던 것처럼, 정말 힘들 수도 있겠다는 생각이 들었다. 남자애들보다 잘나서. 다른 여자애들보다 훨씬 잘나서. 뭔가를 못 해서 비참한 것처럼 뭔가를 잘해서 비참해질 수도 있을까? 여자애들에게는 반대의 경우도 있는 모양이다.

"성 말고 이름은 뭐야?"

그 아이가 물었다.

"조지프."

나도 이름 물어보고 싶었는데. 하지만 그 아이가 먼저 순순히 알려 주었다.

"난 헤더야. 여기 이사 온 지 얼마 안 됐어."

"어디서 왔는데?"

"메인주 체리필드라는 곳에서."

"뉴욕이랑은 많이 다른 곳이겠다."

헤더가 고개를 끄덕였다.

"세계 블루베리의 중심지야."

"오."

"안 물어봐?"

"뭘?"

"왜 블루베리필드가 아니라 체리필드라고 불리는지?"

"물어봐야 해?"

"아니, 딱히. 그냥, 다들 그렇게 물어보거든."

"나는 블루베리 알레르기가 있어. 먹으면 목구멍 깊숙한 데가 근질근질해."

나는 손가락을 귀에 꽂고 흔들어 대면서 혓바닥을 끌끌 차는 나만의 긁기 기술을 선보였다. 아마 처음 만난 사이에 할 만한 행동은 아닐 것이다.

"그래서, 왜?"

내가 물었다.

"뭐가 왜야?"

"왜 세계 블루베리의 중심지가 체리필드라고 불리는데?"

"아, 원래는 체리 생산지였대. 블루베리 이전에."

그러고는 헤더가 덧붙였다.

"달려 볼래?"

"달려?"

헤더는 팔다리를 움직이며 달리는 시늉을 했다.

"달리기. 트랙에서. 지금."

"나 느린데."

"체육 시간에 봐서 알아. 우사인 볼트* 급은 아니라는 거."

"누구?"

내가 물었지만, 헤더는 이미 출발해 거침없이 달리고 있었다.

내가 망설이는 사이, 헤더는 트랙의 사 분의 일 바퀴나 멀어져 있었다. 마지못해 출발하니, 놀랍게도 트랙은 단단하면서도 부드러웠다. 쿠션 같은 느낌이랄까. 종종걸음 치던 나는 보폭을 점차 늘려 이내 껑충껑충 뛰었다. 그러다 레인을 지그재그로 넘나들며 양팔을 뻗어 스치는 바람을 느꼈다.

헤더는 곧은 자세로 빠르게 달렸다. 커브를 돌면서도 속도를 줄이지 않았다. 왠지 쉽고 재미있어 보였다. 그래서 나도 중간 레인

---

* '지구상에서 가장 빠른 사나이'라는 별명으로 잘 알려진 자메이카의 전 육상 선수. 육상 남자 100미터와 200미터 세계 신기록을 보유하고 있다.

을 따라 헤더처럼 달리기 시작했다. 페인트칠된 선의 깔끔함과 날렵함이 더 빨리 달리라고 나를 부추기는 듯했다. 그렇게 속력을 내어 십 초쯤 달렸을까, 나는 숨이 차서 멈추었다.

어느새 한 바퀴를 돌아온 헤더가 나를 지나치더니 트랙 안쪽 초록 필드에 있는 무언가를 보고 멈춰 섰다. 유아용 풀장만 한 크기의 둥그런 시멘트 땅이었다. 나는 헤더를 향해 걸어갔다.

"저게 원반던지기 경기장이야."

헤더는 반대편 필드를 가리키며 말을 이었다.

"포환던지기는 저쪽이고."

"아."

나는 겨우 목소리를 짜냈다. 그와 함께 내 안에 남아 있던 숨도 바닥났다.

"난 겨울에 포환던지기 할 거야. 봄이 오면 원반던지기 하고. 스테퍼니 브라운 트래프턴처럼."

"누구?"

"스테퍼니 브라운 트래프턴. 2008년 올림픽 원반던지기 금메달리스트."

나는 '정말?'이라고 물으려다가 혹시 함정인가 싶어 멈칫했다. 지금까지의 경험상, 남들은 그럴싸하게 말해 놓고 내가 "정말?" 하고 물으면 고개를 젖히고 웃어 댔다. 순 거짓말이었던 것이다. 혹시 아까 체리필드 얘기도 지어낸 것 아닐까? 나는 숨도 차고 머리도 어지럽고 다리도 후들거렸지만, 또다시 속아 넘어가고 싶지 않았다. 스테퍼니 어쩌고저쩌고하는 이름은 들어 본 적도 없다. 나는 그러거나 말거나 하는 말투로 대꾸했다.

"진짜 금메달리스트라면 내가 들어 봤겠지."

"그래?"

헤더가 내 앞으로 한 발 성큼 다가왔다.

"글쎄, 그 선수가 유명하지 않은 건 사람들이 좋아할 만한 외모가 아니라서겠지. 키가 193센티미터에 몸무게가 100킬로그램에 달하는 거구인 데다가 원반이든 포환이든 웬만한 남자들보다 멀리 던지니까 말이야. 사람들은 앙증맞은 체조 선수나 비키니를 입은 미녀 비치발리볼 선수를 응원하고 싶어 하거든. 그래서 아무도 그 선수 이름을 모르나 봐. 올림픽 금메달을 땄든 말든."

헤더는 이제 머리부터 발끝까지 180센티미터만큼 화가 난 것처럼 보였다. 하지만 눈을 깜빡이는 모양새는 꼭 내 모습 같았다. 울지 않으려 애쓸 때의 내 모습. 미안하다고 말하고 싶었다. 속상하게 할 생각은 아니었다고. 나는 그저 헤더가 나를 바보 취급하려는 줄 알았다. 남들이 늘 그러듯. 하지만 사과할 틈이 없었다. 헤더는 고개를 힘차게 내젓고 다시 달리기 시작했다. 도저히 따라잡을 수 없을 만큼 빨랐다. 그리고 트랙 끝에 다다르자 철망 문을 쾅 밀어젖히고 깨진 계단을 두 칸씩 뛰어오르더니 곧 사라졌다.

5장

/

그래서 그 헤더라는 여자애는 이사 온 지 얼마 되지도 않았고 어제 내 목숨까지 구해 줬는데, 나는 벌써 헤더가 나를 싫어하게 만들었다.

사회 시간에 자리에 앉아 에르난데스 선생님이 시키는 대로 얌전히 수업을 들으려고 애썼지만, 자꾸만 헤더 생각이 났다. 화를 어떻게 풀어 주지? 두 번 다시 바보 같은 소리를 하지 않으면 기회를 주지 않을까?

이런 일이 처음은 아니다. 나는 여자애에게 유독 엉뚱한 짓만 골라서 하는 재주가 있나 보다. 3학년 때였다. 내 옆자리에는 메리 리즈라는 여자애가 앉아 있었다. 메리 리즈는 못 하는 게 없는 아이였다. 선생님은 항상 그 아이가 쓴 종이를 들어 보이며 칭찬했다.

"메리 리즈가 얼마나 단정하게 썼는지 좀 보렴."

메리 리즈는 꼭 필요한 순간에만 손을 들었다. 쓸데없는 말은 한 마디도 안 했다. 하도 지우개로 박박 문질러서 종이 사이로 빤들거리는 가짜 원목 책상이 비쳐 보이는 일은 결코 없었다.

어느 날 야보르스키 선생님이 이제부터 필기체를 배울 거라고 했다. 리 한이 손을 들고 말했다.

"제 사촌이 다니는 학교에서는 이제 손 글씨 안 쓴대요."

"흠, 너는 이 학교 학생이잖니, 안 그래? 우리 학교에서는 필기체를 가르치기로 했단다."

야보르스키 선생님은 리 한에게 네게는 선택권이 없으니 체념하라는 선생님들 특유의 눈총을 주었다. 하물며 '필기체'가 손 글씨를 뜻하는지도 몰랐던 나는 시작도 하기 전에 뒤처진 셈이었다.

내 옆자리에 앉은 메리 리즈는 야보르스키 선생님이 전자 칠판에 필기체 시범을 보이는 것을 유심히 지켜보았다.

"필기체는 글자를 오른쪽으로 기울여 쓰되 각도를 일정하게 유지해야 해. 글자가 태양을 향해 몸을 기울인 꽃처럼 보이게끔 말이야."

다들 일제히 쓰기 시작했고, 나도 노력했다. 정말이다. 하지만 내가 쓴 글자들은 흡사 군화에 짓밟힌 화단처럼 줄기는 꺾이고 꽃잎은 뭉개져 있었다.

야보르스키 선생님은 돌아다니며 우리를 어깨너머로 지켜보았다. 그러다가 한 번씩 누군가의 종이를 들어 보이곤 했는데, 이번에도 역시 메리 리즈의 종이를 집어 들었다.

"자, 다들 메리 리즈가 얼마나 잘 썼는지 좀 보렴. 아름답구나, 메리 리즈."

메리 리즈는 무표정이었다. 그저 선생님이 어서 종이를 돌려주어서 그 아름다운 글씨를 이어 쓰기를 바라는 듯했다.

나는 다시 작업에 착수한 메리 리즈에게서 눈을 뗄 수 없었다. 그 아이가 쓰는 연필은 내 것보다 길었다. 평생 단 한 차례밖에 깎인 적 없는 듯했다. 메리 리즈가 그것을 움켜쥐고 빙글빙글 휘두를 때마다 완벽한 글자가 종이 위로 가지런히 늘어섰다. 손톱 끄트머리마다 가늘게 발린 청록색 매니큐어가 은은하게 빛났다. 메리 리즈는 한두 단어마다 연필을 들고 글씨가 적힌 종이를 확인했다. 어쩌다 한 번씩 귀밑머리를 귀 뒤로 넘기고서 다시 태양을 향해 몸을 기울인 작은 꽃들을 만들어 냈다.

"조지프."

야보르스키 선생님이 나를 불렀다.

"글자를 쓰는 거니, 공상에 빠진 거니?"

"조지프는 아까부터 한눈팔고 있어요."

아델 새퍼스타인이 말했다.

"그래? 뭐가 그렇게 흥미로웠니, 조지프?"

선생님들은 꼭 나한테 그렇게 묻는다. 대답할 수 있을 때도 있는데 정작 내 대답을 기다리지는 않는다. 진짜로 궁금해서 물어본 게 아니기 때문이다.

나 대신 아델이 대답했다.

"조지프는 메리 리즈를 보고 있었어요."

"정말?"

야보르스키 선생님이 말했다.

"흠, 메리 리즈를 볼 시간에 글씨 쓰기에 좀 더 집중했다면 네 글씨가 이보다는 보기 좋지 않았을까?"

선생님은 내 종이를 들어 올려 반 전체가 보게 했다.

다들 내 종이와 나를 번갈아 보며 깔깔 웃었다. 그리고 누군가가 외쳤다.

"조지프는 메리 리즈를 사랑한대요."

웃음소리는 더욱 커졌다.

그때였다. 메리 리즈는 마치 자신에게 일어날 수 있는 최악의 사태가 벌어졌다는 표정을 지었다. 그 아이는 화난 얼굴로 나를 노려보았다. 엄청나게 화가 난 얼굴이었다. 지금도 종종 메리 리즈가 전학 간 것이 나 때문이었나 싶을 만큼, 그때 그 얼굴은 엄청 났다.

나는 내 종이를 잡아 구긴 뒤 바닥에 던졌다. 야보르스키 선생님은 벌컥 성을 냈다. 이해가 안 됐다. 선생님이야말로 내 글씨가 엉망이라고 말한 장본인이 아니던가.

결국 나는 복도로 쫓겨났다. 그거야 그리 특별한 일이 아니었다.

다만 메리 리즈가 나를 보던 그 표정 때문에 나는 그날을 기억하고 있다.

그런데 그런 일을 또 저지른 것이다.

의자들이 바닥에 드르륵 끌리는 소리가 났다. 사회 수업을 마친 아이들이 가방을 챙겨 문밖을 나서고 있었다.

"우리 이제 어디로 가?"

나는 아무한테나 물었다.

"도서실. 여태까지 뭐 들었어?"

칼리라는 여자애가 대꾸했다.

나는 굳이 대답하지 않았다. 그저 가방을 챙겨 다른 아이들을 따라 도서실로 향했다.

6장

/

우리 학교 도서실 사서는 피시바인 선생님이다. 머리는 하얗고 늘 치마를 입는다. 소문으로는 도서실에 살면서 컵라면만 먹는다고 한다. 실제로 선생님의 책상 위 선반에는 컵라면이 수십 개나 쌓여 있다. 하지만 나는 그 소문이 거짓이라는 것을 안다. 가끔 자전거를 타고 차가 싹 빠진 학교 주차장을 가로지를 때, 선생님이 버스 정류장 쪽으로 걸어가는 모습을 봤기 때문이다. 하지만 아무한테도 얘기하지 않았다. 일단 누구에게 얘기해야 할지 모르고, 또 누가 참견할 일도 아니니까.

그래도 피시바인 선생님에게는 뭔가 특이한 구석이 있긴 하다. 일단 사무실에 노란색 카드가 산처럼 쌓여 있다. 순전히 선생님이 컴퓨터를 싫어하기 때문이다. 처음으로 컴퓨터 시스템을 도입하면서 도서 목록 카드 캐비닛을 처분할 때, 선생님은 '발버둥 치고 악을 쓰며' 거부했다고 한다. '발버둥 치고 악을 쓰며'는 선생님 입에서 나온 말이다. 선생님은 기어이 도서 목록 카드를 탈탈 털어 사무실에 쌓아 두게 했다. 마지막 한 장까지 빠짐없이.

그뿐 아니라 피시바인 선생님은 스탬프와 스탬프 패드, 녹색 대출 카드까지 남겨 두었다. 혹시라도 재앙이 터져서 석기 시대로 돌아가게 되면 과연 마지막에 웃는 사람이 누구겠냐는 게 선생님의 주장이다. 딩 빈 스크린과 먹통이 된 키보드를 마주한 세상 사람들? 아니면 안전한 도서실에서 손에 쥘 수 있는 책, 책을 찾을 수 있는 도서 목록, 책을 대출할 수 있는 녹색 카드를 갖춘 피시바인 선생님?

다만 나는 세상이 폐허가 된다면 우리가 과연 대출과 반납 따위를 신경 쓸지가 의문이었다.

어쨌든 우리가 도서실에 도착하니 의자들이 U자 형태로 늘어놓여 있었다. 3학년 때의 이야기 시간이 떠올랐지만, 7학년쯤 되면 아무도 이야기책을 읽어 주지 않는다.

나는 빈 의자에 앉았다. 좌판이 미끄러운 회색 의자였다. 궁둥이를 딱 잡아 주는 의자가 아니었다. 나는 미끄러질세라 궁둥이에 잔뜩 힘을 주었다.

모두 의자에 앉자 피시바인 선생님이 입을 열었다.

"에르난데스 선생님이 설명한 대로, 지금부터 각자 선택한 주제를 조사해 볼 거란다."

나는 처음 듣는 얘기였다.

"물론 인터넷에 많은 정보가 있지만, 도서실에서 자료를 조사하는 것도 가치 있는 일이지."

제시카 유는 눈알을 굴리고 조던 글레이저는 억지로 웃음을 참았다.

"그리고 비록 컴퓨터가 도서 목록 카드를 대체했지만, 책은 서가에서 직접 찾아야 해. 바로 그래서 듀이 십진분류법이 필요한 법이지."

여기저기서 한숨과 신음이 터져 나왔다. 하지만 피시바인 선생님은 아랑곳하지 않고 말을 이었다.

"1876년에……."

"천팔백칠십육 년? 진심?"

조던이 투덜거렸다.

"……멜빌 듀이가 고안한 도서 분류 체계이며……."

다른 아이들은 듀이 십진분류법을 우습거나 지루하거나 아니면 우습게 지루하다고 여기는데, 이상하게도 나는 흥미를 느꼈다. 일단 소설(Fiction)의 'F'와 전기(Biography)의 'B'를 제외한 책들은 전부 숫자로 마지막 자릿수까지 분류된다. 자연과학은 500번대에, 동물은 590번대에, 포유류는 599번대에 있다. 그런 식으로 낙타, 사슴, 기린, 하마는 하나의 번호를 공유한다. 599.73.

문득 궁금해졌다. 그렇다면 화장지나 땅콩버터나 살인벌은 어디서 찾아야 할까? 내게 주어진 번호는 뭘까? 뉴욕에서 태어났으니까 900번대? 영어를 쓰니까 400번대? 영장류이니까 500번대? 아니면 학교 상담실에 다니고 있으니 아예 100번대로 거슬러 올라가나?* 나의 어느 부분이 가장 중요한지는 누가 결정할까? 그 결정이 매번 옳을까?

머릿속에 도서실 곳곳에 흩어진 내 모습이 그려졌다. 여기 조금, 서기 조금씩.

문제는 내가 그런 생각을 하는 동안 피시바인 선생님이 이제부터 할 일을 설명했다는 것이다. 그럴 때마다 다른 아이들은 용케 알아서 집중하기 시작하는데, 나는 어김없이 때를 놓치고 만다.

그래서 니콜 아브루치가 연필로, 그것도 연필심 쪽을 내 얼굴에 대고 조준하는 줄도 모르고 패트릭 매카시가 건네는 종이로 손을 뻗다가 하마터면 눈알이 뽑힐 뻔했다. 그때 피시바인 선생님이 내 무릎에 책 한 권을 툭 올려놓았다. 『소년이여, 몸짱이 되자! 강하고, 건강하고, 자신감 넘치는 청소년을 위한 가이드』라는 책이었다. 표지에는 정말이지 강해 보이는 남자들의 사진이 실려 있었다. 한 남자는 풀린 셔츠 사이로 근육이 불끈댔고, 다른 두 남자 곁에는 예쁜 여자 친구가 미소 짓고 있었다.

---

* 미국의 도서 분류법인 듀이 십진분류법(DDC)에 따르면 100번대는 철학, 400번대는 언어, 500번대는 자연 과학, 900번대는 역사 도서이다. 국내에서는 한국 실정에 맞춘 한국 십진분류법(KDC)을 채택하고 있다.

과제는 그 책의 듀이 십진분류 번호와 관련이 있는 듯했다. 정확히 무슨 관련이 있는지는 알 수 없었지만. 그저 한 손에는 연필이, 다른 손에는 종이가, 무릎에는 크고 무거운 책이 놓여 있을 뿐이었다.

주위를 둘러보니 다들 책에 코를 박고 연필을 놀리며 종이의 빈칸을 채우고 있었다. 나에게도 세 가지 물체와 두 손이 있는데 도무지 뭘 해야 하는지 감이 안 왔다. 그래서 평소 버릇대로 했다. 그저 가만히 앉아 어째서 다들 나만 빼고 아무 문제가 없어 보이는지 신기해하기.

이런 내 버릇을 주목하는 사람이 꼭 한 명씩 있는데, 이번에는 니콜 아브루치였다. 니콜도 스판 소재의 윗도리를 끌어 내리는 자기만의 버릇이 있다. 지금도 니콜은 그렇게 하고서 곧장 입을 열었다.

"조지프는 그냥 앉아 있는데요."

그러자 다들 나와 내 무릎에 놓인 책을 보고 웃음을 터뜨렸다. 그 순간 맹세코, 움직이지도 않았는데, 미끄러운 회색 의자에서 버티던 궁둥이가 힘을 잃고 바닥으로 추락했다.

나는 피시바인 선생님이 화를 낼 줄 알았다. 내가 설명도 제대로 안 들었고, 지금은 바닥에 앉아 있으니까. 하지만 그 대신 선생님은 경고하는 눈빛으로 아이들을 쏘아보았다. 다들 웃음을 멈췄다. 적어도 소리는. 선생님은 내 오른손의 연필과 왼손의 종이와 무릎

위의 『소년이여, 몸짱이 되자! 강하고, 건강하고, 자신감 넘치는 청소년을 위한 가이드』를 가져갔다. 어찌된 영문인지 선생님에게는 아직 손이 남아 있었다. 선생님은 내 손목을 살며시 잡고 나를 테이블로 끌어다 앉혔다.

그리고 내가 할 일을 설명해 주었다. 요컨대 어떤 리포트를 쓰기 위해 『소년이여, 몸짱이 되자! 강하고, 건강하고, 자신감 넘치는 청소년을 위한 가이드』라는 책을 찾을 때 무슨 정보가 필요한지 종이에 써넣는 것이었다. 제목, 저자, 출판사, 언제 어디서 출간되었는지, 그리고 물론 듀이 십진분류 번호까지.

질문 있냐고 묻는 선생님에게 없다고 대답했다. 테이블에 앉으니 무릎에 전부 올려놓고 있을 때보다 한결 수월했다. 다만 T 선생님이었더라면 답안지의 빈칸이 내 글씨에 비해 너무 작다는 것을 진작 눈치챘을 것이다. 특히 책 제목이 『소년이여, 몸짱이 되자! 강하고, 건강하고, 자신감 넘치는 청소년을 위한 가이드』라면, 내가 답을 쓸 수 있게 종이 한 장을 따로 주었을 것이다. 하지만 나는 최선을 다했다. 종이의 오른쪽 가장자리에서 꺾어져 측면을 따라 내려가 하단까지 글자를 욱여넣었다.

종이 울리자 피시바인 선생님은 모두에게 책과 답안지와 연필을 의자 위에 두고 가라고 일렀다. 다들 3초 정도 만에 복도로 빠져나갔다. 반면에 나는 문이 닫히며 불어온 바람에 내 답안지가 날아가고 연필이 그 반대 방향으로 굴러떨어지는 것을 바라보고 있었다.

피시바인 선생님은 다른 아이들의 답안지를 거두기 시작했다. 나도 답안지를 주우려고 테이블 밑으로 손을 뻗는데 선생님이 픽 웃는 소리가 들렸다.

"나도 슬슬 은퇴할 때가 됐나 보다."

"죄송해요. 제가 그렇게 못 했나요?"

"오, 조지프, 너 때문이 아니야!"

피시바인 선생님은 미끄러운 의자에 앉더니 옆 의자를 툭툭 쳤다.

"그냥, 이 일을 그토록 오래 해 왔는데 아직도 실수투성이라서 말이야. 아침부터 네 하루를 망칠 생각은 없었는데."

나는 선생님에게 내 답안지를 건넸다. 글자는 서로 다른 방향으로 여섯 갈래쯤 뻗어 있었다. 나는 선생님의 옆에 앉아 이번에는 미끄러지지 않게 제대로 힘을 줬다.

"괜찮아요. 평소보다 나쁘지도 않은걸요."

"퇴직금도 두둑이 챙겨 주겠다고 하는데, 난 아직 준비가 안 된 것 같아."

어른들은 가끔 동료한테 말하듯이 내게 이야기할 때가 있다. 마치 털 색깔이 이상한 오리가 무리에서 따돌림당하자 상냥한 거위가 거두어 주듯이.

"아직은 끝을 맺지 못한 느낌이야. 어디가 끝인지는 나도 잘 모르겠지만. 예전부터 나는 포기만 하지 않으면 뭐든 할 수 있다고 생각했거든."

피시바인 선생님은 내 답안지를 보고도 실망한 기색이 없었다. 선생님은 내 얼굴을 보며 말했다.

"아마 난 그저 시대에 뒤떨어진 늙은이겠지. 가엾은 멜빌 듀이 양반처럼."

나는 듀이 십진분류법이 마음에 든다고 말하고 싶었지만, 마침 수업 종이 울렸다. 선생님은 시계를 봤다.

"오, 이런!"

선생님이 벌떡 일어났다.

"이제 나 때문에 지각까지 하게 생겼구나. 지각 사유서를 써 주마."

선생님이 사유서를 쓰는 동안 나는 『소년이여, 몸짱이 되자! 강하고, 건강하고, 자신감 넘치는 청소년을 위한 가이드』에 대해 생각했다. 표지의 남자들이 근육에서 나오는 자신감과 미소로 나를 부추기는 것 같았다.

"음, 피시바인 선생님?"

"그래, 조지프."

"저기 제가……, 아까 그 책을 빌려도 될까요?"

선생님의 얼굴이 확 밝아졌다.

"물론이지! 물론이고말고! 이리 가져오렴."

내가 책을 들어 책상 위에 쿵 내려놓자 선생님은 바코드 인식기를 받침대에서 집어 들었다. 선생님은 코를 찡그렸다.

"어디 잘되나 보자. 어제 잠깐 고장이 났었거든……."

선생님은 빨간 레이저를 책에다 대고 쏘더니 막상 그것이 삑 소리를 내자 움찔했다. 나는 누가 볼세라 책을 얼른 가방에 넣었다.

선생님이 지각 사유서를 건넸다.

"좋은 하루 보내렴, 조지프."

"감사합니다. 저, 피시바인 선생님?"

"응, 조지프?"

"그만두지 마세요. 선생님은 정말 좋은 사서이고 저는 듀이 십진분류법이 마음에 들어요."

피시바인 선생님은 내게 미소 지었다.

"고맙다, 조지프. 나도 마음에 든단다."

복도로 나와 보니 책가방은 이제 세 배쯤 무거워졌다. 그리고 새 학기가 시작된 지 겨우 이틀째라서, 다음 수업이 뭔지 완전히 수수께끼였다.

나는 시간표를 확인하지 않고 아마 영어 시간일 거라고 짐작했다. 늦었으니 교실 문은 닫혀 있었다. 문을 열자 한 무리의 8학년생들이 내 얼빠진 얼굴을 보고 웃음을 터뜨렸다. 나는 의아하기만 했다. 저들은 한 번도 실수한 적이 없을까? 과연 아무도 이 기분을 모르는 걸까?

아마 모르는 모양이었다. 등 뒤로 문이 닫히고 나서도 선생님이 교탁을 두드리며 집중하라고 외치는 소리가 들렸기 때문이다. 나는 복도 한복판에서 책가방을 뒤져 밑바닥에 구겨져 있는 시간표를 찾아냈다. 다음 수업은 프랑스어였다. 허겁지겁 복도를 달려 교실에 도착했을 때 수업은 이미 시작된 뒤였다. 라벨 선생님이 나로서는 이해할 수 있을 거라 바랄 수도 없는 언어로 즐겁게 떠들고 있었다.

7장

/

나는 라벨 선생님을 방해하지 않으려고 되도록 살며시 지각 사유서를 선생님 책상에 올려 두고 제일 먼저 눈에 띈 의자에 앉았다. 앉고 나서 보니 옆자리에 헤더가 있었다. 나는 헤더가 프랑스어 수업을 듣는지도 몰랐다. 헤더는 나를 힐긋 보고는 라벨 선생님에게 집중했다. 아직도 화가 안 풀린 모양이었다. 어쩌면 화가 난 게 아니고 그저 성실한 학생인지도 모르지만.

라벨 선생님은 프랑스어로 말하고 있었다. 어제 수업에서 선생님은 귀로 듣는 것이 외국어를 배우는 가장 좋은 방법이라고 했다. 내 생각에는 앞뒤가 맞지 않았다. 배우는 게 먼저 아닐까? 물론 듣기에는 좋았다. 마치 반려동물한테 거는 말처럼 나긋나긋했다. 그러나 내가 그 말을 한마디라도 이해할 수 있을 것 같지는 않았다.

헤더는 집중하긴 하는데 몇 초에 한 번씩 책상 밑을 내려다보았다. 가만 보니 뭔가를 그리고 있었다. 연필이 연습장 위에서 연신 사각거리는데, 무슨 그림인지는 보이지 않았다.

키가 크고 마른 라벨 선생님은 짧고 소매 없는 원피스를 입고 있어서 팔다리 근육이 한껏 도드라졌다. 선생님이 신은 녹색 하이힐이 누런색과 갈색이 교차된 체크무늬 타일 위에서 또각거렸다. 선생님은 문장을 마칠 때마다 뾰족한 굽을 휙 틀어 전혀 다른 방향으로 걸었다. 대개는 갈색 타인에서 방향을 틀었지만 누런색 타일에서 틀 때도 있었다. 왼쪽으로 또각또각, 오른쪽으로 또각또각.

선생님이 내 쪽으로 또각거리며 다가오자 나는 직감했다. 망했구나.

라벨 선생님은 나를 주시하며 내가 입을 열기를 기다렸다. 몇 초가 지났을까, 선생님은 자기 귀를 톡톡 치면서 *에이 쿠테이*처럼 들리는 말을 했다. 그때 그레고리라는 아이가 "저마펠 그레고리."라고 말하자 선생님은 그리로 시선을 돌렸다.

선생님은 이제 헤더를 주시했다. 헤더는 책상과 무릎 사이에 연습장을 숨기고 말했다.

"저마펠 헤더."

선생님은 다시 나를 보았다. 이번에는 아무리 나라도 뭘 해야 하는지 알았다.

"저마펠 조지프."

라벨 선생님은 미소 아닌 미소로 내게 주의를 주었다. 그러고는 교실 앞으로 또각또각 걸어가더니 우리를 등지고 화이트보드에 뭔가를 써 나갔다.

선생님이 쓰는 것을 따라 적으려 했지만, 내 눈에는 글자들이 마구잡이로 늘어서 있고 그 주위에 따옴표가 날아다니는 것처럼 보여서 쉽지 않았다. 그때 툭 하는 소리가 나서 내려다보니, 헤더의 무릎에서 연습장이 미끄러져 헤더와 내 책상 사이 통로에 떨어져 있었다. 라벨 선생님은 어깨너머로 눈길조차 주지 않았다. 아마 내 자리 근처에서 난 소리라 내가 평소처럼 덤벙댔겠거니 싶은 모양이었다.

나는 몸을 숙여 연습장을 집어 들면서 헤더가 그린 그림을 봤다. 라벨 선생님이었다. 다만, 길쭉한 근육질 녹색 뒷다리에 녹색 하이힐을 신은 개구리 라벨 선생님이었다. 나는 웃지 않으려 애쓰며 연습장을 헤더에게 건넸다. 헤더는 내 쪽은 보지도 않고 연습장을 받아 무릎 위에 올려놓고서 다시 선생님이 쓰는 문장을 받아 적었다. *Je m'appelle*……(내 이름은……), *Comment t'appelles-tu?*(당신의 이름은?) 나는 최선을 다해 따라 썼다. 우리 엄마는 프랑스어를 배웠고 프랑스어인 '메종'이라는 이름의 가게에서 일하는 사람이니 나중에 뜻을 물어볼 수 있을 것이다.

나머지 시간은 가글을 하는 듯한 'R'과 입술을 잔뜩 오므린 '우흐' 등의 발음을 되풀이하며 지나갔다. 종이 울리자 나는 급히 헤더를 따라나섰다.

"헤더, 잠깐만."

나는 헤더를 오랜 친구처럼 불러 세웠다.

헤더가 뒤를 돌아봤다.

"그림 진짜 잘 그렸더라."

내 말에 헤더는 어깨를 으쓱했다.

"전 학교에서 그리던 게 습관이 돼서. 수업 지루할 때마다 그려."

"아, 무슨 말인지 알아."

내가 맞장구쳤다. 비록 지루함이 내 주된 문제는 아니었지만.

"톰킨 선생님도 한번 그려 봐. 교장 선생님 말이야. 바다코끼리를 닮았거든."

"그분은 바다코끼리보단 바다소 쪽에 가깝지. 대충 판단하면 안돼. 사람은 자세히 관찰해야 한다고."

듣고 보니 헤더는 지금도 나를 그런 식으로 관찰하고 있는 듯했다. 혹시 내가 멘 책가방이 『소년이여, 몸짱이 되자!』의 무게로 점점 처지고 있다는 것을 눈치챘을까? 내 웃옷에 단추나 지퍼가 없다는 사실은? 나는 꼭 필요한 경우가 아니면 단추나 지퍼가 달린 옷을 입지 않는다. 헤더가 나를 동물로 그려 낸다면 무슨 동물일까? 오전에 있었던 일을 생각하면 아마 불쾌한 벌레나 원숭이일 것이다. 부디 원숭이는 아니기를 바랐다.

어쩌면 헤더의 생각을 바꾸기에 아직 늦지 않았을지도 모른다.

"아까는 미안했어. 네 말을 안 믿어서. 그분은 분명 훌륭한 선수일 거야. 네가 말한 그 선수. 내 말은, 아닐 리가 없잖아? 메달도 땄는데?"

"금메달."

"맞아. 난 네가 날 속이는 줄 알았어. 여기선 많이들 그러거든."

"비열한 짓이잖아. 남을 속이는 건."

"알고서 그러는 거야."

내가 말했다.

헤더는 나를 더욱 유심히 관찰했다. 그렇게 족히 일 분은 빤히 바라보더니, 마침내 결론을 내린 듯 한쪽 입꼬리를 씩 올려 웃었다. 결국 내가 복슬복슬하고 무해한 생물이라고 판단한 모양이었다. 모래쥐일지도 모른다. 햄스터일 수도 있고.

"체리필드에도 바다코끼리 타입이 있었어. 새맬 선생님이라고. 그곳 선생님들이라면 전부 다 열 번씩은 그랬을 거야. 체리필드는 꽤 작은 동네거든."

"레이크뷰보다 더 작아?"

"훨씬 작아. 우리 엄마도 거기서 자랐어. 삼 년 연속 블루베리 아가씨로 뽑혔대."

나는 헤더가 그 사실을 자랑스러워하는지는 알 수 없었다. 부모님에게 같은 얘기를 백만 번쯤 들어서 이제 지긋지긋하다는 말투였으니까.

"여기는 무슨 무슨 아가씨 같은 거 없지?"

헤더가 물었다.

"없어."

"레이크뷰가 세계 어쩌고저쩌고의 중심지라거나?"

"아마 아닐걸."

헤더는 만족스럽게 고개를 끄덕였다. 그리고 물었다.

"그래서, 이따가 육상부 모임 갈 거야?"

"어, 응, 물론이지."

나는 일부러 고민해 본 적도 없다는 듯이 대꾸했다.

"좋아. 그럼 이따 봐."

헤더가 복도를 먼저 떠나며 말했다.

"잠깐만."

나는 뒤에서 헤더를 불렀다.

"그 사람 이름 뭐랬지? 그 올림픽 선수?"

"스테퍼니 브라운 트래프턴."

헤더가 뒤돌아 외쳤다.

"2008 베이징 하계 올림픽 원반던지기 금메달리스트. 기록은 64.74미터."

헤더는 이내 빠른 걸음으로 사라졌다. 오늘 아침 트랙에서처럼.

8장

/

수업을 마치고 사물함 물건들을 정리하는데 문득 할아버지가 집에 와 있겠다는 생각이 들었다. 애틀랜틱시티의 유치장이 어땠는지 듣고 싶은 마음이 간절했으나 이미 T 선생님과 헤더에게 육상부 모임에 참석하겠다고 약속한 상태였다. 두 사람 다 실망시킬 수는 없어서, 나는 D-5호실로 향했다. 교실 문에 안내문이 붙어 있었다.

육상부 크로스컨트리팀 모임 장소:
아래쪽 필드 트랙

나는 서둘러 복도를 지나 뒷문으로 나가서 위쪽 필드를 가로질렀다. 벌써 숨이 차다니, 느낌이 좋지 않았다. 이윽고 낡은 콘크리트 계단에 다다랐고, 나는 오늘 아침에 쓴 기술을 재탕했다. 난간을 잡고 비틀거리며 내려가 한 무리의 아이들이 기다리는 트랙에 도착했다.

남자 넷에 여자 다섯이었다. 모두 이름은 알았지만 말을 섞어 본 아이는 통합 교육반의 산지트와 에리카, 그리고 헤더뿐이었다. 남자 셋은 발뒤꿈치로 땅을 퍽퍽 밟으며 서 있었고 여자애들은 서로 신발 끈을 비교하고 있있다. 헤더만 빼고. 헤더는 무리에서 동떨어져 있었다.

"좀 늦었어."

내가 헤더에게 말했다. 왜 그랬는지는 모르겠다. 헤더가 책임자도 아닌데.

"코치도 아직이야."

헤더가 어깨를 으쓱하며 말했다. 나는 헤더가 마치 경험자처럼 '코치'라고 말하는 방식이 마음에 들었다. 누군가를 코치라고 부르는 게 퍽 익숙해 보였다.

"누군지 알아?"

새미 스몰이라는 아이가 물었다. 이름대로 정말 '작은' 그 아이는 커다란 단풍나무 가지에 매달려 나뭇잎들을 떨구려고 몸부림쳤다. 보아하니 새미는 약간 활력 문제가 있는 듯했다. 실은 새미도 통합 교육반에 있어야 하는 것 아닐까?

"누구냐니?"

헤더가 되물었다.

"코치."

"아니, 몰라."

헤더가 대답하자 새미는 나무에서 뛰어내려 다시 남자애들 무리에 합류했다.

"분명 드살보일 거야."

웨스라는 남자애가 말했다. 풍성한 곱슬머리가 눈썹 아래까지 치렁치렁했다.

"설마. 드살보는 축구부 감독이잖아."

새미가 말했다.

"그럼 오마라?"

"아니. 오마라는 여자 테니스팀 감독이고."

산지트가 말했다.

"웩, 여자 테니스 얘기는 꺼내지도 마."

빅토리아라는 아이가 말했다. 그 옆에는 당연하게도 테레사가 있었다. 둘은 초등학교 때부터 한 몸처럼 붙어 다녔다. 쉬는 시간에 함께 옆으로 재주넘기 연습을 하거나 자기들끼리 스페인어로 대화하는 것을 본 적도 있다.

"왜?"

"작년에 테니스 취미반에 가입했는데, 내내 벤치 신세였어."

테레사가 말했다.

"적어도 네 살 때부터 훈련받은 게 아니면 포기하라는 거나 다름없지."

빅토리아가 덧붙였다.

"나는 원정 축구 경기팀에 삼 년 연속 잘렸어."

브리앤이라는 여자애가 말했다.

"리틀 야구 리그는 어떻고. 난 메이저에서 마이너 리그로 밀려났다니까."

마크라는 남자애가 말했다.

내게도 슬슬 이야기의 패턴이 보였다.

"이러다 육상부에서도 탈락하는 거 아니야?"

산지트가 말했다.

"몰라. 우리 형이 그러는데 고등학교 육상부는 토할 때까지 뛰게 한대."

웨스가 말했다.

"짱이다."

새미가 말했다.

체육관 쪽에서 귀에 거슬리는 소리가 났다. 쓰레기차가 쓰레기를 수거할 때 나는 소리와 비슷했다. 고개를 들어 보니 파파시안 선생님이 목을 가다듬고 있었다. 순간적으로 나는 그가 우리 코치일까 봐 가슴이 철렁했다. 하지만 이내 그 뒤를 따르는 미식축구 선수들이 보였다.

"가자, 제군들."

파파시안 선생님이 걸걸한 목소리로 말했다.

"당장 너희의 무거운 엉 —."

선생님은 잠시 말을 멈췄다.

"우린 자연의 섭리를 감상하러 여기 온 게 아니다."

"자연의 뭐?"

새미가 물었다.

"섭리. 단풍이 진다거나 뭐 그런 거."

테레사가 대답했다.

"저 선생님 말조심해야 하거든. 분노 조절 문제로 상담받았다나 봐. 그래서 언성을 높이거나 욕을 하면 안 된대."

"학생한테 벽돌을 집어 던진 적도 있다던데."

브리앤이 말했다.

"그냥 레고였어. 우리 언니가 봤대."

빅토리아가 말했다.

파파시안 선생님에 대해 다들 떠들어대는 동안 나는 미식축구 선수들의 속도가 느려지는 이유를 깨달았다. 찰리 캐스트너와 그의 친구 재커리가 침 멀리 뱉기 시합을 하고 있었다. 재커리가 이기는 듯했으나, 찰리가 막 침을 발사하려다가 말고 더 흥미로운 목표물을 발견했다. 바로 우리.

찰리는 눈을 크게 뜨고 히죽거리며 막 도넛 상자를 연 듯한 얼굴로 우리 쪽을 바라봤다. 찰리의 눈에는 우리 한 명 한 명이 설탕을 입히거나 크림을 가득 채운 도넛이었다.

"봐!"

찰리가 소리쳤다.

"저기 보라고. 쟤네도……, 무슨 팀이야?"

재커리는 어깨를 으쓱했다.

"프리드먼! 너도 여자애들 팀에 들어갔냐? 무슨 스포츠인데? 뜨개질?"

내가 가만히 있자 웨스가 응수했다.

"육상부다, 이 머저리야. 그리고 여자애들 팀 아니거든."

'머저리'라는 말은 찰리에게 입력되지 않은 모양이었다. 눈길이 이제 헤더에게 꽂혔기 때문이다.

"이야, 맞네!"

찰리가 흥미롭다는 듯이 말했다.

"여자애들 팀 아니었네. 저기 누가 있는지 좀 봐."

찰리가 헤더를 가리켰다. 헤더는 찰리를 무시한 채 큰 나무에 기대어 한쪽 다리를 스트레칭했다. 찰리와 미식축구팀 선수들이 몇명 모여 웃음을 터뜨렸다.

"거기 너! 히프 체크 아가씨! 이쪽으로 와. 우리 라이트 태클* 필

---

* 미식축구 경기에서 라이트 가드의 바깥쪽에 있는 선수. 상대 팀의 공격을 막고, 자기 팀 공격 상황에서는 오른쪽에서 쿼터백을 보호한다.

요하거든!"

"캐스트너! 네 할 일이나 해!"

파파시안 선생님이 소리쳤다.

"코치님, 이게 제 일인걸요. 저는 미식축구 선수를 영입하려는 거예요."

"맞아요, 코치님. 쟤 좀 봐요. 라인 베커*로 뛰어도 되겠는데요!"

재커리가 맞장구쳤다.

"맞아, 라인 베커 아니면 태클. 어떻게 할래?"

찰리가 외쳤다.

헤더는 더할 나위 없이 침착했다.

"할 순 있지."

똑바로 선 헤더가 찰리를 물끄러미 바라보며 대꾸했다.

"근데 난 미식축구 별로라서. 게다가 이미 팀도 있고."

나는 그 팀이 우리를 뜻한다는 것을 알아차렸다.

"캐스트너!"

파파시안 선생님이 윽박질렀다.

"필드 한 바퀴 돌아!"

우리를 괴롭힌 벌인가 싶었는데 그게 아니라는 것을 선생님이 확실히 설명했다.

---

* 미식축구 경기에서 상대 팀 선수들에게 태클을 걸며 방어하는 수비수.

"훈련에 지장을 준 벌이다."

"네, 네."

찰리는 건성으로 대답하더니 출발하기 전에 헤더를 불렀다.

"너희 아빠께 안부 전해 줘."

그 말이 왜 조롱처럼 들리는지 나는 알 수가 없었다.

헤더는 눈을 깜빡일 뿐 아무 대꾸도 하지 않았다. 그저 나무로 돌아가 다시 스트레칭을 시작했다.

우리는 애써 별일 없었다는 듯이 굴었다. 헤더는 손을 뻗어 양 발목을 잡고 몸을 아래로 구부렸다. 나도 그 곁으로 가 따라 해 봤지만, 내 손은 아무리 뻗어도 무릎을 간신히 넘어갈 뿐이었다.

"쟤가 너희 아빠 알아?"

나는 고개를 아래로 숙인 채 물었다.

"클로버데일."

헤더가 대답했다. 클로버데일은 동네 반대편에 있는 골프 클럽이다.

"너 거기 회원이야?"

헤더는 바람 빠지는 소리를 냈다.

"아니. 찰리가. 우리 아빠는 거기서 일해."

"너희 아버지가 골프 가르치셔?"

피가 머리로 쏠렸다. 어지러웠다.

"아니. 우리 아빠는 원예가야."

양 볼이 눈가까지 쏠렸는데도 내 멍한 표정이 그대로 드러난 모양이다.

"식물 전문가라고. 도시 농업 전문가."

헤더가 설명했다.

관심 없는 것처럼 보이고 싶지는 않았지만 일 분만 더 버티면 쓰러질 것 같았다.

"얼마나 더 숙이고 있을 거야?"

내가 물었다.

헤더가 발가락을 터치하고 몸을 곧추세우기에 나도 그렇게 했다. 나를 비웃고 싶을 만도 한데 헤더는 비웃지 않았다. 고마웠다. 핑핑 돌던 머리가 안정을 찾자 내가 다시 입을 열었다.

"근데 클로버데일에 왜 식물 전문가가 필요해?"

"장난해? 여기 이사 왔을 때 아빠가 보니까 여기저기 피시움 잎 마름병에, 잔디 기저부 부패에, 점균류투성이였대."

헤더의 말은 메스꺼운 속을 진정시키는 데 아무 도움이 되지 않았다.

"게다가 나무에는 나무좀벌레도 있었고."

"나무좀……."

"나무좀벌레. 그 녀석들 진짜 제거하기 어렵거든."

"그런데 너희 아버지는 어떻게 제거하는지 아시고?"

"뭐, 그렇지."

헤더가 그야 뻔하다는 듯이 대답했다.

"메인 대학교에서 학위도 받았으니까."

그때 한 여자애가 외쳤다.

"저기 봐! 우리 코치인가 봐."

우리는 그 아이가 가리키는 쪽을 보았다. 누군가가 계단을 내려오고 있었다. 햇빛 때문에 잘 보이지는 않았지만 운동복에 운동화 차림이었다. 확실하지는 않지만 여자인 듯했다. 그 인물이 가까이 다가올수록 나는 잘못 봤나 싶어 연신 눈을 깜빡였다. 하지만 산지트를 보니, 나와 똑같이 믿을 수 없다는 표정을 짓고 있었다. 에리카도 마찬가지였다.

"통합 교육반 선생님 아니야?"

브리앤이 말했다.

"맙소사."

산지트가 말했다.

그제야 확신이 들었다. 위아래로 운동복을 입고 분홍색 끈과 초록색 밑창이 달린 새하얀 운동화를 신은 사람은 바로 우리의 육상부 코치, T 선생님이었다.

9장

/

나는 그 분홍색 끈 운동화를 바라보며 T 선생님이 코치인 상황을 이해하려고 애썼다. 한편으로는 그럴듯했다. 사실상 T 선생님은 통합 교육반의 코치로서 우리가 더 잘하도록 이끌고 격려하는 사람이니까. 하지만 선생님은 그날 소식지를 읽어 주면서 아무런 힌트도 주지 않았다. 뭔가를 비밀로 하는 것은 T 선생님답지 않았다. 선생님은 한번도 운동선수가 되고 싶다거나, 심지어 스포츠를 좋아한다는 얘기도 한 적이 없었다. 그래서 영 낯설었다. 이렇게 야외에서, 운동복 차림에, 목에 호루라기를 건 T 선생님이라니.

"자."

선생님은 우리의 혼란스러운 얼굴을 보며 말했다.

"달릴 준비들 되었나?"

"잠깐만요, 우리 코치는 어딨어요?"

웨스가 물었다.

T 선생님은 자신을 가리키며 미소지었다.

"그게 아니라 남자팀 코치요."

선생님은 휙 뒤를 돌아보고는 다시 자신을 가리켰다.

"그럼, 남자랑 여자랑 같은 팀에 있는 거예요?"

테레사가 이렇게 묻고는 새미 스몰을 가자미눈으로 흘겨봤다.
새미는 선생님 입에서 '달릴 준비'라는 말이 나왔을 때부터 줄곧
제자리 뛰기를 하고 있었다.

"크로스컨트리에서는 다 같이 훈련한다. 시합은 거의 남녀 따로
하겠지만, 우리는 단란한 한 팀이야."

T 선생님이 대답했다.

"크로스컨트리가 뭐예요? 저희는 육상 경기인 줄 알았는데요."

마크가 물었다.

"육상에는 세 시즌이 있어."

T 선생님이 손가락 세 개를 펼쳐 보이며 설명했다.

"가을에는 다 함께 크로스컨트리를 할 거야. 그리고 겨울에는
트랙 경기랑 필드 경기를 할 수 있지. 트랙 경기로는 단거리 경주,
장애물 경주, 장거리 경주가 있고, 필드 경기로는 멀리뛰기, 장대
높이뛰기, 포환던지기가 있단다."

"여기서요? 겨울에요? 눈이 오면요?"

산지트가 어리둥절한 표정으로 물었다.

"걱정 마, 산지트."

선생님이 싱긋 웃었다.

"근처 대학에 있는 실내 트랙을 이용할 거니까. 봄이 되면 다시 이곳 야외로 돌아와 원반던지기 같은 필드 경기나, 어쩌면 투창까지 하게 될 수도 있어."

선생님이 원반던지기를 언급했을 때 나는 헤더를 향해 뭔가 친근하면서도 동의를 구하는, 그리고 약간 사과하는 듯한 미소를 지었다. 다만 그 미소가 '나 화장실 좀.' 하는 표정처럼 조금 어정쩡했다는 느낌이 들었다.

"그래서 크로스컨트리는 뭘 하는 건데요?"

빅토리아가 물었다.

"달리기! 2.5킬로미터 정도 코스를 달릴 거야."

T 선생님이 말했다.

"2.5킬로미터요?"

웨스가 외쳤다.

"미친 거 아니야?"

테레사가 중얼거렸다.

"*로카.**"

빅토리아가 고개를 끄덕이며 말했다.

---

* loca, 미친 사람을 뜻하는 스페인어 loco의 여성형 명사.

"재밌는 건, 대회가 여러 학교에서 진행된다는 점이야. 똑같은 코스는 없다는 말이지."

브리앤이 슬며시 손을 들었다.

"대회라뇨?"

"경주하는 거야. 경주를 위해 여러 팀이 '대대적으로 회동'한다고 그렇게 부르나 봐? 좋은 지적이야, 브리앤!"

브리앤은 자기가 지적을 한 줄도 몰랐다는 표정이었다.

"그래서!"

T 선생님은 손바닥을 마주쳤다.

"내가 우리 홈 코스를 짜 봤어. 필드에서 출발해서 숲을 통과한 다음 백참나무 길을 따라 올라갔다가 체육관 주위를 빙 돌아오는 것을 두 번 왕복하는 코스야. 너희 마음에도 쏙 들걸!"

다들 뜨뜻미지근한 표정이었다.

"당장은 파일럿 프로그램이니까 —."

"즈즈즈즈르으우움"

새미였다.

"에에에에에에에에."

새미는 전투기 파일럿 흉내를 내고 있었다.

"고맙다, 새미. '파일럿'은 맛보기라는 뜻이야. 맛보기인 만큼, 일단 해 보면서 배우게 될 거야. 하지만 가장 신나는 일은……."

T 선생님은 이미 잔뜩 신난 표정이었다.

"시즌 마지막 대회, 즉 리그 결승전이 바로 여기 레이크뷰에서 열린다는 거지!"

선생님은 두 손으로 머리를 감쌌다. 너무 신이 난 나머지 터지기 라도 할 것처럼.

"자, 질문 있니?"

"탈락도 있나요?"

산지트가 물었다.

"탈락?"

T 선생님은 어리둥절한 표정이었다.

"빨리 못 달리면 팀에서 잘리냐고요."

에리카가 설명했다. 여태껏 말은 별로 없었지만 집중하고 있었 던 모양이다.

"너희는 최선을 다하기만 하면 돼. 노력하는 한 너희는 이 팀의 일원이란다."

빅토리아와 테레사가 가볍게 하이파이브 했다.

"트로피도 있나요?"

웨스가 물었다.

"대회에 따라 상위권 완주자들에게 트로피를 주거나 상위 팀에 메달을 수여할 거야. 하지만 크로스컨트리에서 가장 중요한 것, 그 리고 경주마다 너희가 목표로 삼았으면 하는 것은 바로 개인 기록 이야."

"뭐라고요?"

산지트가 물었다.

"개인 기록. 개인 최고 기록이라고 부르기도 하는데, 나는 개인 기록 쪽이 더 마음에 들어. 오늘 기록이 얼마였든, 내일은 그보다 더 좋은 기록을 내면 돼. 각자 최선을 다하는 거야. 다른 누구도 아닌, 자신의 최선을."

"트로피만 있다면요."

웨스가 중얼거렸다.

T 선생님이 앞으로의 일정과 출석, 쉬는 날 등에 대해 설명했지만 내 귀에는 거의 들어오지 않았다. 나는 그 개인 기록이라는 것을 곱씹고 있었다. 좋은 소식 같았다. 나를 이기는 것은 다른 사람을 이기는 것보다야 훨씬 쉬울 테니까.

"유니폼도 주나요?"

새미가 질문했다. 새미 역시 선생님 말에 집중하지 않은 듯했다. 아무리 봐도 통합 교육반에 있어야 할 친구다.

"그래, 새미. 하지만 우리는 이제 막 시작했잖니. 노력해서 얻어야 해. 자, 다들 몸풀 준비 됐니?"

찍소리도 없었다.

"물론 됐고말고! 두 바퀴로 시작하자."

브리앤이 손을 들었지만, 미처 묻기도 전에 T 선생님이 설명해 주었다.

"트랙을 한 번 빙 돌아오는 게 한 바퀴야. 두 바퀴니까 두 번 돌아오기다. 알겠니? 가자!"

다들 잠시 머뭇거리는 사이, 헤더가 출발했다. 나머지 여자애들이 그 뒤를 이었고 새미가 그들을 따라잡으려고 달려 나갔다.

"천천히! 다들 속도 줄여! 몸풀기야!"

T 선생님이 외쳤다. 하지만 아무도 그 말을 듣지 않았다. 웨스와 마크는 뒤엉킨 채 새미 뒤에 따라붙었다. 그렇게 남자 셋은 여자 넷을 제치려고 전력 질주했다. 산지트와 나는 맨 뒤에 있었다.

처음에는 그저 상쾌했다. 고개를 들어 하늘을 봤다. 짙은 녹색의 단풍나무와 대비되어 하늘은 어느 때보다 파랬다. 공기는 갓 깎은 풀에서 나는 단내를 머금고 있었다. 전방에 있던 개똥지빠귀 한 마리가 나를 보더니 쏜살같이 날아갔다. 태양은 아직도 여름 오후처럼 쨍하고 트랙은 따스했다. 며칠 동안 흡수한 열기를 뿜어내는 것 같았다. 나는 트랙이 달리기 위해 존재한다는 점이 마음에 들었다. 길에서 달리는 것과는 달랐다. 늦어서 달리거나 도망치려고 달리는 것과도 달랐다. 그저 달리기를 위한 달리기였다.

나는 탄력 있는 붉은 트랙 위를 날 듯이 구르는 내 발을 응시했다. 왼발, 오른발, 왼발, 오른발, 그대로 커브까지 돌았다. 앞서가는 아이들을 따라잡으려 좀 더 속력을 냈다. 기분이 무척 좋았다. 빠르고 자유로운 느낌……. 그런데 얼마 안 가 옆구리가 살살 아파 왔다. 처음에는 누가 갈비뼈 부근을 살짝 꼬집는 느낌이라 무시할 만했다. 하지만 어느새 부엌칼로 찌르는 듯한 통증으로 번졌다.

주위를 둘러보니 다들 속도가 느려지고 있었다. 여자애 두 명은 나와 같은 통증을 느끼는 듯 옆구리를 부여잡고 있었다. 나는 새미 스몰에 발이 걸려 자빠질 뻔했다. 새미는 중간 레인에 주저앉아 숨을 헐떡이며 역시 갈비뼈를 문지르고 있었다. 혹시 우리 모두 동시에 맹장염에 걸릴 가능성도 있을까?

T 선생님이 호루라기를 불었을 때 우리는 저마다 등, 옆구리, 얼굴을 트랙에 대고 뻗어 있었다. 스프레이 살충제를 맞고 나가떨어진 파리 떼 같았다. 헤더만 빼고. 헤더는 깍지 낀 두 손을 머리 위로 뻗고는 상체를 좌우로 구부렸다. 모든 감각이 만족스럽다는 표정이었다. 잠시 후 내 옆으로 분홍색 끈에 녹색 밑창이 달린 흰 운동화가 보였다.

나는 T 선생님을 올려다보았다.

"제가 뭘 잘못했다고 절 죽이시려는 거예요?"

"그냥 쥐가 난 거야. 결린다고도 하지. 너희 모두 너무 빨리 출발했어. 조만간 스스로 속도 조절하는 법을 터득하게 될 거야."

"왜 그때 코치라고 말씀 안 해 주셨어요?"

T 선생님은 통합 교육반에서처럼 머리 위에 손을 얹었다.

"너희가 나 때문에 결정할까 봐. 자기 자신을 위해 결정했으면 했거든."

그러고는 소리쳤다.

"좋아! 다들 좋은 출발이었어!"

트랙 곳곳에 널브러진 아이들을 보니, 과연 나쁜 출발은 뭘까 싶었다.

"다들 일어나. 한 바퀴는 그냥 걷고 다시 한 바퀴 달려 보자."

옆구리가 아직 아팠지만, 나는 트랙에서 겨우 몸을 떼어 내 마크 옆에서 걷기 시작했다. 마크의 상태도 나와 별반 다르지 않았다.

헤더는 가뿐히 열 바퀴는 더 뛸 수 있을 것처럼 보였다. 나를 지나칠 때 격려의 말 한마디라도 건넬 줄 알았는데, 격려 대신 헤더는 이렇게 말했다.

"집에 가서 바나나 먹어."

이건 또 뭐라고 놀리는 거지? 이미 다 들어 봤겠거니 하다가도 늘 새로운 표현을 접하게 된다.

나는 한 바퀴 걷기를 마친 뒤, 절뚝이며 또 한 바퀴를 마저 달렸다. 겨우 T 선생님에게 돌아갔을 때, 선생님은 맨 위에 '비상 연락망'이라고 적힌 카드를 아이들에게 나눠 주고 있었다. 나는 그 카드를 다 채우기 전에 내가 비상사태에 빠지지 않기만을 바랐다.

이미 빈칸을 다 채운 아이들이 T 선생님 주변으로 모였다.

"좋아, 다들 수고했어."

선생님은 카드를 걷으며 말했다.

"내일부터는 본격적인 훈련에 돌입한다! 같은 시간, 같은 장소에서!"

헤더가 자기 카드를 내 손에 쥐여 주었다.

"코치님한테 좀 전달해 줄래? 몸 풀렸을 때 한두 바퀴 더 돌고 싶어서."

그러고는 달리기 시작했다. 또다시.

역시나 내가 마지막으로 비상 연락망 카드를 채웠다. 대고 쓸 만한 데가 무릎밖에 없었다. 마치 범퍼카를 탄 채로 쓴 글씨처럼 보이긴 했으나, 어찌어찌 제1 연락처와 제2 연락처에 각각 엄마 아빠의 정보를 써넣을 수 있었다. 나는 헤더의 카드를 슬쩍 보았다. 제1 연락처에 '마이클 콘스탄티니디스'라고 적혀 있었다. 만약 그게 내 이름이었다면 나는 시험지마다 꾸역꾸역 이름을 써넣느라 아직도 1학년에 머물러 있을 것이다. 하지만 헤더는 군더더기 없이 바르게 써냈다. 학생과의 관계는 '아버지'였다. 그리고 직장 전화번호와 휴대전화 번호가 적혀 있었다. 제2 연락처는 공란이었다.

다들 짐을 챙겨 떠날 때쯤 나는 절뚝거리며 T 선생님에게 다가가 내 카드와 헤더의 카드를 내밀었다.

"수고했다, 조지프."

선생님이 내 어깨를 두드렸다.

나는 소지품을 놓아 둔 곳으로 가 가방을 집어 들었다. 왜 이렇게 무겁나 했더니 『소년이여, 몸짱이 되자!』가 들어 있다는 게 기억났다. 표지의 십 대 남자아이들이 내 꼬락서니를 보고 히죽거리고 있겠지.

집으로 향하기 전에 트랙을 돌아봤다. 헤더는 여전히 달리고 있었다. 연달아 두 바퀴, 어쩌면 세 바퀴째일지도 모른다. 그런데 숨도 헐떡이지 않았다.

10장

집에 돌아오니 반가운 소식이 기다리고 있었다. 할아버지가 돌아온 것이다.

할아버지는 거실에서 자신이 가장 좋아하는 가죽 안락의자에 앉아 어떤 오페라 합창을 듣고 있었다.

나는 할아버지에게 와락 안겼다. 그러자 안락의자도 우리 둘을 껴안고 휘청했다.

"유치장은 어땠어요?"

내가 물었다.

"해 지는 집에서 일보 전진한 셈이었지."

할아버지가 말했다.

"해 뜨는 집이에요."

엄마가 부엌에서 나오며 말했다. 엄마는 할아버지에게 커피를 건넸다. 나는 소파에 앉았다.

"해 뜨는 집 실버타운이라고요."

"거기 있는 사람들은 죄다 일흔다섯이 넘었어. 내 말 믿어. 거긴 해 지는 집이라니까."

"어쨌든, 돌아오셔서 다행이에요. 그 불미스러운 외박 사건 뒤에요."

엄마가 말했다. 할아버지는 나를 보며 윙크했다.

"대체 무슨 짓을 하셨어요?"

내가 물었다.

"아무 짓도 안 했어. 자유 시민이 자유 국가에서 할 수 있는 짓만 했다고. 산책 좀 하다가 시저스 카지노 호텔에 들렀을 뿐이야."

"아빠, 단체 활동 중이었다고요."

엄마는 할아버지가 거실 곳곳에 남긴 식기를 치웠다.

"말도 없이 이탈하면 안 되잖아요."

"그 양반들은 갑각류처럼 움직인다고. 다들 지팡이나, 그 뭐냐, 보행기 없이는 걷지를 못해."

"보행 보조기요."

엄마는 한숨을 내쉬며 말했다.

"전원이 버스에서 내리는 데만 삼십 분이 걸려. 계단이 세 칸인데 누가 보면 에베레스트산이라도 내려오는 줄 알겠더라니까. 게다가……."

할아버지는 머리를 흔들며 말을 이었다.

"우릴 내려 준 곳도 무슨 싸구려 술집 여자들에 눅눅한 땅콩이 있는 삼류 카지노였지 뭐야. 내 취향은 시저스인데."

엄마는 또다시 한숨을 내쉬며 접시 위로 시리얼 그릇과 컵을 쌓았다.

"그런데 뜬금없이 경찰이 쫓아오는 거야. 내가 무슨 마피아 벅시 시걸이라도 된 줄 알았어."

"다들 아빠를 찾느라 난리였대요. 길을 잃으신 줄 알고요."

"길을 잃다니. 난 다 큰 어른이야. 내 앞가림은 한다고. 그 해 지는 집 인간들, 아주 오지랖들이 넓어. 허구한 날 간섭을 해. '샤츠키스 씨, 아침 먹을 시간이에요. 샤츠키스 씨, 점심 먹을 시간이에요.' 하면서."

엄마는 커피 테이블에 앉아 할아버지를 달래듯이 말했다.

"아빠, 기억하죠? 작년에 엄마 돌아가시고 홀로되셨을 때요. 밥도 안 챙겨 드시고……."

할아버지는 파리를 쫓듯이 손을 휘휘 내저었다.

"먹긴 먹었어. 양이 줄어서 그랬지. 혼자 먹으면 밥맛이 영 별로라고. 그리고 가슴이 아파서 그랬다. 슬픈 것도 잘못이니?"

"물론 아니죠."

엄마는 꾹 눌러 참는 듯한 말투로 말했다.

"그래서 저희가 아빠를 혼자 두지 않으려는 거예요. 저희랑 함께 지내지 않겠다고 하시니까……."

"부담이 되기 싫었다."

"그래서 해 뜨는 집이 낫겠다고 결정한 거잖아요. 아빠도 동의
하셨고요."

할아버지는 들릴 듯 말 듯 끙 소리를 냈다.

"나 참, 거기가 무슨 양로원도 아니잖아요. 얼마나 아름다운 실
버타운이냐고요. 9홀 골프 코스까지 있고."

"난 골프 안 친다. 게다가 산책 좀 했다고 사람을 잡아 가두는 정
신 나간 작자들이 운영하는 줄은 몰랐지!"

"아빠를 찾으려고 경찰에 연락한 거잖아요."

엄마가 일어나면서 응수했다.

"다들 걱정했다고요. 그런데 유치장에는 제 발로 들어가셨다면
서요?"

"경찰서에 있는데, 좀 눕고 싶었어."

"바라는 대로 돼서 참 좋으셨겠어요."

엄마의 두 손에 들린 접시들이 달그락거렸다.

"이제 저희 바람도 좀 들어주세요. 전 일 때문에 거의 나가 있으
니까 여기서 조지프랑 같이 지내시면 좋겠어요."

엄마는 부엌으로 향했다.

"그리고 이번에는 타협할 생각 없어요."

그러고는 싱크대에 접시를 쩔그럭하고 떨궜다.

할아버지는 움찔하더니 나를 향해 나지막이 말했다.

"유치장 건은 네 엄마가 정곡을 찔렀다. 하지만 내가 인정했다고는 말하지 마라."

라디오에서 합창이 끝나자 할아버지가 내게 가까이 오라고 손짓했다. 나는 안락의자의 푹신한 팔걸이에 앉았다. 할아버지가 땀이 잔뜩 밴 내 머리칼을 헝클어뜨렸다.

"뭐 하다가 왔니? 공놀이?"

"달리기요. 크로스컨트리."

"크로스 뭐?"

"스포츠 이름이에요, 할아버지. 크로스컨트리 경주."

"그렇구나. 너 잘 달리니?"

"아니요. 최악이에요. 그런데 T 선생님이 점점 나아질 거래요. 그분이 코치예요. 저희 통합 교육반 담당 선생님이기도 하고요."

라디오에서 한 남자가 다음에 나올 내용을 소개했다. 할아버지는 리모컨으로 전원을 꺼 버렸다.

"통합 교육반이라고. 네 주의력 문제 때문이냐?"

"네."

"나도 주의력이 떨어져. 일흔아홉이라서는 아니야. 마흔아홉 살때도 떨어졌고, 아홉 살 때도 떨어졌지."

"저는 읽는 게 진짜 느려요."

할아버지가 고개를 끄덕였다.

"바보처럼 느껴질 때도 엄청 많고요."

"그 기분 나도 잘 알지."

"어떨 땐 가만히 앉아 있지도 못해요."

"그렇다면 달리기가 꽤 괜찮은 해결책 같은데, 안 그러니?"

어라, 그런 식으로는 생각해 본 적이 없었다.

"할아버지도 어렸을 때 통합 교육반에 있었어요?"

"그 시절에는 통합 교육반 같은 게 없었어. 선생들한테 멍청하다는 소리나 듣고 딴 녀석들한테 쥐어 터지기나 했지. 요즘도 그러니?"

"아니요. 가끔 놀림을 당하긴 하지만요."

"몽둥이나 돌에 뼈가 부러질 수는 있지만 말에 상처 입지는 않을 것이다."

할아버지가 읊조렸다.

짐작건대 옛날에 비하면 세상이 많이 좋아졌으니 불평하지 말라는 소리 같았다.

"아무튼, 할아버지는 해 뜨는 집으로 돌아가기 싫어요?"

나는 내심 그렇기를 바랐다. 할아버지와 이야기하는 게 좋았다. 할아버지는 어깨를 으쓱하고 안락의자의 레버를 밀었다. 머리 받침대가 수직으로 올라오면서 할아버지의 뒤통수를 후려쳤다. 우리는 둘 다 휘청했다.

"해 뜨는 집 말이냐?"

할아버지가 푹신한 의자에서 몸을 일으키며 중얼거렸다.

"거기서는 뭘 먹어야 하는지, 어떻게 걸어야 하는지, 어떤 여자한테 윙크를 날려야 하는지 일일이 알려 준단다. 할 수만 있다면 언제 화장실에 가야 하는지까지 정해 주려 들걸."

학교도 마찬가지인데. 선생님들뿐만 아니라 상급생들, 잘나가는 아이들, 괴롭히는 아이들이 사사건건 무엇이 괜찮고 무엇이 안 괜찮은지 알려 준다. 어쩌면 나는 그들에게서 영영 벗어날 수 없을지도 모른다. 그들이 평생 나를 쫓아다닐지도 모른다.

할아버지는 화장실로 향했다.

"거기 사람들은 나이를 어떻게 먹어야 하는지 자기들이 정할 수 있다고 생각하나 본데, 글쎄, 내 생각은 어떤지 아니?"

할아버지가 뒤돌아보며 속삭였다. 마치 나에게만 비밀을 알려 주듯이.

"이제 내 인생에서 좀 꺼지라고 말할 때가 된 것 같다."

11장

/

다음 날 나는 스스로도 정확히 알 수 없는 이유로 훈련에 참여했다. 엄마 아빠에게는 제대로 얘기하지 않았다. 본격적인 훈련은 이번이 처음이자 마지막일 수도 있으니까. 할아버지한테 훈련 얘기를 이미 했기 때문에 온 걸까. 아니면 헤더나 T 선생님 때문일지도 모른다. 그리고 뭔가 이상하지만 옆구리가 쑤신 일과도 관련이 있는 듯했다. 아파서 좋았다는 게 아니라 남들도 같이 아파서였다. 혼자서 좌절하던 시기는 충분히 겪었으니 고통을 함께 누릴 때도 되지 않았나 싶었다.

다른 아이들도 비슷하게 느꼈는지, 전원이 빠짐없이 출석했다. 이번에는 T 선생님이 미리 나와 우리를 맞아 주었다. 나는 웨스와 마크 곁에 섰다. 웨스는 손가락에 묻은 케첩 같은 것을 핥고 있었다. 침은 반바지에 쓱 닦았다.

그 모습을 본 테레사가 웩 소리를 냈다.

"뭐?"

웨스가 말했다.

"그거, 감자튀김이었어?"

"급식 때 남은 거. 버리기 아깝잖아."

"웩."

테레사가 되풀이했다.

"자!"

선생님이 외치자마자 새미가 손을 들었다.

"왜 그러니, 새미?"

"T 선생님 ─."

"코치."

선생님이 말했다.

"코치라고 부르렴. T 코치도 괜찮고."

"알겠어요, T 선…… 코치님, 저희 유니폼 주시나요?"

"어제도 말했듯이, 유니폼은 언젠가 받을 거다. 하지만 그 전에 노력을 좀 해야 해."

"여자들은 유니폼 입은 남자를 좋아하거든."

새미가 마크에게 속삭였다. 그러고는 씩 웃으며 빅토리아를 향해 눈썹을 치켜올렸다. 빅토리아는 딱히 반응을 보이지 않았다.

T 코치는 손뼉을 쳐서 우리를 집합시켰다.

"자, 그럼 오늘의 훈련을 시작하겠다."

"아이고야."

마크가 투덜거렸다.

"계획은 다음과 같아. 우선 트랙 두 바퀴로 몸풀기를 한다. 가볍게 천천히. 어제를 기억해. 초반에 너무 빨리 뛰면 반드시 후회할 거야. 그렇지, 빅토리아?"

"뭐라고요?"

빅토리아가 바쁘게 머리를 질끈 올려 묶으며 되물었다.

"어제, 다들 출발 속도가 지나치게 빨랐다고."

T 코치가 또박또박 힘주어 말했다. 못 들었다고 할 사람이 없을 정도로.

"오늘은 두 바퀴 달린다. 산지트, 어떻게?"

"가볍게 천천히."

산지트가 냉큼 대답했다. T 선생님을 정말 좋아하는 모양이다.

"바로 그거야. 가볍게 천천히. 그리고 조금 쉰 다음에 숲을 지나 백참나무 길까지 가 볼 거야. 코스를 따라서 화살표가 스프레이로 칠해져 있으니까 따라가기만 하면 돼. 백참나무 길을 따라 언덕을 오르면 내가 꼭대기에서 기다리고 있을 거야. 명심해, 천천히 달리기다. 힘들면 걸어도 돼. 준비됐니?"

다행히 선생님은 대답을 기다리지 않았다.

"출발!"

헤더가 먼저 출발하고 나머지도 서둘러 따라붙었다. 그리 나쁘지 않을 거라고, 나는 속으로 중얼거렸다. 이번에는 긴장을 좀 풀고 가자. 천천히 달려 보는 거야. 가볍게 천천히.

그러나 나는 몇 발짝 못 가 그것을 보고 말았다.

거위 똥.

녹갈색 통나무 같은 거위 똥이 트랙의 스타트 라인 곳곳에 무더기로 널려 있었다. 비대한 초록색 애벌레처럼 생긴 똥을 보고 있자니 그린 올리브와 완숙 노른자와 아기 인형의 깜박거리는 두 눈을 마주한 느낌이었다. 온몸이 굳고 속이 울렁거렸다는 뜻이다. 여자애들은 용하게 깡충깡충 피해 가는데, 나는 꼼짝도 할 수 없었다.

"조지프."

T 선생님이 불렀지만 그 목소리는 거의 귀에 들어오지 않았다. 거위 똥 비상 경보음이 머릿속에서 울렸다. 거위 똥 지뢰밭이었다. 거위 똥 악몽이었다.

"그냥 피해서 가. 조금만 가면 없으니까."

나도 움직이고 싶었다. 진심이다. 코치가 내 손을 잡으려 했지만 나는 손을 뒤로 뺐다. 내 머릿속에는 한마디 말만 맴돌았다. 난 못 해. 난 못 해. 난 못 해. 난 못 해.

곁눈으로 나머지 팀원들 모습이 보였다. 다들 이미 저 멀리 코너를 돌고 있었다. 헤더를 선두로 어느새 반 바퀴를 돌았다. 곧 이쪽으로 오면 내가 얼마나 구제 불능 겁쟁이인지 알게 될 것이다.

나는 숨을 크게 들이쉬고 그 작은 녹색 원통형 덩어리들을 내려다보았다. 혹시 눈을 감는다면……, 아니, 그러면 똥을 밟을 수도 있다. 이번에는 눈을 한껏 찌푸려 보았다. 그럴싸한 절충안인 듯했다. 혹시 주위를 떠도는 거위 똥 분자가 내 몸에 침투할까 봐 숨을 참고서 발끝으로 걷기 시작했다.

"힘내, 조지프. 넌 할 수 있어!"

T 코치가 소리쳤다. 아마 살면서 나처럼 느리게 움직이는 사람을 응원한 적은 없을 것이다. 어쨌거나 나는 한 걸음 또 한 걸음 내디뎠다. 어느덧 반쯤 돌파했다. 전방을 보니 몇 걸음만 더 가면 트랙이 깨끗했다. 그렇게 한 발 한 발 나아가자 곧 거위 똥이 사라지고 청결한 선홍색 트랙이 드러났다. 그 순간 도주 본능 같은 게 발동했는지 나는 쏜살같이 튀어 나갔다. 거위 똥이 없는 그 아름다운 청정 지대로.

믿을 수 없었다. 나는 숨을 크게 들이쉬고 가슴을 부풀린 채 나의 용감함을 만끽하며 달렸다. 거위 똥 정복자가 된 기분이었다. 올리브든 완두 수프든 다 덤비라고 해. 노른자를 둘러싼 징그러운 회색 막 따위 얼마든지 바라봐 주지.

하지만 그때 헤더가 나를 지나쳤고 이내 웨스, 새미, 그리고 빅토리아와 테레사가 차례로 뒤를 이었다. 다들 엄청나게 빠르지는 않았지만 어쨌든 나보다는 빨랐다. 나는 다들 알게 모르게 거위 똥을 밟았을지도 모른다는 생각을 애써 떨쳐 냈다.

T 코치가 모두를 향해 손뼉을 치고 있었다. 산지트가 내 옆을 지나칠 때 나는 아무 일도 없었다는 듯이 그 뒤에 따라붙었다.

출발 지점에 다다라 나머지 팀원들과 합류했을 때 빅토리아가 대뜸 말했다.

"조지프는 한 바퀴밖에 안 뛰었어요."

다들 나를 쳐다봐서, 나는 그저 기다렸다.

"오늘 조지프는 자신이 할 수 있는 만큼 다 했어."

T 코치가 말했다. 가끔 통합 교육반에서 쓸데없이 참견하지 말라는 무언의 압박을 줄 때와 비슷한 어조였다.

여자애들이 생수병에 든 물을 조금씩 홀짝거리고 남자애들이 식수대에서 누가 누가 더 시끄럽게 물을 들이켜나 겨루기를 마치자, T 코치는 입을 열었다.

"좋아, 천천히 잘 달렸어! 훌륭해. 이제부터는 숲길이다. 천천히 달리는 것 잊지 마. 화살표를 따라 백참나무 길까지 가는 거야. 난 언덕 꼭대기에서 기다리고 있으마. 걸어도 좋아. 우선은 코스부터 익숙해지자고. 자, 다들 준비됐지?"

이번에도 침묵이었다.

"좋아! 가자, 숲으로!"

T 코치가 말했다.

헤더는 역시나 선두였고 나는 여전히 꼴찌였다. 숲길로 들어서자 화살표 따위는 보이지 않았다. 낙엽과 솔잎에 덮인 모양이었다.

빅토리아와 테레사가 그리 멀지 않은 곳에 있어, 둘을 놓치지만 않으면 괜찮을 것 같았다. 두 사람은 나란히 붙어 천천히 달렸다. 높이 올려 묶은 둘의 머리카락(테레사의 금발과 빅토리아의 검은 머리)이 보조를 맞춰 왼쪽, 오른쪽, 왼쪽, 오른쪽으로 완벽하게 똑같이 흔들렸다. 마치 강아지 꼬리 같았다. 왼쪽, 오른쪽, 왼쪽, 오른쪽, 정확히 맞춰서, 정확히 동시에. 왼쪽, 오른쪽, 왼쪽, 오른쪽.

갑자기 나는 땅바닥에 고꾸라졌다.

지나온 길을 돌아보니 커다란 나무뿌리가 튀어나와 있었다. 거기에 발이 걸린 모양이다. 일어나려 했더니 티셔츠가 가시덤불에 걸려 옴짝달싹할 수 없었다. 고개를 들자 빅토리아의 머리카락이 마지막 희망의 깃발처럼 나부끼더니 이내 눈앞에서 사라졌다.

무릎에 묻은 흙을 털고 소매를 끌어당겨 봤지만 가시덤불은 티셔츠를 꽉 물고 놔주지 않았다. 나는 시간이 얼마나 흘렀는지도 모르는 채 그 자리에 발이 묶여 있었다. 덤불에는 작고 빨간 열매가 점점이 박혀 있었다. 문득 궁금해졌다. '만약 여기가 무인도이고 나 혼자 버려졌다면 내가 이 열매들을 먹고 살아남을 수 있을까?' 어떤 나무딸기류는 먹으면 구토를 일으킨다고 책에서 읽은 적이 있다. 혹시 이 열매들도 그런 종류일까? 숲에는 부러진 나뭇가지들도 있었다. 저걸 모아 움막을 지을 수 있을까? 나무딸기가 영 먹을 게 못 되면 내가 과연 동물을 사냥할 수 있을까? 물고기라면 가능할지도 모른다. 근처에 냇물과 물고기가 있다면 굶어 죽기 전에는 어떻게든 잡아먹을 수 있을 것이다. 그런데 다람쥐나 산토끼라면? 아니, 무리다. 잡아먹기는커녕 오히려 견과류나 열매를 나눠 줄 것이다. 아무래도 혼자보다는 작은 동물들을 친구 삼아 지내는 편이 나을 테니까. 어쩌면 다람쥐를 훈련시켜 견과류와 씨앗을 모아 오게 한 다음 나눠 먹을 수도 있겠다. 재미있겠는걸.

시간이 얼마나 흘렀을까, 웬 목소리가 들렸다.

"조지프."

고개를 들어보니 헤더였다. 썩 반가운 표정은 아니었다. 곧이어 이쪽으로 다가오는 아이들의 말소리가 들렸다.

"숲에서 길을 잃은 거야?"

누군가가 말했다.

"무슨 수로? 길은 하나뿐인데."

"어떻게 된 거야?"

헤더가 물었다.

"음, 넘어졌어. 그러고 나서 정신을 팔았나 봐."

"정신을 팔아?"

"나한테는 그런 문제가 좀 있어."

"뭐, 그래. 문제 없는 사람은 없으니까."

헤더가 내 티셔츠를 가시덤불에서 빼내고는 손을 뻗어 나를 일으켰다.

웨스와 새미가 다가왔다.

"야, 뱀한테 잡아먹힌 줄 알았잖아."

새미가 말했다.

"아니면 코모도왕도마뱀한테라든지."

"가자."

헤더가 실없는 소리 따위 듣고 있을 여유가 없다는 듯이 달리기 시작했다. 나는 비틀거리며 헤더를 쫓아갔고 웨스와 새미도 뒤를 이었다. 약 이 분 만에 숲을 나왔다. 고작 이 분 만에 벗어날 수 있는 숲길에서 나는 미아가 되었던 것이다.

하지만 이제부터는 언덕길이었다. 백참나무 길. 새미와 웨스, 그리고 나는 산기슭에 서서 거침없이 언덕을 오르는 헤더의 뒷모습을 경이롭게 바라보았다.

"T 코치님이 나 찾아 오라고 했어?"

내가 물었다.

"아니, 코치님은 저 꼭대기에 있지. 쟤가 그랬어."

새미가 대답했다.

"누구?"

"전학생 여자애. 헤더. 쟤가 기다려 보자고 했는데 네가 하도 안 오길래."

웨스는 언덕을 올려다봤다.

"여기 꼭 올라가야 해?"

"아마도."

새미가 대답했다.

"이럴 수가."

웨스가 탄식했다.

새미는 눈을 가늘게 뜨더니 이내 결심한 듯 언덕을 뛰어 올라갔다. 웨스도 고개를 떨군 채 뒤따랐다. 나도 언덕을 오르기 시작했지만, 언젠가 체육관에서 책상다리를 풀고 일어나기 직전에 찰리 캐스트너가 몰래 다가와 어깨를 내리눌렀을 때와 비슷한 느낌이었다. 중력은 찰리 캐스트너보다 악질이었다. 게다가 옆구리 통증까지 재발했다.

내가 할 수 있는 일은 그저 걸어 올라가면서 간간이 종종걸음을 치는 게 다였다. 정상에 다다르자 나는 옆구리를 움켜쥐고 숨을 헐떡였다. 가시덤불에서 벗어나려다 긁힌 부위가 근질근질했고 마치 진창을 구르다 온 느낌이었다.

T 코치는 잔디밭에서 나머지 팀원에게 몇 차례 팔 굽혀 펴기와 윗몸 일으키기를 시키고 있었다.

"잘했어, 조지프! 할 수 있을 줄 알았어!"

T 코치는 격려 넘치는 T 선생님 특유의 말투로 말했다. 나도 엎드려서 팔 굽혀 펴기를 시도했지만, 도토리 하나가 손바닥을 파고드는 바람에 팔근육을 파르르 떨며 무너졌다.

나는 그대로 땅 위에 엎어져 있었다. 토할 것 같았다.

몇 분 뒤, T 코치가 손뼉을 치며 다들 잘했다고 외쳤다. 훈련은 끝이었다. 나는 돌아누워 하늘을 봤다. 내 얼굴 위로 헤더가 나타났다.

"아까 왜 나 찾으러 왔어? 그냥 숲에서 굶어 죽게 내버려 두지. 지금으로선 그 편이 더 나을 것 같은데."

"코치가 시켰어."

헤더가 말했다.

"코치는 쭉 여기 있었잖아."

헤더는 어깨를 으쓱했다.

"그러니까 네가 좀 불쌍해서."

헤더는 나를 내려다보며 덧붙였다.

"오렌지 좀 먹어."

이번에는 오렌지로군. 여전히 무슨 뜻인지는 알 수 없었다. 하지만 이제 상관없다. 내가 거위 똥 구간을 돌파했든, 숲에서 살아 나왔든, 언덕 꼭대기까지 올라왔든 상관없다. 느린 것도 힘든 것도 아픈 것도 이만하면 됐다. 누군가에게 구출되는 것도, 과일 먹으라는 말을 듣는 것도 여기까지다.

나는 땅에서 몸을 떼어 내고 집을 향해 걸었다.

여기까지 하자. 이런 짓을 계속할 수는 없다. 이유를 뭐라도 만들어 내서 그만두지 않으면 크로스컨트리가 나를 죽일지도 모른다.

12장

/

훈련을 그만둘 완벽한 핑계가 다음 날 아침에 저절로 찾아왔다.

"어이, 슈퍼히어로."

할아버지가 불렀다.

"해 지는 집에서 가져올 게 좀 있는데, 학교 마치고 오후에 나 좀 도와줄래?"

"그럼요!"

나는 지나치게 흔쾌히 대답했다.

"숙제 많지 않니?"

숙제야 나로서는 늘 많지만, "평소보다 많지도 않아요."라고 대답했다. 거짓말은 아니니까. 할아버지가 훈련이 있냐고 물어보지 않아서 다행이다. 그건 '네'와 '아니요'로밖에 대답할 수 없는 질문이다.

"돋보기안경이랑 노트북을 두고 왔어. 네가 같이 가 주면 좋겠구나."

"할아버지도 노트북이 있어요?"

"날 뭐로 보는 게냐? 그럼 학교 다녀와서 보자꾸나. 노인네들 바가지 긁는 소리 좀 들으러 가자."

무슨 말인지는 모르겠지만 아무튼 훈련을 빠질 수 있어서 다행이었다.

수업이 끝나고, 나는 괜히 T 선생님을 마주쳐 떳떳하지 못한 기분이 들까 봐 서둘러 학교를 빠져나왔다. 설명은 내일 하면 된다.

집에 오니 할아버지가 밖에서 기다리고 있었다. 날이 좋으면 걸어서 출근하는 아빠 덕에 우리는 아빠의 오래된 볼보 차를 타고 해 뜨는 집 실버타운으로 향했다. 짧은 드라이브였다. 건물 안으로 들어서자 '접수'라고 표시된 곳에 깡마른 여자가 서 있었다. 가슴 앞에 두 손을 맞잡고 있던 그녀는 할아버지를 보자 얼굴을 말린 자두처럼 찌푸렸다.

"샤츠키스 씨, 돌아오셨네요."

"두고 간 물건들이 있어서 들렀어. 금방 갈 테니 너무 반가워하지는 마."

농담이라고 생각했는데 여자는 별로 재미있지 않은 모양이었다.

식당을 지나는데 오후 3시 반밖에 안 된 시간에 사람들이 꽤 모여 있었다. 슬슬 저녁 먹을 때가 되었다는 듯이. 그들이 앉은 테이블에는 하얀 식탁보가 깔려 있었고 카펫은 빨강, 초록, 검정 색깔이 온갖 뱅글뱅글하고 구불구불한 무늬로 뒤섞여 있었다. 천장에는 샹들리에가 매달려 있었다.

"여기 되게 고급스럽네요, 할아버지. 영화에 나오는 곳 같아요."

"「타이타닉」 말이니?"

나는 식당 안을 둘러보았다. 남자보다 여자가 많았다. 그리고 곳곳에 보행 보조기가 세워져 있었다. 어떤 것은 고무 발이 달려 있고 어떤 것은 바퀴가 달려 있었다. 바퀴가 달린 것은 자전거처럼 브레이크도 있었다. 손잡이에 달린 큼직한 장바구니를 제외하면 흡사 거대 곤충이나 외계 생물처럼 보였다.

할아버지는 눈을 가늘게 뜨고 식당을 둘러보더니, 구석 테이블에 앉은 한 무리의 노인들을 향해 고개를 까딱했다. 남자 세 명에 여자는 일곱 명쯤이었다. 남자 둘은 그저 흰 러닝셔츠 차림이었다. 한 명은 팔뚝이 가냘픈데 다른 한 명은 팔뚝이 크고 투실투실한 데다 어깻죽지까지 털이 나 있었다.

"저기들 있네. 나올 때 모습 그대로야."

"누구요?"

내가 물었다.

"저 테이블에 앉은 늙은이들 말이야. 로미오들."

"로미오처럼은 안 보이는데요."

"자기들끼리 그렇게 불러. '노인 미식가 오찬회'의 첫 글자를 따서 대충 '로미오'라고. 일주일에 한 번씩 자기들끼리 외식하고 들어와. 거창하게들 말이야. 독립 생활관에서 지낸다고 자기들이 잘난 줄 알아. 보조 생활관 신세가 되면 거들떠보지도 않을 텐데."

"누가 거들떠보지도 않아요?"

"여자들. 가망 없는 노인네하고는 엮이고 싶지 않으니까."

"보조라는 게 가망이 없다는 뜻이에요?"

"뭐, 어쨌거나 내리막길이니까. 독립 생활관에서는 알아서 밥도 해 먹고, 장도 보러 가고, 약도 먹을 수 있어. 그러다가 보조 생활관에 가면 식당 갈 때도 누가 데리러 오고, 약 먹을 때도 누가 지켜보고, 옷이 더러워도 누가 지적해 주지. 그다음은 말이다……."

할아버지는 그다음이 뭔지 생각하기도 싫다는 듯이 손을 뒤로 휘휘 내저었다.

"그다음은요, 할아버지?"

나는 침을 꼴깍 삼키고 물었다.

"전문 간호 시설이라는 데로 향하지. 나는 '그냥 죽여 줘'라고 부르지만."

할아버지가 왜 해 뜨는 집에 돌아가기 싫어했는지 슬슬 이해가 됐다.

"그럼 할아버지 방은 첫 번째에 있는 거죠? 독립 생활관."

"내가 보조 생활관에 있을 것 같니?"

"아니요."

"정확히 맞췄다."

"그럼 할아버지도 로미오예요?"

"내가 저쪽 가서 반갑게 인사하더냐?"

"아니요."

"그럼 짐작하다시피 나는 로미오가 아니란다."

"어, 왜요?"

"왜냐고?"

할아버지는 잠시 생각에 잠겼다.

"글쎄, 일단은 저 몬티라는 녀석 때문이야."

할아버지는 빨간 셔츠를 입은 할아버지를 가리켰다. 한 줄 띠처럼 난 머리카락이 마치 건조기에서 나온 실밥 뭉치 같았다.

"은퇴한 변호사지. 질이 별로 안 좋은 고객들 전담이었어. 대체 저런 머리를 하고 누굴 속여 먹겠다는 걸까? 훅 불면 날아갈 성싶은데."

"다른 사람들은요?"

"저쪽은 로니야. 깡마른 녀석. 보조 생활관에 안 가려고 그물에 걸린 고기처럼 몸부림치고 있지. 허구한 날 무슨 요일인지 깜빡깜빡하는데도, 여자들은 잘생겼다고 생각하는지 챙겨 주더라고. 그리고 시그."

할아버지는 털이 어깻죽지에 수북한 할아버지를 향해 손가락을 흔들었다.

"사십 년 동안 여성용 바지만 만들었다는 친구야. 그 시답잖은 얘기를 다들 궁금해하는 줄 안다니까. 나팔바지, 일자바지, 칠부바지 따위 말이야. 그놈의 칠부바지 얘기는 하도 많이 들어서 귀에 딱지가 앉았어. 예전에는 페달 푸셔*라고 불렀는데. 아무튼, 그까짓 게 뭐 대수야?"

그때 할아버지가 또 다른 할아버지를 발견했다. 그 할아버지는 테이블에 홀로 앉아 있었다. 그를 보고 다시 로미오들을 보니 해 뜨는 집 실버타운도 중학교와 별반 다르지 않다는 생각이 들었다. 인기 있는 테이블. 잘나가는 아이들. 그리고 혼자 앉는 외톨이.

할아버지가 따라오라고 손짓해서 함께 그쪽으로 갔다.

"에디."

할아버지가 말을 걸었다.

에디라고 불린 할아버지가 고개를 들고 씩 웃었다.

"프레드, 자네 찾는다고 에프비아이까지 불렀다던데."

"자수했어. 도피 생활은 질색이라서."

할아버지는 에디 할아버지와 악수하고서 나를 앞으로 밀었다.

"이쪽은 내 손자 조지프야."

나는 에디 할아버지가 내민 앙상한 손을 잡고 악수했다. 차갑고 거칠거칠할 줄 알았는데, 의외로 단단하고 따뜻했다.

---

* 자전거 탈 때 페달을 밟기 편하도록 통을 좁게 만든 무릎길이 바지.

"당분간은 조지프한테 신세 좀 지려고. 하지만 일전에 말한 대로 우리끼리 아늑한 독신남 전용 아파트를 구해 황혼을 즐기는 건 어때?"

에디 할아버지의 미소가 조금 희미해졌다. 그는 고개를 저었다.

"에디."

할아버지가 그의 곁에 앉았다.

"자네가 에밀리를 그리워하는 거 알아. 소피가 먼저 갔을 때 내 가슴도 천 갈래 만 갈래 찢어졌지. 밥도 안 넘어가고 잠도 안 왔어. 그래도 산 사람은 살아야 하잖아."

"살고 있어, 살고 있다고. 여기 음식도 마음에 들어. 게다가 태극권 수업은 혈액 순환에 그만인걸."

에디 할아버지는 한 손을 앞으로 쭉 뻗고 다른 손은 머리 위로 들었다.

할아버지는 뭐라고 대답하려다가 양 눈썹을 치켜올렸다. 한 땅딸막한 할머니가 보행 보조기를 끌고 우리를 향해 거침없이 다가오고 있었다. 내 예상대로라면 로미오는 잘나가는 아이들, 에디 할아버지는 외톨이, 지금 다가오는 할머니는 못된 여자애다.

"나중에 봐, 에디."

할아버지가 서둘러 일어났지만, 한발 늦었다.

"저 인간이야!"

할머니는 부들부들 떨리는 손가락으로 할아버지를 가리켰다.

보행 보조기에 의지한 사람치고는 움직임이 상당히 날쌨다.

"저 인간이라고! 애틀랜틱시티에서 사라진 샤츠키스. 우릴 두 시간이나 기다리게 해 놓고 끝까지 안 나타난 대단한 양반."

"조지프, 따라와."

할아버지가 말했다. 우리는 가까운 문으로 나가 모퉁이를 돌아서 황급히 복도를 빠져나갔다. 뒤에서 할머니의 목소리가 들렸지만, 보행 보조기에 바퀴가 없어서 쉽게 따라올 수는 없을 듯했다. 마침 왼쪽에 남자 화장실이 있어, 우리는 그 안에 몸을 숨겼다.

한 할아버지가 소변기 앞에 서 있었지만 우리를 돌아보지는 않았다. 무사히 따돌렸다고 생각한 그때, 벌컥 문이 열렸다. 그 할머니였다.

"나 참, 어딜 숨으시려고!"

할머니가 소리쳤다.

"대체 뭔 생각이셨소, 잘나신 양반! 해 뜨는 집이랑은 수준이 영 안 맞아서 애틀랜틱시티에서 혼자 내빼셨나? 인솔자는 당신이 죽은 줄 알았다고!"

할머니 뒤로 접수처에 있던 깡마른 여자가 나타났다.

"프리글 부인, 진정하세요. 여긴 남자 화장실이에요."

"이 노인네가 여기서 바지를 내린다 해도 나는 눈 하나 깜짝 안 할 거야. 애틀랜틱시티에서 우리를 두 시간이나 기다리게 한 양반이라고."

"알아요, 프리글 부인. 다들 잘 알고 있어요."

여자는 할아버지를 힐긋 흘겨봤다.

"하지만 여긴 다른 어르신도 계시잖아요……."

"저 양반은 귀가 먹었어. 우리가 여기 있는지도 모를걸."

할머니의 말이 맞는 듯했다. 그는 한 번도 고개를 돌리지 않았다. 그저 손을 씻으러 세면대로 움직였을 뿐이다.

"그래두 여긴 엄연히 남자 화장실이에요. 그리고 샤츠키스 씨는 짐 가지러 오셨어요. 금방 가실 거라고요. 그렇죠, 샤츠키스 씨?"

"여부가 있나."

할아버지가 대답했다.

"내가 당신이라면 여기 발도 들이지 않을 거야! 어차피 반기는 사람도 없다고!"

프리글 할머니가 쏘아붙였다.

할아버지의 얼굴은 내가 애써 아무렇지 않은 척할 때와 비슷했다. 하지만 프리글 할머니의 말에 할아버지가 약간 움찔하는 것을 나는 느꼈다. 아무리 시시한 파티라도 나만 초대받지 못했다는 사실을 알게 되면 속상하기 마련이다. 적어도 중학교에서는 뒤에서 자기들끼리 속닥거리지, 이곳처럼 면전에 대고 내뱉지는 않는다.

마침내 깡마른 여자가 프리글 할머니를 데리고 문간을 떠났다. 나는 안도의 한숨을 쉬었다.

"못된 여자애들은 나이가 들수록 더 못돼지나 봐요."

내가 할아버지에게 말했다.

손을 씻던 남자가 그제야 뒤를 돌아보았다.

"자네 손자야?"

할아버지가 고개를 끄덕였다.

"조지프야."

"뭐라고?"

"조지프라고!"

할아버지가 소리쳤다.

"아주 똑똑한 녀석이야."

그 할아버지는 이렇게 말하며 비척비척 화장실을 나갔다. 자주 듣는 말은 아니었다. 나는 씩 웃으며 손을 흔들어 주었다.

할아버지는 화장실 문을 삐걱 열고 내게 따라오라고 손짓했다. 우리는 후다닥 엘리베이터에 올라탄 뒤 2층에 내려 곧장 할아버지 방으로 갔다. 할아버지가 노트북을 챙기는 동안 나는 밖에서 보초를 섰다. 프리글 할머니가 다시 쫓아올지도 모르니까.

방에서 나온 할아버지는 잠시 그대로 서서 복도를 지그시 바라보았다. 하늘색과 분홍색, 살구색 등 온통 부드러운 색 그림들로 장식된 복도였다. 전부 다 괜찮을 거라고 다독이는 듯한 색조였다. 어쩌면 엄마가 "괜찮고말고."라고 말할 때의 느낌에 가까울지도 모르겠다. 바닥은 연한 레모네이드 색이었고 벽에는 보조 손잡이가 달려 있었다.

할아버지와는 조금도 어울리지 않는 공간이었다. 할머니와 살던 집에는 새빨간 체크무늬 소파와 꽃무늬 카펫과 소나무로 덧댄 벽이 있었다. 할아버지도 지금 그 집을 떠올리고 있을까? 어떤 상념에 잠겨 있었는지는 모르겠지만, 그렇게 일 분쯤 지나자 할아버지는 뒤돌아서서 방문을 철컥 닫았다.

그러고는 나를 향해 말했다.

"자, 이 싸구려 합숙소를 이만 뜨자."

할아버지와 함께 접수처에 있는 깡마른 여자에게 손을 흔들고 나서야 깨달았다. 결국, 나는 할아버지의 탈옥을 도운 셈이다.

13장

/

　다음 날 아침, 통합 교육반에 도착했을 때 내가 가장 먼저 한 일은 T 선생님에게 어제 훈련에 빠진 이유를 설명하는 것이었다. 선생님은 가족이 우선이라는 식으로 얘기했지만 내 말이 핑계라는 것을 아는 눈치였다. 나는 오늘도 빠질지 모른다는 말은 감히 꺼내지 못했다. 어쩌면 내일도. 어쩌면 모레도.

　프랑스어 수업에 갔을 때, 헤더는 뭔가를 그리는 데 열중하느라 내 쪽을 쳐다보지도 않았다. 라벨 선생님이 "봉주르!" 하고 외치며 수업을 시작하자 헤더는 내게 연습장을 들어 보였다.

　나를 그린 그림이었다. 닭으로.

　"내가 왜 닭이야!"

　나도 모르게 버럭 소리를 질렀다.

　"*무슈! 마드모아젤!*"

라벨 선생님이 외쳤다. 내가 아는 몇 안 되는 프랑스어 중 두 마디였다. 반 전체가 낄낄거렸다.

그러자 헤더는 라벨 선생님을 똑바로 보며 말하기 시작했다. 무려 프랑스어로. '부탁합니다'라는 뜻의 '실버 플레이트'처럼 들리는 말은 알아들었지만, 나머지는 뭐라는 건지 알 수 없었다. 그래도 '프리드먼'과 '중요하다'처럼 들리는 말은 귀에 들어왔다.

교실 안에 침묵이 감돌았다. 선생님은 헤더 입에서 거침없이 쏟아져 나온 프랑스어에 어안이 벙벙한 표정이었다. 그러더니 마치 개를 쫓아내듯이 손을 휘휘 내저으면서 '알레이'처럼 들리는 말을 했다. 헤더가 내 팔을 잡고 문밖으로 끌어냈다.

우리는 복도로 나왔다. 나는 몸을 비틀어 헤더에게서 벗어났다.

"방금 그게 다 뭐였어?"

"뭐가?"

"프랑스어로 나불거린 거."

"우리끼리 할 말이 좀 있다고 했지."

헤더는 다른 행성에서 온 외계인처럼 입에서 가글하는 듯한 소리를 쏟아 낸 게 정상이라는 듯한 태도였다.

"프랑스어 할 줄 알면서 왜 이 수업을 들어?"

"전 학교에서 5학년 때 배웠는데 그건 안 쳐준다고 해서."

"그런 게 어딨어. 만약—."

"야!"

헤더가 말을 끊었다.

"지금 문제는 내가 아니야."

그렇다면 내가 문제인 모양이다.

"어제 어디 갔었어? 훈련은 왜 안 나왔어?"

"나, 나는……, 갈 수 없었어."

나는 말을 더듬었다.

"힘든 훈련 한 번에 닭처럼 꽁무니를 내뺀 거지?"

헤더는 눈을 가늘게 뜨고 나를 바라보았다. 내가 그토록 쓸모없는 녀석인 줄은 몰랐다는 듯이.

"할아버지랑 같이 있었어."

나는 정당한 이유가 있었다고 헤더와 나 자신을 설득하려 했다.

"할아버지가 실버타운에 두고 온 물건을 찾으러 가는 거 도와달래서."

그리고 헤더가 감탄하거나 당황하거나 아니면 둘 다 하기를 바라며 덧붙였다.

"탈옥하신 지 얼마 안 됐거든."

헤더는 감탄하지도 당황하지도 않았다.

"훈련 있다고 말씀드렸어?"

나는 긴 침묵으로 대답을 대신했다.

"훈련에 열 번 출석해야 첫 번째 대회 출전 자격을 얻을 수 있잖아. 코치님이 말했는데, 못 들었어?"

"열 번?"

물론 못 들었다. 듣지 못한 말 목록에 또 하나 추가다.

"그러니 네 맘대로 빠지면 안 돼. 힘들다거나, 무섭다거나, 또……."

"무서웠던 거 아냐."

헤더는 진실을 안다는 듯한 눈빛으로 나를 바라보았다. 그나저나 훈련 열 번이라고? 어쩌면 그게 해답일지도 모른다. 열 번을 채우지 못하면 팀에서 빠질 수 있다. 왜 못 채우는지만 생각해 내면 된다. 떠올랐다.

"아, 이런. 히브리어 학교! 훈련 열 번은 무리야. 나 다음 주부터 히브리어 학교에 다니거든. 수요일마다 훈련을 빠져야 하니까……."

"수요일은 훈련 없는 날이야. 수요일 빼도 훈련 열 번 가능해."

나는 다른 핑계를 떠올려 보았다. 숙제? 할아버지? 거위 똥 알레르기? 하지만 내 입에서 나온 것은 결국 진심이었다.

"만약 내가 하기 싫다면? 첫 번째 대회에서 뛰고 싶지 않다면? 그냥 팀에서 빠지고 싶다면?"

"그럼 그러든지."

헤더가 눈을 느릿하게 깜빡이며 말을 이었다.

"겁쟁이."

"나 겁쟁이 아니야."

이렇게 말하는 게 누가 봐도 겁쟁이 같았지만.

"내가 보기에는 그래. 겁쟁이 닭."

헤더는 교실로 돌아가려고 몸을 돌렸다.

"하지만 난 형편없는걸!"

너무 크게 말했는지도 모르겠다.

"나 달리기 젬병이라고. 다른 일에도 젬병인 것처럼."

헤더가 뒤돌아봤다.

"훈련 고작 한 번밖에 안 해 봤잖아. 노력도 안 하고선."

"노력했어."

"그럼 더 해 봐."

"더 해도 안 된다고!"

내가 소리 질렀다.

"내가 그 말을 얼마나 많이 들었는지 알아? 해마다, 선생님마다 다 그래. '조지프, 좀 더 열심히 해 봐. 조지프, 노력이 부족해.' 나는 항상 노력하는데, 나아지는 것은 하나도 없어. 난 계속 엉터리고 다들 비웃기만 한다고."

"아무도 안 비웃어."

"오, 그래? 조지프, 바나나 좀 먹어. 오렌지나 먹어!"

내 귀에도 미치광이가 악을 쓰는 것처럼 들렸다. 복도를 따라 일제히 문이 열리지 않은 게 신기할 따름이었다.

"비웃으려고 한 말 아니야."

"그래? 그럼 뭐였는데?"

헤더가 한숨을 쉬었다.

"너 옆구리 결렸잖아?"

"뭐?"

"옆구리 결림. 아팠잖아."

이제 기억이 났다. T 선생님이 그렇게 말했었다.

"어."

"칼륨이 부족해서 그래. 몸을 너무 격하게 움직이면 그렇게 돼. 옆구리가 결리지. 나도 자주 그랬어. 바나나에는 칼륨 성분이 많아. 그래서 바나나 먹으라고 한 거야."

"아아."

나는 바보가 된 기분이었다.

"오렌지도 마찬가지고."

더욱 바보가 된 기분이었다.

"그래도 정 힘들면 그만두든가."

헤더는 이어서 중얼거렸다.

"다들 실망시키든지."

"내가 실망시킨다고? 나 말고 누구를?"

나는 헤더가 내게 빈말을 한다고 생각하며 물었다.

"팀 전체를. 코치님한테 못 들은 게 또 있나 보네. 팀 인원이 열명 미만이면 크로스컨트리 프로그램을 폐지하겠다고 체육부에서 결정했거든. 꼭 네가 있어야 한다는 건 아니지만, 마침 네가 딱 열 번째 팀원이라서. 그래도 정 포기하고 싶다면 그렇게 해. 다른 애를 찾으면 되니까."

헤더가 나를 쏘아보며 말을 이었다.

"너한테 큰 기대는 하지 않았어, 프리드먼. 하지만 이것보다는 나을 줄 알았지."

나는 입을 벙긋했지만 아무 말도 나오지 않았다. 헤더는 나를 비웃기는커녕, 내게서 뭔가를 기대했던 것이다. 큰 기대는 아닐지라도, 기대는 기대였다.

"*마드모아젤, 무슈.*"

라벨 선생님이 문밖으로 고개를 내밀어 우리를 불렀다.

"실버 플레이트."

"*위, 마담.*"

헤더가 대답했다. 그리고 선생님에게 프랑스어로 뭐라고 덧붙인 뒤 나를 돌아봤다.

"방금은 '얘기 다 끝났어요.'라는 말이었어."

라벨 선생님은 교실 안으로 들어갔지만 문은 열어 놓은 채로 두었다. 나는 내게 주어진 선택지를 떠올렸다. 달릴 것이냐 달리지 않을 것이냐, 고통과 실패와 수치를 겪을 것이냐 그냥 배제되고 말 것이냐. 지금으로서는 배제되는 쪽이 더 괴로운 느낌이다.

"나 훈련 열 번 아직 가능한 거지? 첫 대회 전에?"

"응."

헤더가 대답했다.

"좋아. 해 볼게."

"좋았어."

헤더가 내 어깨를 가볍게 쳤고, 나는 애써 미소 지었다.

"그나저나, 너희 할아버지는 무슨 일로 옥살이를 하신 거야?"

나는 헤더에게 할아버지가 상습 은행털이로 에프비아이에 지명 수배된 보석 도둑이라고 말할까 고민했다. 하지만 결국 이렇게 말했다.

"애틀랜틱시티에서 실버타운 단체를 따돌리고 혼자 시저스에 갔대."

헤더가 고개를 끄덕였다.

"멋지네."

나는 헤더를 따라 교실에 들어가 자리에 앉았다. 좋든 싫든, 이제 팀으로 돌아가 남은 아홉 번의 훈련을 치르게 되었다. 그런다 해도 겨우 출발선에 설 뿐이지만.

14장

/

훈련 일지를 쓰기 시작했다. 이런 식이다.

1차 훈련 — 거위 똥. 옆구리 결림. 숲에서 길을 잃음.

2차 훈련 — 해 뜨는 집 실버타운 방문으로 불참.

3차 훈련 — 훈련 복귀. 똑같은 코스를 달림. 거위 똥은 사라졌으나 옆구리 결림 재발. 언덕에서 쓰러짐.

4차 훈련 — 비가 옴. 진흙이 신발을 삼킴.

5차 훈련 — 코치님의 조언: 술 취한 사람처럼 비틀거리지 말고 똑바로 달리기. 생각보다 쉽지 않다.

6차 훈련 — 백참나무 언덕을 두 차례 왕복. 죽지는 않았으나 거의 죽을 뻔했음.

7차 훈련 — 또 비가 옴. 트랙에 지렁이들이 있었음. T 코치님이

지렁이밭 대신 잔디밭에서 달리게 해 준 덕분에 토하지 않음.

　내가 쓸 수 있는 내용은 이 정도가 다였다. T 선생님(통합 교육
반에서는 여전히 T 선생님이다)이 늘 말했다. 자신이 한 일의 결과가
좋지 않을 때는 그 경험으로 무엇을 배웠는지 생각해 보라고. 내가
훈련 일지를 쓰면서 배운 거라고는, 내가 일기를 쓰는 데 영 소질
이 없다는 사실뿐이었다. 그림일기도 마찬가지다. 막대 인간 기법
이 보기에는 쉬워 보여도 막상 해 보면 어렵다. 내가 그리면 진짜
막대 인간처럼 보인다. 감정 따위는 하나도 없는 막대 인간.

　표현할 수만 있다면 지쳐서 의욕을 잃은, 그러면서도 여전히 느
려 빠진 막대 인간을 그리고 싶은데.

　하지만 일기야 어찌됐든 나는 가까스로 훈련을 열 번 채워서 첫
대회에 출전할 자격을 얻었다. 그게 꼭 좋은 일인지는 모르겠지만.

　그 마지막 훈련이 있던 날, T 코치가 새미를 돌아봤다.

　"아, 새미. 깜빡할 뻔했다. 나한테 계속 물어봤던 거 있지? 우리
유니폼."

　새미의 눈이 휘둥그레졌다.

　"네!"

　"따라오렴."

　T 코치는 우리를 이끌고 교직원 전용 주차장으로 향했다. 그곳
에 가려면 콘크리트 계단을 올라가 연습 경기장을 가로질러야 했

다. 비록 계단 괴물이 나를 벌렁 자빠뜨려 통째로 삼키려고 아가리를 벌리고 있었지만, 나는 난간을 부여잡고 깨진 계단을 한 칸 한 칸 올라갔다. 아홉 번째 계단에서 신발 끈이 풀렸으나 어찌어찌해서 결국 계단 꼭대기까지 도달했다. 그 자리에서 신발 끈을 묶고 나서 고개를 들어 보니 나머지 팀원들은 이미 경기장을 가로지르고 있었다.

전방 왼편에서 미식축구팀이 훈련을 하고 있었다. 팀원들은 두 줄로 서서 서로 마주 보고 있었고, 한 쌍씩 필드 가운데로 돌진하여 중앙에서 맞부딪쳤다. 그러고는 비척비척 줄 끝으로 돌아와 다음 차례를 기다렸다. 분명 저 헬멧이나 어깨 패드 속에는 찰리 캐스트너 같은 녀석들이 있을 거다. 찰리의 머리나 어깨가 어떻게 되든 나와는 전혀 상관없었지만, 나는 그들이 부딪칠 때마다 번번이 움찔거렸다.

나는 가장자리로 지나갔다. 다들 서로 부딪치느라 바쁜 나머지 이쪽을 신경 쓰지 않아서 고마울 따름이었다.

파파시안 코치는 매우 만족스러운 얼굴이었다. 부딪치는 소리가 크면 클수록 기쁜 듯했다. 손뼉을 치고 고개를 끄덕이며 "아자아자!" 하고 외쳤다.

오른쪽에서 벌 한 마리가 눈에 들어왔다. 풀밭에 핀 클로버꽃 주위를 붕붕 날고 있었다. 노랗고 검은 줄무늬가 있는 복슬복슬한 호박벌이었다. 성가시게만 하지 않으면 침을 쏘지 않는다고 어딘가에서 읽은 적 있다. 하지만 이 특정 호박벌이 뭘 성가셔할지 모르니 가까이 가지는 않기로 했다. 벌은 무척 평화로워 보였다. 미식 축구식 과격한 몸통 박치기 훈련을 뒤로하고 보니 더욱 그랬다. 나는 자세히 보려고 몸을 웅크렸다. 아름다운 벌이었다. 구운 마시멜로 같은 꽃송이에 앉아 꿀을 빨고, 붕 날아 다음 꽃송이로 옮겨 갔다.

즐겁게 꿀을 빠는 벌 위로 쿵 하고 웬 발이 내려앉았다. 징 박힌 흙투성이 축구화를 신은 무시무시한 발. 나는 벌떡 일어섰다.

"안녕."

찰리 캐스트너였다. 필드 중앙에서 그렇게 들이받히고도 이곳까지 비틀거리며 올 기력이 남아 있었나 보다.

"어이, 프리드먼. 풀 자라는 거 관찰하냐?"

나는 녀석의 축구화를 응시했다. 벌이 그 밑에 있었다. 일 분 전까지 아무 걱정 없이 꽃과 꽃 사이를 날아다니던 벌은 이제 찰리의 새로운 희생양이 되고 말았다.

"프리드먼, 너한테 말하는 거야."

나는 헬멧에 끼인 녀석의 얼굴을 쳐다보지도 않았다. 그저 벌들에게 구조 신호를 보내는 데 온 신경을 집중했다. 분노한 벌 친구들이 떼로 몰려와 찰리를 쫓아내도록. 천 마리의 벌이, 천 개의 침으로.

가엾은 벌의 모습이 머릿속을 떠나지 않았다. 질식했거나, 아예 찌부러졌을 수도 있다. 나도 모르게 발끝으로 찰리의 축구화를 툭 밀었다. 꿈쩍도 안 해서 다시 툭 밀었다. 마침내 축구화가 올라가고 기적처럼 벌이 날아갔다. 풀과 함께 징 사이 틈에 처박혀 있었던 모양이다. 벌은 조금도 찌부러지지 않은 채, 그저 갇혀 있던 것이다.

풀려났어! 벌은 자유야! 하지만 기쁨도 잠시, 나는 현실로 돌아와야 했다. 찰리가 기가 찬 표정으로 나를 뚫어져라 보고 있었다.

"너, 지금 나 발로 찼냐?"

찰리가 말했다. 나는 눈을 굴려 아까 그 벌을 찾아보았다. 내가 자기를 구해 준 것을 알고 기습 공격할 틈을 노리고 있을지도 모른다. 하지만 착각이었다. 벌은 사라지고 없었다.

"대답해, 프리드먼. 방금 나 찼냐니까? 맞지? 내 발 걷어찼지? 너 진짜 나한테 시비 건 거야?"

그게 아니라는 게 너무나 명백하고 확실하다 보니 대답이 더더욱 입 밖으로 나오지 않았다.

"와, 제법인데, 프리드먼. 정말이야. 놀랐어. 특별히 먼저 한 방 날릴 기회를 줄게, 공짜로."

"캐스트너, 대열로 돌아와!"

파파시안 코치가 외쳤지만, 찰리가 그냥 갈 리 없었다.

"저쪽에서 프라파올로한테 이미 한 방 먹고 왔거든. 너한테 유리한 셈이지. 이제 네 차례야. 쳐 봐. 얼른, 쳐. 여기 배에다가. 그냥 맞아 준다니까."

어찌해야 할지 몰랐다. 이제 미식축구팀의 다른 아이들도 이쪽을 보고 있었다. 지금 도망간다면 온 학교에 소문이 날 것이다. 나는 찰리의 배를 보고, 후회할 것을 알면서도, 있는 힘껏 주먹을 내질렀다.

뭔가 플라스틱처럼 딱딱한 것에 손이 세게 부딪혔다. 미치도록 아팠다. 그때 찰리가 몸을 바짝 들이미는 바람에 나는 주먹을 뻗은 채 뒤로 튕겨져 나갔다. 어느새 나는 땅바닥에 자빠져 있고 미식축구팀 절반은 배를 잡고 웃고 있었다.

"캐스트너!"

파파시안 코치가 고함을 질렀다.

"미안, 프리드먼. 이대로 끝내긴 아쉬운데, 이만 가야겠다."

찰리는 필드 쪽을 넌지시 바라보며 턱짓으로 인사 비슷한 행동을 하고는 씩 웃었다.

"히프 체크 아가씨한테 안부 전해 줘."

찰리는 동료들이 있는 곳으로 어슬렁어슬렁 돌아갔다.

그대로 땅바닥에 붙어 있는데 헤더가 나타났다. 나를 데리러 온 것이다. 또다시.

"내가 한 방 먹였어."

나는 손을 문지르며 말했다. 진짜 아팠다.

"그래. 그 엉덩방아 기술은 언제나 먹히지."

헤더가 말했다. 다 봤나 보다. 내가 몸을 일으키자 헤더는 내 등
에서 바스락거리는 낙엽을 털어 주었다.

"내가 좀 더 강했으면 좋겠어."

주차장으로 걸어가면서 내가 말했다.

"적어도 빠르거나. 싸우지 못하면 도망이라도 갈 수 있잖아."

"소용없어. 걔들은 어떻게든 방법을 찾아내니까."

주차장까지는 금방이었다. T 코치와 다른 아이들이 우리를 보
고 빨리 오라며 손을 흔들었다. 무슨 일이 있었는지 굳이 얘기할
필요는 없었다. 삼 초 만에 전교생에게 퍼질 테니.

새미는 말 그대로 신나서 펄쩍펄쩍 뛰었다. T 코치는 자기 차 뒤
에 서 있었다. 작은 헤드라이트가 달린 차의 앞모습은 마치 우리를
보고 놀란 얼굴처럼 보였다. 푸른색 차체에 은빛이 희미하게 돌아
서 나도 모르게 손가락으로 차 문을 쓱 훔쳤다. 은색 먼지가 손가
락에 묻어날 줄 알았는데, 착각이었다.

T 코치는 입으로 나팔을 불었다.

"빠바바밤, 빠밤!"

그러고는 호들갑스럽게 트렁크를 열고서 천 가방을 꺼냈다. 코
치는 그 안에서 하늘색 유니폼을 꺼내 한 벌씩 크기를 확인하면서
우리 이름을 불렀다.

"각자 싱글렛 하나, 반바지 하나씩이다. 새것이니 잘 관리하렴."

코치가 유니폼을 나눠 주며 말했다.

나는 여태껏 '싱글렛'이라는 말을 한 번도 들어 본 적이 없었는데, 지금 그것이 내 손 안에 있다. 매끄럽고 반들반들한 소재라서 금세 손에서 흘러 땅에 떨어졌다. 두 번이나 그러자 나는 그것을 반바지와 함께 둘둘 말아 가방에 넣었다. 다 합쳐도 겨우 한 줌이었다.

뒤이어 코치는 커다란 검정 쓰레기봉투를 꺼냈다. 그 안에서 스웨트 팬츠 한 뭉치를 꺼내 내려놓고, 스웨트 셔츠 한 장을 펼쳐 우리를 향해 들어 올렸다. '레이크뷰 XC'라는 글자가 흰 표범과 함께 프린트되어 있었다.

"엑스시가 뭐예요?"

빅토리아가 물었다.

"크로스컨트리. 크로스는 횡단한다는 뜻이니까 X로 하고, C는 컨트리(Country)의 머리글자를 딴 거야."

T 코치는 스웨트 셔츠의 라벨을 한 장씩 살펴보다가 다섯 장쯤 보고서는 이렇게 말했다.

"전부 엑스라지인가 보네."

"아까는 엑스시라면서요."

마크가 말했다.

"아니, 사이즈가 엑스라지라고. 엑스트라 라지. 특대."

선생님은 손을 머리 위에 얹고서 몇 초 뒤 어깨를 으쓱했다.

"뭐, 상관없겠지? 좀 헐렁헐렁하겠지만 얼마 안 있어 날이 추워

질 테니까. 겨울용으로 다시 주문해야겠다. 우선은 없는 것보다 낫겠지."

스웨트 상하의는 전부 같은 사이즈라서 빠르게 받을 수 있었다. 크고 보드랍고 '라이스 크리스피' 시리얼 상자처럼 진한 하늘색이었다. '레이크뷰 XC'라고 흰색으로 프린트된 부분을 손가락으로 쓸어 보니 사포처럼 거칠거칠했다. 표범도 글자와 마찬가지로 흰색이었다. 다만 프린트 부분에 구멍이 송송 나 있어서 표범의 반점은 스웨트 셔츠와 같은 색이었다. 자칫 벌레 먹은 퓨마처럼 보일 수도 있었지만 나는 표범이라는 것을 알았다. 등은 곡선을 그리고 다리는 쭉 뻗어 있어 사슴이나 영양을 쫓는 것처럼 보였다.

마크와 산지트는 자기 유니폼을 가방에 쑤셔 넣고 두리번거리며 마중 나온 차를 찾았다. 어느덧 하교 시간이라 학부모 차가 잇따라 주차장으로 들어오고 있었다. 빅토리아는 싱글렛을 어깨에 걸치고 패션모델처럼 걸으며 엄마에게 새 유니폼을 선보였다. 에리카의 엄마는 거대한 스웨트 셔츠를 펼쳐 보고 웃음을 터뜨렸다. 에리카가 입으면 밑단이 정강이까지 닿을 게 뻔했다.

헤더는 주차 구획을 나누는 잡초 무성한 콘크리트 땅에 우두커니 서서 다른 여자애들과 엄마들을 보고 있었다. 그러다 내 시선을 느끼고 나를 향해 손을 흔들었다. 나는 유니폼을 자랑스레 들어 올렸다. 헤더는 엄지를 척 들어 보이고는 자기 유니폼을 둘둘 말아 겨드랑이에 끼운 채 쌩하니 달려 사라졌다.

나는 스웨트 셔츠를 가방에 넣고 집을 향해 걷기 시작했다. 이걸 입으면 얼마나 우스꽝스러울까? 옷단이 못해도 무릎까지는 올 것이다. 표범의 반점도 허술한 데다가 아무도 XC의 의미를 이해하지 못할 것이다.

나는 T 코치의 말을 떠올렸다. 없는 것보다는 낫겠지. 나는 멈춰서 유니폼을 꺼내 보았다. 혹시 빠뜨린 게 있나 하고. 스웨트 셔츠, 스웨트 팬츠, 반바지, 싱글렛. 모두 있었다.

열 번의 훈련을 치르고도 지금 나는 온전히 두 발로 서 있다. 내 손에는 팀 유니폼이 있다. 반점이 있든 없든, 나는 레이크뷰의 표범이다.

없는 것보다는 한참 낫다.

15장

/

집에 오니 마침 할아버지가 화장실을 쓰고 있었다. 할아버지와 함께 지내는 일은 제법 순조로웠다. 요새 엄마는 무척 바빴다. '아라 메종 홈 앤드 키친'에서는 휴가 시즌을 일찍 맞는다. 아직 9월인데 핼러윈 축제를 얼추 마무리 짓고 이미 추수감사절 상품을 진열하고 있다. 크리스마스는 10월부터, 밸런타인데이는 12월 말부터 시작된다. 그래서 요즘 엄마는 일하느라 꽤 바쁘다. 아빠 역시 새로 나온 치과용 흡인기가 불티나게 팔려서 평소보다 훨씬 바빴다. 둘 다 내가 집에 와도 할아버지가 있으니 안심인 눈치였다.

하지만 오늘 나는 혼자만의 시간이 좀 필요했다. 나는 화장실 앞을 살금살금 지나쳐 내 방에 들어가 방문을 살짝 닫았다. 가방에서 스웨트 상하의를 꺼내 침대에 올려 두고 싱글렛과 반바지를 꺼냈다. 빨리 입어 보고 싶었다.

반바지는 무척 작아서 속옷을 겨우 가릴 정도였다. 내 곰 인형 윌슨에게도 맞을 것 같았다. 나는 셔츠와 청바지를 벗고 반바지부터 입어 보았다. 내 허리둘레는 윌슨과 별 차이 없는 데다가 고무 밴드가 엄청나게 잘 늘어나서 불편하지는 않았다. 나는 시험 삼아 방 안에서 좀 뛰어 보았다. 무릎을 힘껏 올려도 보고, 침대 주위를 빙빙 돌기도 했다. 나쁘지 않았다.

싱글렛은 입으나 마나 한 옷처럼 보였다. 머리부터 뒤집어쓰고 보니 팔과 목을 빼는 구멍이 몸판보다도 큰 느낌이었다. 그런데도 옷자락은 무릎까지 내려올 만큼 길었다. 작은 반바지 안에 욱여넣자 다 들어가는 게 신기할 따름이었다.

하지만 거울에 비친 내 모습을 보자 들뜬 기분은 착 가라앉았다. 비쩍 마른 팔다리, 뼈밖에 없는 가슴과 어깨. 여름내 그을리기는 한 건지 피부색은 생 캐슈너트처럼 희멀겋기만 했다. 혹시 남자다운 근육이 봉긋 솟아오를까 하고 팔뚝을 구부려 봤다. 하지만 내 팔은 닭 날개처럼 보이기만 했다.

과연 찰리 캐스트너가 비웃을 만했다. 나라도 비웃겠다 싶었다. 내 발은 물갈퀴 같았다. 아빠는 내가 급성장기라 그렇다면서 틈만 나면 자신도 지금 내 나이 때 쑥쑥 컸다고 말했다. 그래서 계속 관찰하면서 기다렸지만 급성장은 아직이다. 턱도 없다.

『소년이여, 몸짱이 되자!』는 침대 밑에 이 주가 넘도록 처박혀 있었다. 집어 들어 펼쳐 볼 용기가 나지 않았다. 혹시 나 같은 아이를 특별히 염두에 두고 쓴 '도저히 가망 없는 경우'라는 장을 발견할까 봐 두려웠다. 나는 표지의 남자들을 떠올렸다. 내 성냥개비 같은 몸이 그렇게 변할 수 있다고는 상상도 할 수 없었다. 하지만 훈련이나 유니폼만으로는 효과가 없는 듯하니 좀 더 본격적인 대책을 세울 때가 된 것도 같다.

책을 주워 올리는 것만으로도 근육이 땅겼다. 책은 사백 페이지가 넘고 서른 개가 넘는 장으로 이루어져 있었는데, 장마다 다시 무수한 항목이 있었다. 책에 나오는 남자들은 건강하고 잘생기기만 한 것이 아니다. 이 책을 읽고 그렇게 된 것이라면, 속독에도 소질이 있는 게 분명했다.

책은 친근한 느낌으로 시작됐지만, 뒤로 갈수록 무서워졌다.

용모를 단정하게 하기.

치아 하얗게 관리하기.

사춘기라는 낯선 세계.

여드름 극복하기.

제모하기.

제모라고?

그 밖에도 흡연, 약물 남용, 스테로이드 복용에 대해 경고하는 장이 있었다. 사실상 내게는 필요 없는 경고들이었다. 그러지 않아도 이미 충분히 두려우니까. 완전 채식주의자에 관해 소개하는 장도 있었다. 그것은 또 그것대로 어딘가 무서웠다.

피임과 성병을 다룬 항목도 있었다. 그 부분은 너무 격렬하게 넘기는 바람에 책장을 거의 찢을 뻔했다.

겨우 제2부로 넘어가자, 찾던 것이 눈에 띄었다.

몸을 단련하기.

꼼꼼히 살펴보았지만 달리기에 관한 내용은 없었다. 그 대신 이런 내용을 찾았다.

건강 체조와 근력 운동: 체력과 자신감을 향상시키자!

항목을 소개하는 남자의 이름은 피트 파워였다. '근력 운동' 전문 강사쯤 되는 사람으로, 표지의 남자들보다 훨씬 나이 들어 보였다. 십 대는 분명 아니었다. 사진에서 그는 윗몸 일으키기와 팔 굽혀 펴기와 역도 시범을 보였다. 밀고 당기고 비틀면서도 면도 광고를 찍듯이 시종일관 웃는 얼굴이었다. 심지어 스트레칭을 할 때도 근육들이 올록볼록하고 매끈하게 빛났다. 층층이 쌓인 삼단 아이스크림 같았다. 게다가 제모를 다룬 장을 꼼꼼히 읽었는지, 그는 다 큰 남자인데도 털이 한 오라기도 없었다.

피트 파워는 맨홀 뚜껑을 다섯 장은 겹친 듯 두꺼운 역기와 아령을 들어 보였다. 이어서 허리띠와 끈과 장갑을 착용하고서 패드가 달린 거대한 운동 기구들을 이용했다. 한 사진에서는 웃통을 벗은 채 물결무늬 복근을 과시하기도 했다.

완벽남 피트 파워는 이런 충고까지 덧붙였다.

"다른 선수들에게 예의를 지키세요. 운동을 마친 후에는 옷을 세탁하는 것도 잊지 마세요!"

바람직한 충고 같았다.

나는 책을 바닥에 내려놓고 거울을 봤다. 싱글렛 밑단을 빼 들고 복근을 확인했다.

아무래도 가망이 보이지 않았다.

그때 방문을 두드리는 소리가 났다.

"조지프?"

할아버지였다.

"아, 할아버지."

최대한 무심히 대답하려고 했으나 유난히 갈라지고 수상쩍은 목소리가 나왔다.

"괜찮니? 왔는데 소리도 못 들었구나."

"그럼요! 괜찮아요!"

나는 비쩍 마른 몸뚱이를 가리려고 허둥지둥 스웨트 상하의를 꿰입고 문으로 갔다. 그때 『소년이여, 몸짱이 되자!』가 떠올랐다.

얼른 뒤돌아서 책을 발로 차 침대 밑에 넣었다. 아니, 넣으려고 했다. 책은 뭔가에 걸려 들어가지 않았다. 낡은 장화일 수도, 작년 겨울 여행지에서 산 캐리비안의 해적 플라스틱 칼일 수도 있었다.

"조지프?"

"잠시만요!"

다시 몇 번 더 『소년이여, 몸짱이 되자!』를 걷어찼다. 겨우 반쯤 감춰졌으나 엄지발가락이 얼얼했다. 비틀비틀 문까지 가서 긴디긴 스웨트 셔츠의 소매를 팔꿈치까지 걷어붙이고 나서야 나는 방문을 열어 할아버지를 맞이할 수 있었다.

할아버지는 곧장 내 침대로 가 앉았다. 왼발이 『소년이여, 몸짱이 되자!』를 툭 건드리기까지 했다. 할아버지가 두 손을 포개고 선 나를 위아래로 훑었다. 울퉁불퉁한 하늘색 베개나 타이어 마스코트처럼 보일 게 뻔했다. 할아버지는 얼굴에 가느다란 미소를 띠었지만 적어도 비웃지는 않았다.

"할아버지."

나는 침대 모서리에 앉아 입을 뗐다. 무심히 다리를 꼬려고 했는데 스웨트 팬츠가 너무 커서 걸리적거렸다.

"좋은 하루 보내셨어요? 심심하진 않으셨고요?"

며칠 전에 엄마가 할아버지에게 그렇게 물었다. 내 입에서 같은 말이 나오니 그저 바보같이 들렸지만.

"글쎄다. 흰 양말을 사러 밖에 좀 나갔다 왔지. 발목이 너무 답답하지 않은 것으로……."

나는 고개를 끄덕였다. 발목이 답답한 양말은 나도 싫다.

"그리고 또 산책 겸 밖에 나가서 신문을 읽었다. 그리 흥미진진한 하루는 아니었지. 너는 어땠니?"

"팀 유니폼을 받았어요."

"그런 것 같구나."

"이건 그냥 스웨트고요. 사이즈가 전부 특대로 와 버렸대요."

그제야 왜 이 옷이 땀이라는 뜻의 스웨트라고 불리는지 감이 왔다. 겨드랑이와 이마에 땀이 송골송골 맺히는 게 느껴졌다. 얼른 벗어 버리지 않으면 쓰러질 것 같았다. 하는 수 없이 스웨트 셔츠를 머리 위로 벗고 스웨트 팬츠 밖으로 걸어 나와 할아버지에게 내 마른 몸을 드러냈다.

"내일 첫 대회가 있어요."

행여나 피트 파워처럼 보이지는 않을까 해서 몸을 살짝 틀어 보았지만, 오히려 막대 인간과 더 비슷해 보일 듯했다. 심지어 내가 제대로 그려 내지도 못할 막대 인간.

"첫 대회라니. 그거 흥미진진한걸. 긴장되니?"

"뭐, 그렇죠. 저는 웬만한 일에는 다 긴장하니까요. 작년에 학교 상담사가 그랬는데 저한테 예기 불안이란 게 있대요."

"뭐가 있다고?"

"예기 불안이요. 일어날지도 모르는 일을 자꾸 걱정하는 거래요. 메모지에 써 줬어요."

나는 침대 옆 테이블 서랍에서 밝은 노란색 메모지를 찾아내 할아버지를 향해 들어 보였다.

"자기 문제를 알고 있으면 도움이 된다고 하더라고요."

"도움이 되든?"

"별로요. 그런 문제가 있다고 생각하니 훨씬 더 불안하던데요."

상담사 포터 선생님의 메모는 내가 작성한 종이에 스테이플러로 고정되어 있었다. 선생님이 시키는 대로 나만의 '걱정 목록'을 작성한 종이였다. 선생님은 그 목록을 보면서 함께 이야기해 보자고 했다. 선생님은 내가 어떤 것들을 걱정하는지 쓰기를 기대한 모양이었다. 그러나 나는 내가 어떻게 걱정하는지 쓰라는 줄 알았다. 그래서 이렇게 썼다.

―걱정하기에 너무 이른 때란 없다.

―걱정하기에 너무 하찮거나 대수롭지 않은 것은 없다.

―불안할 때는 뭐가 신경 쓰이는지 짚어 내자. 그래야 집중해서 제대로 걱정할 수 있다.

―걱정은 불어나서 여유 시간을 때울 수 있다.

―심지어 이미 벌어진 일도 걱정할 수 있다.

나는 제법 잘 썼다고 생각했는데 포터 선생님은 그다지 감명을 받지 않은 듯했다. 할아버지는 종이를 훑어보는 나를 지그시 바라보고 있었다. 어쩐지 할아버지는 지금 내 걱정거리가 보잘것없는 이두박근과 가느다란 팔다리라는 것을 이미 아는 눈치였다.

"있잖니."

할아버지는 내게 비밀을 알려 주듯이 말을 걸었다.

"너 그 유니폼 입고 있으니까 텔레비전에서 본 어떤 남자들이 떠오른다."

"네?"

내가 오싹해서 외쳤다.

"그럼 제가 커서도 이 모습일 거란 말씀인가요?"

내가 평생 걸어 다니는 해골처럼 보일지도 모른다니 믿을 수 없었다.

"잠깐만, 슈퍼히어로. 난 그저 네가 프로 운동선수들을 닮았다는 말을 하려고 했어."

"정말요? 누구요?"

"마라톤 선수들. 뉴욕이랑 보스턴 마라톤, 그리고 올림픽에서 우승한 선수들 말이다. 그런 선수들은 뼈와 가죽과 근육밖에 없더라. 몸을 처지게 하는 군살 따윈 없어."

나는 다시 거울을 봤다. 이번에는 달리는 자세로 팔을 들어 올렸다. 확실히 몸을 처지게 하는 것은 별로 없는 듯했다.

"윗몸 일으키기와 팔 굽혀 펴기를 좀 하면서 꾸준히 달리면 너도 모르는 사이에 미스터 마라톤이 되어 있을 거다."

할아버지는 몸을 일으켰다.

"그건 그렇고, 난 얼런 와플이나 몇 개 구울까 하는데, 볼일 끝나면 나와서 같이 먹겠니?"

갑자기 배가 무척 고팠다. 와플이야말로 모든 문제의 해답처럼 느껴졌다. 메이플 시럽을 뿌린 와플. 땅콩버터와 잼을 곁들인 와플. 지금 같아서는 그 위에 시금치를 올린다고 해도 먹을 수 있을 것 같았다.

할아버지를 향해 엄지를 치켜세우자 할아버지도 나를 향해 똑같이 엄지를 들어올렸다. 잠시 후 토스터 손잡이가 철컥 내려가는 소리가 들렸다.

뼈, 가죽, 근육이라. 나는 바닥 러그 위에 엎드려서 팔 굽혀 펴기를 몇 번 했다. 그러고는 일어나서 거울에 팔뚝을 비춰 보았다.

여전히 앙상했다.

나는 침대 밑에 발을 끼우고 윗몸 일으키기를 했다. 침대 틀이 발등을 파고드는 데다가 복근이 덜덜 떨리는 바람에 여섯 개에서 멈춰야 했다. 나는 옷자락을 끌어 올리고 거울을 봤다.

변화는 없었다.

다시 평상복으로 갈아입고 『소년이여, 몸짱이 되자!』를 한 번 더 침대 밑으로 밀어 넣었다. 이번에는 완전히 들어갔다. 싱글렛과 반바지도 그 밑에 처박았다가, 다시 꺼내서 책가방 안에 넣었다. 내

일이 대회인데 나라면 깜빡할 게 뻔하니까.

할아버지 말을 떠올렸다. 마라톤. 왜 그 생각을 못 했을까? 어쩌면 마라톤이 내 운명일지도 모른다. 걸어 다니는 면봉 같은 이 몸도 알고 보면 다 쓸모가 있을지도 모른다. 크로스컨트리에 익숙해지면 조금씩 거리를 늘리다가, 마라톤을 할 수 있게 될지도 모른다. 마라톤은 거리가 얼마나 되지? 8킬로미터? 15킬로미터? 나는 침대에 누워 상상의 날개를 펼쳤다. 내가, 마라톤 결승선을 통과한다. 피트 파워는 여전히 비척비척 달리고 있다. 우락부락한 근육이 온몸을 처지게 해서.

와플과 시럽 냄새가 내 방까지 솔솔 풍겨 왔다. 나는 부엌으로 달려가면서 T 선생님이 늘 하는 말을 떠올렸다. 어떤 목표를 이루기 위해서는, 반드시 첫걸음을 떼야 한다.

나의 새로운 목표는 마라톤 선수가 되는 것이다. 그리고 내일 대회가 나의 첫걸음이 될 것이다.

16장

/

바나나를 넣은 시리얼에 오렌지 주스 한 잔으로 하루를 시작했다. 냉장고에 딸기가 있어서 그것도 시리얼에 뿌렸다. 나는 걸어다니는 과일 샐러드나 마찬가지다.

오늘은 첫 대회가 있는 날이다. 나는 어서 마라톤이라는 목표로 향하는 여정을 시작하고 싶었다.

"저기, 아빠. 마라톤 거리는 얼마나 돼요?"

아는 게 많은 아빠에게 물었다.

"42킬로미터."

아빠가 서류 가방을 들며 대답했다.

"42킬로미터요?"

나도 모르게 침을 꼴깍 삼켰다.

"정확히는 42.195킬로미터지. 왜?"

나는 한숨을 쉬었다.

"아니에요."

가끔 생각하지만, 목표라는 것이 그리 좋은 것만은 아닌 듯하다.

"어쨌든, 오늘 행운을 빈다! 너라면 잘 해낼 거야. 아빠 엄마가 응원하러 가길 원하면 말만 해."

"알았어요."

그렇게 대답했지만 실은 입안에 시리얼이 한가득이라 '우루으으'처럼 들렸다.

내가 크로스컨트리를 한다고 말하자, 엄마 아빠는 몹시 흥분했다. 내가 참가하는 대회를 전부 보러 오겠다고 했지만, 내가 말렸다. 대회가 거의 다른 학교에서 열리니, 보러 오려면 엄청 일찍 퇴근해야 한다고. 게다가 숲에서 달리는 구간도 있어서 어차피 볼 것도 별로 없다고. 그래도 여전히 오고 싶다기에, 만약 엄마 아빠가 오면 너무 긴장한 나머지 발을 헛디뎌 어딘가가 부러질 수도 있다고 했다. 그제야 둘은 고집을 버렸다. 일단은.

오늘 엄마는 메종에 늦게 출근하는 날이다. 그래서 나는 엄마의 뽀뽀를 받고 혼자 걸어서 학교에 갔다. 정신이 뭔가 멍했다. 평소에도 말짱한 편이라고는 할 수 없지만, 당장은 머릿속이 대회 생각으로 꽉 차 있었다.

복도에서 빅토리아가 나를 지나치면서 손을 들어 하이파이브를 청했다. 통합 교육반에서 에리카와 산지트와 나는 끊임없이 다리를 떨고 연필로 책상을 두드렸다. 프랑스어 시간에 헤더는 팀 전원을 토끼와 거북으로 그렸다. 물론 나는 거북이었다. 상관없었다. 거북 중에서도 이를 악물고 땀을 흘리며 결승선을 통과하는 거북이었으니까.

이윽고 마지막 수업이 끝나자 나는 화장실 빈칸에서 유니폼으로 갈아입었다. 그리고 체육관 앞으로 달려가 다른 팀원들과 합류했다. 마치 공공장소에서 벌거벗고 있는 꿈을 꾸는 기분이었다. 문제는 실제로도 공공장소에서 반쯤 벌거벗고 있다는 것이었다.

웨스와 마크, 산지트는 이미 유니폼 차림으로 모여 있었다. 산지트의 팔은 근사한 모카색이고 마크의 팔은 진한 커피콩 색이었다. 나는 웨스의 팔을 보고 나서야 조금 마음을 놓았다. 내 팔보다 더 창백하고 가늘었다. 우리는 괜히 팔을 접었다가 폈다가 반바지를 끌어 내리고는 했다. 다들 평상시처럼 보이려고 애썼지만, 도무지 팔과 다리를 가만히 둘 수 없었다. 하여간 팔다리가 너무 많이 드러나 있었다.

빅토리아와 테레사는 작고 짧은 반바지에 익숙해 보였다. 둘 다 표정이 밝았다. 하지만 세상에서 가장 날씬한 여자애라고는 할 수 없는 브리앤은 허리춤에 스웨트 셔츠를 두르고 있었다. 9월인데도 7월이라고 착각하게 될 정도로 무더운 날이었지만 말이다. 에리카는 몸집이 너무 작아서 반바지가 헐렁해 보이기까지 했다. 헤더는 계단에 걸터앉아 있었는데, 자기 모습이 어떤지 따위는 조금도 신경 쓰지 않는 눈치였다. 굳이 본인이 알고 싶어 한다면, 튼튼하고 강해 보인다고 말해 주고 싶었다. 하지만 아마 여자애가 듣고 싶어 하는 말은 아닐 것 같았다. 헤더라면 듣고 싶어 할 수도 있지만. 어쨌거나 아무 말도 하지 않는 게 가장 안전해 보였다.

T 코치는 버스가 왜 늦어지는지 알아보러 갔다. 그 덕분에 지나가는 전교생 절반은 우리를 향해 낄낄거릴 기회를 얻었다. 우리는 애써 못 들은 척했다.

"멋진 반바지네, 프리드먼."

"다들 잘 어울리는데."

"유후!"

때마침 다가오는 노란색 스쿨버스가 그렇게 반가울 수 없었다. 다들 서둘러 버스 문 쪽으로 향하는데, 새미가 달려왔다.

"미안, 늦었어."

새미가 입은 옷의 정체는 한눈에 파악할 수 없었다. 얼핏 치마처럼 보였는데, 알고 보니 빨간색과 흰색이 섞인 체크무늬 사각팬티였다. 팬티는 유니폼 반바지 아래로 삐져나와 펄럭이고 있었다.

"새미, 내가 뭐랬니?"

T 코치가 물었다.

"세계에서 가장 성공한 사람 중에는 작은 사람들도 있으니까 너무 신경 쓰지 ―."

"그게 아니라, 사각팬티에 대해서 말이야."

새미가 아래를 내려다보았다.

"액세서리 금지, 시계 금지, 사각팬티 금지라고 했지. 얼른 삼각 팬티로 갈아입어야겠구나."

"삼각팬티? 그 흰색 쫄쫄이요? 싫어요! 보세요, 이렇게 잘 집어 넣으면 돼요."

새미가 사각팬티를 반바지 속에 밀어 넣었지만, 금세 도로 빠져 나왔다. 빅토리아와 테레사는 몸을 숙여 마주 보고 키득거렸다. 새 미는 어깨를 축 늘어뜨린 채 반바지 밑으로 삐져나온 빨간색과 흰 색 체크무늬를 슬픈 눈으로 바라보았다.

"너희 엄마한테 남동생 팬티라도 좀 가져다 달라고 하면 안 돼?"

마크가 말했다.

"걔는 사이즈가 나보다 2호나 작은데."

T 코치는 손목시계를 보더니 고개를 흔들었다.

"슬슬 가야 해. 새미, 네가 실격되지 않으면 좋겠는데. 어머니께 연락해서 뉴 킹스필드 학교로 삼각팬티 좀 가져다 달라고 할 수 있니?"

새미는 잠시 고민하더니 얼굴을 찌푸리며 대답했다.

"알았어요. 전화해 볼게요."

T 코치는 손바닥을 짝 마주쳤다.

"좋았어! 자, 출발하자!"

나는 긴장이 되었다. 이제까지 열 번의 훈련을 완수했고 백참나무 길을 백만 번쯤 달려 올라갔다는 것을 애써 되뇌었다. 나는 발전하고 있었다. 다리에 매달린 성난 원숭이가 예전에는 열 마리였다면 지금은 다섯 마리뿐이다. 하지만 나는 뉴 킹스필드의 코스가 어떨지 모른다. 백참나무 길보다 두 배는 높은 언덕이 있을지도 모른다. 다른 아이들이 우리 유니폼을 비웃을지도 모른다. 그 아이들이 우리보다 두 배는 빠를지도 모른다.

내가 앉은 좌석은 버스가 덜컹거릴 때마다 끼익 소리를 냈다. 좌석의 녹색 비닐 시트에 허벅지가 들러붙었다. 나는 버스가 모퉁이를 돌 때마다 아직 도착하지 않았기를 빌었다. 얼마 동안은 내가 바라는 대로 흘러갔다. 하지만 운전사가 미치광이 유괴범이거나 뉴 킹스필드 학교에 유성이 떨어지지 않는 한 내 운이 다하는 것은 시간문제였다.

내 옆에는 마크가 앉아 있고, 통로 건너편에는 헤더가 앉아 창밖을 보고 있었다. T 코치는 내 앞 좌석이었다.

"코치님, 대회에서 제가 가장 느리겠죠?"

코치가 좌석 등받이를 잡고 몸을 돌렸다. 아몬드 모양 손톱들이 하나같이 가지런했다.

"그건 걱정하지 마. 첫 대회잖아. 최선을 다하면 돼. 어떤 기록이 나오든 그게 너의 첫 개인 기록이 될 거야."

코치는 개인 기록이 무슨 마법이라도 되는 것처럼 말했다.

"일단 개인 기록이 나와야지 다음부터 그 기록을 넘기 위해 노력할 수 있으니까."

나는 코치의 말을 곱씹었다. 제로에서 출발만 하면 어떤 숫자든 나오기 마련이다. 이번에 끔찍하게 못 했다면, 다음에는 평범하게 못 하더라도 발전한 셈이 된다. 희망이 샘솟았다.

마침내 버스는 마지막 모퉁이를 돌아 목적지에 다다랐다. 새미는 창문 너머로 자기 엄마를 찾아보았다. 나는 좌석에서 몸을 떼어내고 짧디짧은 반바지를 최대한 끌어 내렸다. T 코치가 우리를 버스 밖으로 내보냈다.

뉴 킹스필드 팀은 출발선 근처에서 서성거리고 있었다. 햄프턴 중학교에서 온 팀도 보였다. 전부 우리처럼 입으나 마나 한 반바지에 싱글렛 차림이었다. 뉴 킹스필드의 유니폼은 빨간색이고 햄프턴은 주황색이었다. 다들 팔다리를 연신 흔들어 댔다. 초조한 표정을 보니 그들 역시 남의 시선을 의식하고 안절부절못하는 것처럼 보였다. 불현듯 나는 이상하고도 낯선 느낌에 사로잡혔다. 어쩌면 내가 있어야 할 곳에 와 있는지도 모른다는 느낌.

우리는 남자 그룹과 여자 그룹으로 나뉘었다. 남자들은 뉴 킹스필드의 남자 그룹을 따라 코스를 돌았다. '코스 걷기'라는 절차로, 지금부터 어디를 달리게 될지 대강 파악하기 위한 것이었다. 이곳에는 숲이 없었다. 그저 교정을 통과하여 필드 주변을 크게 한 바퀴 돌아오는 코스였다. 걷는 동안 새미는 주차장 쪽을 힐끔거렸다.

"엄마가 아직 안 왔어."

새미의 사각팬티는 반바지 안으로 밀어 넣어도 자꾸만 삐져나왔다. 우리는 건물 몇 채를 지나 필드를 가로질러 다시 주차장이 보이는 곳으로 돌아왔지만, 여전히 새미 엄마는 보이지 않았다.

"나 어떡해?"

새미가 물었다.

"노팬티로 가."

산지트가 대답했다.

"노팬티라니?"

"팬티를 벗으라고. 그냥 달려. 안 입은 채로……."

마크가 말했다.

"그래도 될까?"

내가 물었다.

"벗어라. 벗어라……."

웨스는 계속 소리치다가 새미에게 팔뚝을 얻어맞았다.

새미는 이내 결심이 선 듯 입을 앙다물었다.

"화장실이 어디야?"

"저기."

뉴 킹스필드 학생이 방금 지나쳐 온 건물을 가리키며 대답했다.

"근데 서둘러야 해. 시간이 별로 없거든."

망설이는 새미를 웨스가 잡아끌었다.

"이따가 출발선에서 보자."

웨스가 말했다.

출발선에 도착하자 남자애들이 나란히 서 있었다. 나는 마크 옆에 섰다. 마크는 어깨를 돌리며 몸을 풀었다. 햄프턴 선수들 몇 명이 우리 쪽을 쳐다보고 있었다. 걱정스러운 얼굴들이었다.

"왜 자꾸 이쪽 봐?"

내가 마크에게 물었다.

마크는 씩 웃었다.

"내가 빠르다고 생각해서."

"쟤들이 너 달리는 거 봤어?"

"아니. 그냥 내가 아프리카계 미국인이니까."

마크가 나직하게 말했다.

"어떤 스포츠든 마찬가지야. 다들 '이런, 흑인이잖아. 분명 잘하겠지.'라고 생각한다고."

마크는 그들의 기대를 저버리는 게 즐거운 듯한 표정이었다.

"난 유대인인데, 사람들이 나한테도 뭔가 기대할까?"

"아마, 머리가 좋다고?"

"오, 아닌데."

나는 고개를 절레절레했다. 마크는 입꼬리를 씩 올리며 손을 들어 하이파이브를 청했다. 우리 둘 사이에도 어떤 공통점이 있는 듯했다.

"자, 남자 선수들! 신호총까지 이 분 남았습니다!"

심판이 외쳤다.

"신호총?"

내가 물었지만 아무도 대답하지 않았다.

"새미랑 웨스는 어딨어?"

T 코치가 물었다. 초조해하는 코치의 얼굴은 익숙하지 않은데, 지금은 확실히 초조한 얼굴이었다.

"신호총?"

내가 다시 물었다.

드디어 학교 건물 밖으로 뛰어나오는 새미와 웨스가 보였다.

"빨리 와!"

코치가 외쳤다.

"일 분 남았습니다!"

심판이 말했다.

웨스와 새미는 허둥지둥 둔덕을 올라왔다. 새미의 손에는 빨간 색과 흰색이 섞인 팬티가 들려 있었다.

심판은 주머니에서 총을 꺼내 하늘을 향해 들어 올렸다. 총알이 들어 있지 않다는 것쯤은 나도 알았다. 이건 육상 경기지, 여우 사냥이 아니니까. 하지만 그래도……. 심판은 웨스와 새미 쪽을 힐긋 보고 두 사람이 출발선에 도착할 때까지 몇 초 더 기다려 주었다. 새미가 들고 있던 팬티를 힘껏 던지자 T 코치가 놀란 얼굴로 받아

들었다. 모두 준비가 되었다.

나는 큰 소리에 민감하므로 안전을 위해 양손으로 귀를 막았다.

"제자리에……."

몇몇 아이들은 무릎과 팔을 구부려 달리는 자세를 취했다. 나는 귀에서 손을 떼지 않았다.

"준비……."

귀를 막은 손을 뚫고 누군가의 외침이 들렸다.

"새미! 새미!"

나도 모르게 고개를 돌리며 귀에서 손을 뗐다. 키가 작고 통통한 아주머니가 우리를 향해 달려오고 있었다. 흰색 삼각팬티를 백기처럼 마구 흔들면서.

"가져왔어!"

아주머니가 외쳤다.

"새미! 속옷 가져왔어!"

탕!!!

17장

/

방금 무슨 일이 일어났는지 파악할 수도 없었다. 심장이 눈 밖으로 튀어나오고, 두 손은 다시 귀를 꽉 덮었다. 다들 달려 나가는데 나만 그대로 얼어붙었다. 총소리가 너무 커서 신경이 온통 찌르르하고 맥박은 일 초에 일억 조 회씩 뛰었다. 아니, 일억 오천 조 회.

T 코치의 목소리가 들렸다. 팀 여자애들도 외치고 있었다.

"달려! 조지프! 달려!"

하지만 내가 할 수 있는 거라고는 내 몸을 어느 정도 제어하면서 앞으로 고꾸라지는 것뿐이었다. 나는 겨우 몸을 일으켰다가 다리가 후들거려 다시 엎어졌다. 마침내 두 다리가 땅을 딛고 설 수 있게 되자 나는 달리기 시작했다. 너무 뒤처져서 따라잡기는 무리라는 것쯤은 나도 알았다.

계속 전진할 수밖에 없는 이유는 돌아갈 수가 없기 때문이다. 헤더의 외침이 들렸다.

"가! 계속 가!"

다리는 후들후들 떨리고 나아가는 것 같지도 않았지만, 멈출 수는 없었다. 다른 남자애들은 긴 줄이 되어 필드 중간쯤을 달리고 있었다. 너무 멀어서 개미들의 행렬처럼 보였다. 가장 느린 개미조차도 필드의 절반은 앞서 있었다.

한 명씩 학교 건물 뒤로 사라졌다. 어쨌든 나는 한 발을 다른 발 앞으로 꾸준히 내디뎠다. 겨우 건물 뒤편에 다다랐을 때는 한참 뒤떨어진 상태였다. 나는 혼자였다. 아무도 보이지 않았다. 길을 따라가면서도 뉴 킹스필드 학생이 일러 준 길이 맞기를 빌었다. 부디 그때만큼은 집중해서 들었기를. 그럭저럭 순조롭던 느낌도 잠시, 갈림길이 나왔다. 왼쪽 길인가? 아니면 오른쪽? 어림짐작으로 왼쪽 길을 따라 건물 주위를 돌았지만, 아무래도 헛다리를 짚은 게 분명했다. 일이 분쯤 뒤 막다른 길을 마주한 것이다. 눈앞에는 건물 뒷문과 거대한 쓰레기통 세 개뿐이었다. 다행히 휴식을 취하던 마음씨 좋은 관리인 두 명이 올바른 방향을 알려 주었다.

나는 달리다가 비틀거리다가 걷다가 이내 좌우로 휘청거리기 시작했다. 코치가 고치라고 했던 바로 그 자세였지만, 어쩔 수 없었다. 어쨌거나 더는 길을 잃지 않기를, 다시 쓰러지거나 쓰레기통을 마주하지 않기를, 어서 이 모든 상황이 끝나기를 바라며 계속 나아갔다. 하루 내내 달린 것 같았다. 그것도 내 인생에서 가장 긴 하루 내내.

어느새 아까 새미와 웨스가 화장실을 찾으러 갔던 건물까지 왔다. 건물 뒤쪽으로 난 길을 반쯤 걷고 반쯤 비틀거리면서 돌아 나오니 마침내 우리가 출발한 필드와 결승선이 보였다. 나는 숨을 헐떡이며 옆구리를 부여잡고 겨우 걸었다. 과일 샐러드가 도대체 무슨 의미가 있나 싶을 만큼 끔찍한 결림이었다. 좌우지간 이 모든 게 재앙이었다.

결승선에서 기다리고 있던 T 코치가 손을 들어 하이파이브를 청했지만, 내게는 손을 들 기력조차 남아 있지 않았다. 심판은 내가 결승점을 통과하기만 기다리고 있었는지, 조급한 목소리로 다음 지시를 내렸다.

"자, 여자 선수들! 서두르세요. 신호총까지 삼 분입니다!"

가까스로 근처 나무에 다다랐을 때, 심판이 외쳤다.

"제자리에!"

나는 털썩 주저앉아 무릎 위에 팔꿈치를 얹고 두 손으로 귀를 힘껏 막았다.

"준비……"

탕!!!

새미, 웨스, 마크, 산지트가 일제히 소리쳤다.

"가자! 레이크뷰!"

내 자리에서도 헤더가 선두로 달려 나가는 모습이 보였다. 미끄러지듯 발을 구르는 모습은 마치 다른 생물 같았다. 긴 다리, 흩날리는 머리카락, 결연한 표정까지.

T 코치가 게토레이를 한 컵 들고 다가왔다.

"완주했잖아, 조지프!"

"하지만 최악이었는걸요."

달리기의 여파로 여전히 몸이 떨렸다. 여자 경기의 신호총 소리는 말할 것도 없었다.

T 코치는 내 눈앞에서 T 선생님으로 변신했다. 통합 교육반에서처럼 내 어깨를 쓰다듬었다.

"신호총에 대해서는 미리 알려 줬어야 했는데. 내 잘못이야. 다음부터는 이런 일 없도록 할게. 간단한 해결책이 있으니까."

과연 그게 뭘까? 신경 이식 수술?

"그래도 끝까지 완주했잖아. 해냈어. 정말 대견하다."

코치가 일어나서 손목시계를 확인했다.

"나는 결승선에서 여자애들을 기다려야겠다. 그럼 저쪽에서 보자, 조지프."

코치는 내 어깨를 두드리고 자리를 떴다. 내가 반바지 곳곳에 흘린 게토레이 얼룩을 코치가 못 봐서 다행이었다.

나는 결승 지점까지 거의 기어서 갔지만 때마침 들려온 모두의 환호성에 "와아" 하는 애처로운 한마디를 얹을 수 있었다. 헤더가 가장 먼저 들어왔다. 그것도 다음 주자와 엄청난 격차로. 번개처럼 결승 테이프를 끊고서도 몇 보인가 성큼성큼 뛰다가 멈췄다.

나머지 여자애들도 한 명씩 들어왔다. 다들 상태가 좋아 보이지 않았지만 내가 느꼈던 것만큼 나빠 보이는 아이도 없었다.

돌아가는 버스에 우르르 올라탈 때, 빅토리아가 입을 열었다.

"너무 힘들었어."

"장난해? 최고였는데."

산지트가 받아쳤다.

"너희는 적어도 흰 팬티를 들고 쫓아오는 엄마는 없었잖아."

새미가 꿍얼거렸다.

여자애들이 킥킥 웃었다.

"난 집에 가서 감자 칩 다섯 봉지 먹을 거야."

웨스가 말했다.

"난 열 봉지."

마크가 덧붙였다.

버스가 레이크뷰를 향해 출발하자 T 코치가 우리를 향해 돌아섰다.

"내가 너희를 무척 자랑스러워한다는 걸 알아주길 바란다. 다들 정말 잘했어."

나는 누군가가 '조지프만 빼고요. 조지프는 최악이었어요.'라고 말하기를 기다렸다. 하지만 아무도 그런 말을 하지 않았다.

T 코치가 말을 이었다.

"오늘은 우리 팀의 첫 대회였다. 그런데 일등이 나왔지!"

헤더가 어깨를 움츠리며 살짝 웃었다. 헤더를 연호하는 목소리가 버스 안을 채웠다. 에리카는 손을 뻗어 헤더의 어깨를 가볍게 쳤다.

"하지만 내가 가장 자랑스럽게 생각하는 점은 전원이 완주했다는 사실이야. 한 명도 빠짐없이!"

코치가 내 쪽을 바라보며 말했지만 나는 어깨만 으쓱하고 말았다. 성취감 따위는 조금도 느껴지지 않았다.

덜컹거리는 버스 안에서 곰곰이 생각해 보았다. 나는 오늘 모든 걱정거리에 대비했다고 생각했다. 먹는 것, 코스를 벗어나지 않는 것, 작디작은 유니폼을 입는 것까지. 신호총은 생각도 못 했다. 다음번에도 생각지 못한 무언가가 나올 것이다. 그다음 번에도, 그다음다음 번에도.

그러고 보니 걱정이 부족했다. 걱정은 늘 부족하기 마련이다. 간단한 법칙 때문이다. 나는 그것을 '프리드먼표 걱정의 법칙'이라고 부른다.

언제나 미처 생각지 못한 문제가 발생한다. 그리고 반드시 그것에 당하고 만다.

이 법칙이 유효하다면 아예 걱정하지 않는 편이 나을지도 모른다. 아니면 걱정을 훨씬 더 많이 하든가.

나는 어느 쪽을 택해야 할지 갈팡질팡했다. 그때 T 코치가 목소리를 높였다.

"자, 다들 오늘은 푹 쉬어라. 물 많이 마시고. 내일 훈련 때 보자. 다음 주는 JFK 대회다. 잊지들 마."

그렇다면 다음 주에 이 짓을 전부 반복해야 한다.

당장 오늘 밤에 새로운 걱정 목록을 작성해야겠다.

18장

/

집에 오자마자 곧장 부엌으로 향했다. 부모님이 오실 때까지는 아직 한 시간 정도 남아 있었다. 나는 식빵 한 장을 꺼내 땅콩버터를 손가락 마디 두께로 펴 발랐다. 호두 몇 알을 땅콩버터에 박아 넣고 여름에 버몬트주에서 산 메이플 크림을 한 스푼 얹었다. 문득 옆구리 결림이 떠올라 얇게 썬 바나나도 그 위에 올렸다. 그러고 나서 새 식빵 한 장을 덮었다. 앉아서 먹을 여유는 없었다. 조리대에 선 채 크게 한입 베어 물었다.

입안이 땅콩버터 메이플 호두 바나나 샌드위치로 가득할 때 할아버지가 부엌에 들어왔다.

"그래서, 어땠니? 이겼어?"

할아버지가 물었다.

나는 양미간을 찌푸린 채 고개를 저었다.

"그래도 도중에 포기하지는 않았지?"

나는 어깨를 으쓱하고 고개를 끄덕였다.

"장하다!"

등을 두드릴 줄 알고 힘을 주었는데 할아버지는 그저 내 머리를 헝클어뜨렸다.

"간식 먹어라. 나는 웹 서핑 좀 하고 오마."

할아버지는 다시 손님방으로 돌아갔다.

나는 오렌지 주스를 한 컵 따라 다섯 모금에 다 마셨다. 대충 샤워를 하고 방에 들어가 평상복으로 갈아입었다. 침대에 털썩 눕자 머릿속에 온갖 생각들이 떠돌아다녔다. 경기 시작부터 신호총, 쓰레기통, 하나하나 전부 다시 떠올렸다. T 코치의 말이 메아리처럼 반복되었다. "해냈어. 정말 대견하다." 거기에 덧붙여 할아버지의 말도. "포기하지는 않았지? 장하다!"

두 사람 다 나를 자랑스러워해서 기뻤다. 진심으로. 하지만 이런 생각도 들었다. 포기하지 않는다면 정말 나아질까? 실제로 무언가를 이루게 될까? 아니면 그저 포기하지 않는 것이 영원한 내 목표일까?

나는 포기하지 않는 것을 할아버지가 얼마나 좋아하는지 안다. 2학년 때 할아버지가 나를 농구 연습에 데려간 적이 있다. 토요일 오전이었다. 엄마 아빠는 무슨 치과 장비 박람회에 가서 없었던 것 같다. 그리피스 초등학교 체육관까지 할아버지가 운전해서 데려다쳤으니까.

그때 나는 일곱 살이었고 체육관이 마음에 쏙 들었다. 반지르르 빛나는 바닥은 봐도 봐도 질리지 않았다. 마치 누가 그 위에 액체 유리를 잔뜩 부어 놓은 것 같았다. 표면의 광택 아래로 황금색 나무판자가 비쳤다. 그리고 나로서는 결코 이해할 수 없는 수수께끼 같은 선들이 선명한 색으로 그어져 있었다. 그 위를 달릴 때 운동화가 내는 소리가 무척 좋았다. 그 소리를 자꾸 듣고 싶어서 발놀림을 멈출 수 없었다. 끼익. 끼익. 끼익.

체육 선생님은 그 행동을 조금도 좋아하지 않았다. 말을 하려는 시점에는 더더욱.

"조지프! 가만히 있어! 조지프!"

헨셀링 선생님이 다그쳤다. 그래도 나는 그만두지 않았다.

"프리드먼! 적당히 좀 해!"

아마 그때부터였던 것 같다. 프리드먼으로 불리는 것이 싫어진 때가.

하지만 주말 연습에는 헨셀링 선생님이 나오지 않았다. 토요일 2학년 취미 농구반을 이끄는 사람은 숀 마우러의 아빠였다. 숀의 아빠가 가장 좋아하는 단어는 디펜스도 아니고 디이펜스였다.

"디이펜스! 디이펜스가 승부를 가른다! 디이펜스를 잘해야 강한 팀이 막강한 팀으로 거듭난다!"

그러면서 우리에게 디이펜스 하는 법을 보여 주었다. 공을 가진 아이 앞으로 끼어들더니 펄쩍 뛰어올라 두 팔을 미친 듯이 내저었다. 내 생각에는 나도 꽤 소질이 있었다. 점프하고 팔을 휘저으며 웃긴 표정까지 지었다. 그래서 숀의 아빠가 나를 향해 성큼성큼 걸어올 때까지도 그 이유를 몰랐다.

"조지프."

그는 억지로 입꼬리를 끌어 올렸다.

"디펜스는 다른 팀원을 상대로 해야지. 마이클은 네 팀이잖니. 같은 팀원에게는 디펜스 하는 게 아니란다."

"아."

진작 말해 주시지.

2학년 농구반은 뭘 하든 1학년 때보다 어려웠다. 1학년 때는 공을 튀기거나, 패스하거나, 바스켓을 향해 던지는 등 재미있는 훈련만 했다. 케이시 민터의 아빠가 연습을 이끌었는데, 우리가 아무리 슛을 놓치거나 공을 떨어뜨려도 백이면 백 다 응원해 주었다. 내가 빙빙 돌며 뛰어다녀도, 운동화로 끽끽거리는 소리를 내도 개의치 않았다.

하지만 숀 마우러의 아빠는 진지했다. 목에는 호루라기도 걸었다. 소리가 귀청을 날카롭게 찌르는 호루라기였다. 게다가 카우보이 부츠를 신었다. 헨설링 선생님이 있었다면 용납되지 않았을 신발이었다.

숀의 아빠는 우리를 두 팀으로 나누었다. 갑자기 내 편과 내 편이 아닌 아이들이 생겼다. 이 초마다 다들 방향을 바꿔 반대편으로 우르르 달려가는 것 같았다. 숀과 그의 친구들에게는 어렵지 않은 모양이었다. 숀은 한 손으로 공을 드리블하면서 다른 손으로는 자기 친구 줄리언에게 무슨 신호를 보내기까지 했다. 하지만 나는 번번이 헛다리를 짚었다. 헷갈리기만 했다. 공을 가로채 바스켓에 넣고 싶은 마음은 점점 사라지고, 그 대신 아무에게도 주목받고 싶지 않은 마음과 두 번 다시 공에 손을 대고 싶지 않은 마음이 자리 잡았다.

그래서 그날 아침, 숀의 아빠가 "조지프! D로 돌아와! D로!"라고 외쳤을 때, 나는 'D가 뭐야? 왜 저렇게 화를 내지?'라고 생각할 수밖에 없었다. 멈춰서 뒤를 돌자, 대니얼 쇼월터가 나를 들이받았다. 그 빛나는 체육관 바닥에서 꽤 멀리 미끄럼을 탈 수 있다는 사실을 그때 알았다. 나는 그대로 쭉 미끄러져 관람석 맨 아래 칸 밑에 처박혔다.

모두가 동작을 멈추고 내 쪽을 바라보았다. 나는 관람석 밑에 반쯤 구겨진 채 그대로 있었다. 그 와중에도 '스포츠는 2학년부터 재미가 없어지는구나.' 하고 생각했던 기억이 난다.

숀의 아빠는 다시 호루라기를 불어 시합을 중지시키고 내가 있는 곳으로 왔다.

"괜찮니?"

나는 고개를 끄덕였다.

"부모님이 여기 계시니?"

"내가 함께 왔네."

할아버지가 말했다. 바닥에서 올려다보니 할아버지는 더욱 커 보였다. 숀의 아빠보다도.

"시합으로 돌아가도 좋소, 카우보이."

숀의 아빠는 대답하지 않았다. 그저 호루라기를 불며 모두를 향해 코트로 돌아가라고 손짓했다. 귀청이 찢어지는 줄 알았다.

할아버지는 머리를 긁적이며 웃는 얼굴로 나를 내려다봤다. 관람석 밑이 꽤 안락해 보였나 보다.

"거기서 뭐 하니, 슈퍼히어로?"

할아버지는 그때조차도 나를 그렇게 불렀다. 그 별명의 유래는 내가 세 살 무렵, 외식하러 나가는데 배트맨 복장을 하겠다고 떼를 쓴 날로 거슬러 올라간다.

"미끄러졌어요."

할아버지는 손을 뻗어 나를 잡아 일으켰다.

"집에 가도 돼요?"

내가 물었다.

할아버지는 고개를 저었다.

"팀원들과 같이 앉아 있으렴."

"전 농구가 싫은걸요."

"안다."

할아버지는 내 반바지에 묻은 먼지를 털어 주었다.

"저기 볼 호그* 옆에 가서 앉아라."

할아버지는 숀 쪽을 가리키며 말했다.

"싫어요."

"무리도 아니지."

"숀을 뭐라고 부르셨어요?"

"볼 호그. 패스를 안 하잖니. 어쨌거나 옆에 오래 앉아 있을 필요는 없을 거다. 저 녀석 아빠가 금방 시합에 복귀시킬 테니까."

"그냥 집에 가면 안 돼요?"

"끝까지 남는 게 옳은 일이야. 넌 소속된 팀이 있잖니. 포기하는 것은 좋은 습관이 아니다."

나는 할아버지 말대로 숀 옆에 가서 앉았다. 할아버지 말이 맞았다. 숀은 금세 다시 시합에 불려 나갔다.

내 농구 실력은 거기서 더 나아지지 않았지만, 그리 나쁜 일이라고 볼 수는 없었다. 그 후로 숀의 아빠가 웬만하면 나를 벤치에 앉혀 두었기 때문이다. 나는 그저 앉은 자리에서 다른 아이들의 운동화가 끽끽거리는 소리를 듣다가 호루라기가 울릴 때마다 귀를 막았다.

크로스컨트리의 문제는 벤치가 없다는 점이다. 숨을 수도 없고,

---

* ball(공)과 hog(돼지)의 합성어로 농구에서 공 욕심이 지나치게 많은 선수를 가리킨다.

아무리 못해도 누가 앉아서 구경하라고 하지 않는다.

하지만 적어도 개인 기록을 넘어설 가능성은 있다. 오늘이 최악이었으니 앞으로 더 나빠지기는 어려울 것이다. 나라면 또 모르지만. 언젠가는 나도 더 큰 목표를 가질 수 있지 않을까. 정말로 뭔가를 잘하게 된다거나. 물론 그런 날이 금방 올 것 같지는 않다. 당장은 그저 포기하지 않는 것을 목표로 하자. 내가 감당할 수 있는 도전은 그 정도가 전부다.

19장

/

　과학은 내게 그나마 나은 과목이다. 웨스와 헤더도 함께 수업을 듣는다. 헤더는 내 뒷자리인데, 내가 정신을 팔 때마다 일부러 기침을 하거나 의자를 발로 차 준다. 그리고 일주일에 한 번은 실험이 있어서, 그저 듣고 쓰는 대신 시험관에 무언가를 섞으며 폭발하기를 기대할 수도 있다.

　오늘은 수요일, 홀리헌 선생님은 지각이다. 다들 책상에 걸터앉아 발을 의자 위에 두고 떠들어 댔다. 웨스는 코디라는 아이가 망을 보는 동안 홀리헌 선생님 책상의 아래 서랍을 억지로 열려고 했다. 선생님이 그 안에 위스키병을 숨겨 놓았다는 소문이 사실인지 확인하려고.

　내 자리는 맨 앞줄 문 옆이었다. 헤더는 내 뒤에 앉아 연습장에 낙서를 하고 있었다.

그때 열린 문 사이로 찰리 캐스트너가 지나가는 모습이 보였다. 맨 처음 찰리가 발견한 사람은 코디였다. 그다음은 홀리헌 선생님의 책상 서랍을 쑤시는 웨스였다. 흥미로워 보였는지 찰리는 어슬렁거리며 교실 안으로 들어왔다.

그리고 나를 봤다.

긴급 속보! 7학년 선생님들께: 수업에 지각하면 불미스러운 일이 벌어집니다.

찰리는 내 책상에 걸터앉았다. 그리 큰 책상은 아니었다. 녀석은 어떤 선생님으로부터 용케 뜯어낸 수업 시간 통행증을 부채질하듯 팔랑팔랑 흔들었다. 찢어진 청바지 틈을 비집고 허벅지 살이 올록볼록 튀어나왔다.

"여, 프리드먼."

찰리가 제 나름대로 편하게 앉음새를 고치며 말했다.

"신호총 때문에 애 좀 먹었다며? 듣자 하니 여자애처럼 질질 짰다던데."

나는 고개를 들지 않았다. 이대로 녀석이 나갈 때까지 버틸 수 있겠지. 홀리헌 선생님이 금방 올 것이다. 와야 한다.

"안 됐다, 프리드먼. 육상처럼 계집애 같은 스포츠가 너한테 딱이었는데."

찰리는 '육상'이라고 말하며 마치 반짝이는 요정 가루를 뿌리듯 손가락을 꼼지락거렸다.

"너도 그렇게 듣고 가입했지? 저능…… 아니, 통합 교육반에서."

웨스는 여전히 홀리헌 선생님 책상 뒤에 웅크리고 있었다. 찰리의 말을 들었을 텐데 꼼짝도 안 했다. 이해는 한다.

"슬슬 치어리더에 도전해 보는 거 어때? 생각해 본 적 없어? 아니면 하키라든지. 하키 좋겠네. 네가 퍽*이 되는 거야."

찰리는 굳이 내 얼굴에 대고 침을 튀기면서 큰 소리로 '퍽'이라고 말했다.

"우리가 하는 건 크로스컨트리 경주야. 계집애 같은 스포츠도 아니고."

헤더가 자기 자리에 앉은 채 말했다.

찰리는 헤더를 보고 일어섰다. 마치 들쥐를 덮치려던 굶주린 하이에나가 갑자기 탐스러운 얼룩말을 발견한 모양새였다. 찰리는 헤더의 책상에 몸을 기대며 일그러진 미소를 지었다.

"그래? 계집애 같은 스포츠가 아니라고? 그럼 여기 프리드먼이 미식축구를 할 수 있을까?"

헤더도 자리에서 일어났다. 책상에 배를 붙이고 찰리와 거의 코를 맞대고 있었다. 맞서겠다는 의도였다. 요 전날 축구장에서처럼. 나는 헤더를 향해 세차게 도리질을 치며 얼른 홀리헌 선생님이 와

---

* 아이스하키에서 쓰는 작은 원반 모양 고무공.

서 찰리를 원래 있어야 할 곳으로 돌려보내기를 빌었다.

"하고 싶겠어? 미식축구팀 구린데."

헤더가 말했다.

찰리가 몸을 곧추세웠다.

"뭐라고?"

"너희 팀 구리다고. 지난주에 페어필드 중학교에 박살 났다며. 최전방은 우측에서 좌측까지 죄다 허술하고, 방어선도 할머니들처럼 느려 터져서 맥없이 뚫렸다지. 결국 영 대 삼으로 졌잖아. 계집애 같다느니 하는 소리를 지껄일 처지가 아닐 텐데."

교실은 쥐 죽은 듯이 조용했다. 웨스는 입을 떡 벌리고 있었다. 다들 어떻게 될까 하고 찰리와 헤더를 지켜보고 있었다.

몇 초간 말이 없던 찰리가 이내 다른 느낌의 미소를 장착했다. 비웃음 쪽에 가까웠다.

"따끔하네. 집에 가서 엄마한테 위로나 받아야겠어."

이번에는 또 무슨 수작인지 감이 안 왔다. 헤더는 찰리를 빤히 보고만 있었다.

"우리 엄마는 날 아주 사랑하거든. 시합 때마다 응원하러 오고. 넌 엄마 없어서 ─."

무슨 일이 벌어졌는지 모르겠지만, 눈 깜짝할 사이 찰리 캐스트너가 바닥에 누워 있었다. 나는 고개를 돌려 헤더의 얼굴과 헤더의 주먹을 보고 나서야 헤더가 녀석을 한 방 먹였다는 사실을 깨달았다. 그것도 무진장 세게.

그때 홀리헌 선생님이 등장했다. 무슨 일이 일어났는지 파악하기는 어렵지 않았을 것이다. 찰리가 "쟤가 때렸어요! 제 코에 주먹을 갈겼다고요!"라고 악을 쓰는 데다가 목격자만 족히 스무 명쯤 되었으니까. 헤더는 찰리가 한 발짝만 다가서도 다시 주먹을 날릴 기세였지만, 찰리는 코피를 철철 흘리느라 바빠 그럴 생각도 없어 보였다.

다들 싸움 현장에서 멀찍이 물러나느라 의자에서 끼익 소리가 났다. 말썽에 휘말리지 않으려는 건지 찰리의 코에서 쏟아지는 피를 피하려는 건지는 알 수 없었다.

과학실 개수대 옆에는 갈색 종이 타월이 한 다발 있었다. 물기를 흡수하기보다 뱉어 내는 양이 더 많을 듯한 재질이었다. 홀리헌 선생님이 그것을 찰리에게 한 움큼 건넸지만 피는 타월을 타고 흘러 바닥에 후드득 떨어졌다.

"프랭크. 네가 양호실에 좀 데려다주렴."

홀리헌 선생님은 프랭크에게 종이 타월을 몇 장 더 건네며 말했다. 프랭크가 타월 뭉치 사이로 피를 내뿜는 찰리의 코를 힐끔거렸다. 나는 그 표정을 보고 웃음을 터뜨릴 뻔했다.

찰리가 비틀거리며 교실 문을 나서자 프랭크가 뒤따랐다. 홀리헌 선생님은 헤더에게 교장실로 가라고 지시했다. 선생님으로서도 별도리가 없었다. 헤더는 반항하지도 않고 누구와 눈을 마주치지도 않은 채 곧장 문으로 향했다. 기분 탓인지는 모르겠지만 교실 안쪽에서 헤더를 응원하는 목소리가 들리는 것 같았다.

당사자들이 자리를 뜨자, 홀리헌 선생님은 바닥의 핏자국을 한 뼘 두께의 종이 타월로 덮었다. 그러고는 우리를 집중시키려고 애쓰며 화성암과 퇴적암의 차이를 설명했다. 하지만, 마치 반 전체가 ADD에 걸린 듯한 분위기였다. 모두가 쑥덕거렸다. 한쪽에서 쑥덕임이 멈추면 다른 쪽에서 다시 시작됐다.

이런저런 생각이 머릿속을 어지럽혔다. 혹시 헤더가 크게 혼나면 어떡하지? 찰리는 어떻게 신호총 일을 알았을까? 찰리가 한 말이 무슨 뜻이든 헤더의 마음을 무척 상하게 한 것이 분명했다. 무엇보다, 나는 헤더가 한 행동을 곱씹으며 그만한 용기를 지니는 것이 어떤 기분일지 상상해 보려고 애썼다.

뒷자리에서 웨스의 목소리가 들렸다. 아무래도 나와 비슷한 생각을 하는 것 같았다.

"아까, 진짜 끝내줬어."

20장

/

    다음날 헤더는 학교에 나오지 않았다. 소문으로는 정학을 당했다고 한다. 찰리도 학교에 나오지 않았다. 소문으로는 시퍼렇게 멍이 든 채 정학을 당했다고 한다. 이제껏 내가 아는 사람 중에 정학을 당한 사람은 없었다. 그런데 이제 두 명이나 생겼다.

    어느 정도는 내 탓이라고 생각했다. 내가 스스로 맞섰다면 헤더는 개입하지 않았을 테고, 찰리에게 주먹을 날리지도 않았을 테니까. 그리고 오늘 팀원들과 함께 JFK 중학교에서 열리는 대회에 출전했을 것이다.

    어젯밤에는 비가 내렸다. 지붕을 마구 두드리고 나뭇잎을 떨어뜨리는 비였다. 이런 비가 내리면 엄마는 꼭 우리가 개를 키우지 않아 다행이라고 말한다. 비가 잦아들자 차가운 공기가 밀려왔다. 하루아침에 겨울이 된 것 같았다. 공기 중에는 아직도 살짝 안개가

서려 있었다. 비로소 우리에게 거대한 레이크뷰 표범 스웨트가 있어서 다행이라는 생각이 들었다.

버스가 왔을 때 웨스와 새미는 헐렁이는 스웨트 셔츠의 소맷동을 휘두르며 결투를 벌이고 있었다. 마크는 산지트의 양 소매를 잡고 등 뒤로 교차시켜 잡아당겼다. 산지트는 팔로 몸을 휘감은 꼴이 되었다.

"나를 너희 별의 지도자에게 데려다 달라."

산지트가 비장하게 말했다. 마크가 산지트를 버스로 인도했다.

남자애들이 다 타자 여자애들이 뒤를 이었다. 우리는 각자 자리를 잡고 T 코치를 기다렸다. 나는 혼자 앉았다.

"헤더가 대회에 못 나온다니 불공평해."

새미가 말했다.

가끔 뭔가가 잘못되었다는 찜찜한 느낌이 들 때가 있는데 방금까지 그랬다. 딱히 헤더를 생각하고 있지는 않았지만, 헤더의 이름을 듣는 순간 그 이유가 분명해졌다.

"그러니까. 찰리는 미식축구 시합에 나갈 수 있는데."

마크가 말했다.

"뭐라고? 그런 게 어딨어?"

산지트가 몸을 꿈틀거려 소매를 풀어내며 물었다.

"찰리네 시합은 토요일이라서. 정학이 끝난 뒤니까."

마크가 대답했다.

"불공평해."

에리카가 말했다. 뒤쪽에 앉아 있었는데 대화에 끼어들려고 어느새 앞으로 왔다.

"애초에 어떻게 된 일이야?"

브리앤이 물었다.

웨스가 몸을 고쳐 앉고 본격적으로 입을 열었다.

"그게, 먼저 찰리가 조지프한테 시비를 걸고 있었거든. 신호총 얘기를 들먹이면서."

또 시작이다. 내 잘못이라는 얘기. 이제 다들 나를 미워하고 전부 내 탓으로 돌리겠지. 그런데 산지트는 이렇게 반응했다.

"재수 없는 놈."

다들 끼리끼리 쑥덕거렸다.

"근데 신호총 얘기는 어떻게 알았지?"

테레사가 말했다.

"맞아. 누가 말한 거야?"

브리앤이 물었다.

"거기엔 우리만 있었잖아."

새미가 덧붙였다.

그때 빅토리아가 들릴 듯 말 듯 끙 소리를 냈다. 빅토리아는 내내 아무 말 없이 턱을 가슴께에 파묻고 팔짱을 끼고 있었다. 스웨트 셔츠의 소매가 양 옆구리 밖으로 50센티미터는 늘어져 있었다.

빅토리아는 끙 소리에 이어 코를 훌쩍이더니 미간을 찌푸리며 팔꿈치를 들어 자기 몸을 더 깊이 끌어안았다.

"내가 말했어."

다들 일제히 말을 멈추고 빅토리아를 바라봤다.

"생각이 짧았어."

빅토리아는 울먹이기 시작했다.

"찰리가 재커리랑 같이 있었는데, 그날따라 재커리가 너무 멋있잖아……."

"*무이 구아포.**"

테레사가 고개를 끄덕이며 맞장구쳤다. 새미가 째려보았다.

"걔들이 대회 어땠냐고 물어보기에 나쁘지 않았다고 대답했지. 그랬더니 헤더는 어땠고 조지프는 어땠냐며 꼬치꼬치 캐묻는 거야. 그러다 보니 신호총 얘길 하게 됐어. 나도 말하고 나서 아차 싶었어."

빅토리아는 50센티미터의 소매 여유분으로 눈가를 훔쳤다. 테레사가 빅토리아의 어깨를 다독였다.

"미안해, 조지프."

빅토리아가 나를 향해 고개를 돌리고 말했다.

"놀리려던 건 아니야. 그냥 좀 재밌다고 생각했지, 이렇게 될 줄

---

* 스페인어로 '무척 멋있다'라는 의미.

은……."

"괜찮아."

내가 말했다. 놀림을 당한 적이야 만 번쯤 있었지만 사과를 받은
적은 이번이 처음이었으니까.

"진짜로. 괜찮아."

"이제 그 머저리들이랑은 상종도 안 할 거야."

빅토리아가 말했다. 여자애들은 고개를 주억거렸다. 새미도 거
들었다.

"그래서 그다음은 어떻게 됐어? 헤더랑 찰리 말이야."

마크가 물었다.

"그러더니 찰리가 갑자기 헤더 엄마 얘기를 꺼냈어."

웨스가 말했다.

"헤더네 엄마?"

테레사가 되물었다.

"엄마가 없다거나 뭐 그런 말이었는데."

다들 또다시 자기들끼리 쑥덕거렸다.

"그건 좀 심했다."

산지트가 말했다.

"엄마랑 같이 안 산대?"

에리카가 물었다.

"그건 너무 슬프잖아."

브리앤이 말했다.

"헤더 엄마한테 무슨 일이 있는지도 모르지."

마크가 말했다.

"안 됐다, 헤더."

에리카가 덧붙였다.

모두가 떠드는 동안 나는 또 한 번 나에게 화가 났다. 왜 나는 한 번도 헤더에게 물어보지 않았을까? 긴급 연락망까지 봐 놓고서. 그리고 왜 나는 찰리에게 맞서지 못했을까? 나만 아니었다면 이 모든 일은 벌어지지 않았을 텐데.

저마다 헤더와 찰리에 대한 이야기를 하다가 헤더의 엄마에 대해 추측하다가 했다. T 코치가 버스에 올라탈 때까지.

"자, 다들 준비됐니?"

T 코치가 물었다. 우리가 동시에 고개를 끄덕이자 코치는 약간 당황한 듯했다.

"그럼 안전띠 매고, JFK로 출발이다."

버스가 덜컹거리며 출발하자 빅토리아가 소매에서 손을 빼 남은 눈물을 약지로 튕겨 냈다. 산지트가 고개를 돌려 나를 봤다.

"그 후에 얘기해 봤어?"

"누구랑?"

"헤더."

"아니. 왜?"

"그야, 너희 둘, 친하잖아. 맞지?"

나는 그 말에 흠칫했다.

"뭐, 그럭저럭."

내가 대답했다. 만약 그렇다면, 나는 정말로 나쁜 친구다. 엄마가 곁에 없는 중대한 일에 대해 아무것도 묻지 않은 친구. 자기가 맞서 싸워야 할 때 친구를 대신 나서게 한 친구.

내 얼굴이 꽤 우울해 보였던 모양인지, 몇 분 뒤 T 코치가 다가와 내 옆에 앉았다.

"조지프."

"네, 코치님."

"컨디션 괜찮니?"

"네. 코치님은요?"

"헤더 때문에 조금 아쉽네. 오늘 함께했으면 좋았을 텐데."

나는 고개를 끄덕였다.

"저도요."

코치는 내 어깨 위에 손을 올렸다.

"오늘 경기에 집중할 수 있지? 할 수 있겠니?"

쉽게 대답할 수 있는 질문은 아니었다. 내가 아무리 하나에 집중하고 싶어도 정신이 늘 따라 주는 것은 아니니까.

"노력해 볼 거지?"

"네."

이 질문은 그나마 대답하기 쉬웠다.

코치는 주머니에 손을 뻗어 무언가를 꺼냈다.

"실은, 지난번 대회 끝나고 헤더랑 네 얘길 했거든."

"그랬어요?"

"헤더도 나랑 같은 생각을 하고 있었더라고. 신호총 소리가 날 때 이게 도움이 되지 않을까 하고. 자."

코치가 작은 비닐 봉투를 건넸다. 봉투 안에는 작고 몰랑몰랑한 스펀지 같은 것들이 들어 있었다. 총알 모양에, 색깔도 내가 그다지 신뢰하지 않는 연두색이었다.

"귀마개란다."

코치는 내가 몰라볼까 봐 덧붙였다.

나는 봉투를 꾹꾹 눌러 보았다. 신호총을 생각하자 몸이 움찔했다. 그저 떠올리기만 했을 뿐인데. 이상한 기분이 들었다. 왠지 떳떳하지 못한 기분.

"이거 반칙 아니에요?"

"어째서?"

"아무도 안 쓰잖아요."

"그야 아무도 필요하지 않으니까. 필요하다면 다들 쓸 거야."

코치는 다시 한번 내 어깨를 두드리고는 자기 자리로 돌아갔다.

나는 봉투를 열어 하나를 귓속에 집어넣어 보았다. 넣자마자 귀마개는 뿅 튀어나와 지저분한 통로 바닥에 떨어졌다. 새것을 꺼내

다시 시도했지만, 그 빵빵한 총알은 또다시 귀에서 튀어나왔다.

"우리 아빠도 오빠한테 그거 추천하더라고. 우리 오빠, 밴드에서 연주하거든."

두 자리 건너 앉은 브리앤이 말했다.

"깊숙이 밀어 넣어야 해."

나는 귀마개를 하나씩 귓속에 꾹 밀어 넣었다.

브리앤이 말을 이었지만 이제 목소리가 조그맣게 들렸다. 목소리가 마시멜로에 가로막힌 느낌이었다.

"내 여동생은 그걸 자기 콧구멍에 밀어 넣었잖아. 그 바람에 엄마가 족집게로 꺼내야 했어."

"와."

나는 내 목소리에 깜짝 놀랐다. 내 귀에 대고 소리를 지르는 것처럼 들렸다.

귀마개를 뽑자 물 밖으로 올라온 느낌이었다. 버스 엔진이 웅웅대고 모두의 목소리가 귀에 쟁쟁했다. 이윽고 버스가 모퉁이를 돌아 JFK 중학교의 진입로로 들어갔다.

"나 쉬 마려워."

버스가 한숨을 토해 내며 멈추자 웨스가 누구더러 들으라는지 모르게 말했다.

"나중에, 웨스."

T 코치가 시계를 보며 말했다.

"코스부터 걸어야 해. 자, 내려, 내려!"

우리는 줄줄이 버스에서 내렸다. JFK 남학생 한 명이 코스를 안내해 주려고 우리를 기다리고 있었다. 그 아이를 따라 우선 출발 지점으로 향했다. 학교 건물을 지나 운동장을 가로질러 계단을 몇 칸 올라가니 출발선이 나왔다. 그 뒤로는 거의 숲을 통과하는 코스였다. 어제 내린 비로 땅은 여전히 질고 나무에 맺혀 있던 찬 물방울이 우리 머리와 어깨로 떨어졌다. 나는 나무뿌리를 디딤돌처럼 밟으며 길의 가장자리로만 이동했다. 숲을 빠져나오면 포장된 산책로가 있어서 그대로 결승선까지 달리면 되는 코스였다. 지렁이가 있는지 살폈지만 길은 깨끗해 보였다.

출발선으로 돌아가자 심판이 외쳤다.

"여자 선수들이 먼저입니다! 여자 선수들, 줄 서세요!"

웨스는 양 무릎을 번갈아 들어 올리며 점프를 하고 나서 물었다.

"저기, 화장실은 어디야?"

"아까 버스에서 내린 곳 근처인데. 그때 가지 그랬어."

JFK 남학생이 말했다.

"꼭 우리 엄마처럼 말하네."

마크가 말했다.

"참을 수 있어, 웨스?"

내가 물었다.

"아널드 파머 두 잔에다 게토레이까지 마셨다고."

"뭐 두 잔?"

마크가 물었다.

"아널드 파머. 레모네이드랑 아이스티 반반 섞은 거. 아, 젠장. 말하니까 더 심해졌어. 나 급해."

웨스는 주위를 둘러보더니 숲으로 뛰어갔다.

"잠깐! 여자애들이 이제 그쪽으로……."

마크가 말했지만 웨스는 이미 나무 사이로 사라진 뒤였다.

여자애들은 한 곳에 스웨트를 벗어 두고 유니폼 차림으로 부르르 떨며 출발선에 나란히 섰다.

"제자리에……."

심판이 외쳤다. 나는 더듬더듬 귀마개를 찾아 귓속에 밀어 넣었다.

"준비……."

탕. 총소리가 들렸지만, 솜에 싸인 것처럼 희미했다. 나는 몸을 들썩이지도 않았다. 헤더가 이 모습을 봤어야 하는데. 하긴, 헤더가 여기 있다면 나를 보고 있을 리 없다. 출발선에서 쏜살같이 튀어 나가 선두를 달리고 있을 테니까.

나는 귀마개를 뺐다. 청각은 뚜렷하고 선명해졌지만, 여자애들의 발소리가 사라지니 사방이 고요했다.

산지트는 스트레칭을 했다. 새미와 마크는 물구나무서기를 시도했다. 나는 헤더를 생각하며 산지트의 말을 떠올렸다. 우리가 친하다는 말. 남들 눈에는 그렇게 보이는 모양이었다. 실제로도 그럴까. 나는 알 수 없었다.

여자애들이 달리는 동안, 나는 손으로 귀마개를 꾹 눌러서 그것이 납작해졌다가 다시 볼록 차오르는 모양을 지켜보았다. 속으로는 T 코치가 당부한 내용을 되새겼다. 경주에 집중하자. 코스를 머릿속으로 그리자. 달릴 준비를 하자.

약 십 분 뒤, 여자애 한 명이 숲에서 나와 결승선의 깃발을 향해 내달렸다. 우리가 서 있는 곳에서는 얼핏 부츠를 신고 있는 것처럼 보였는데, 자세히 보니 신발에서 무릎까지 진흙투성이였다. 뒤따르는 여자애들의 다리도 마찬가지로 진흙 범벅이었다. 유니폼까지 진흙이 덕지덕지했다. 마지막 주자들은 뛰는 둥 마는 둥 하며 바지에 튄 진흙을 손으로 털어 내느라 바빴다.

여자애들이 전부 결승선을 통과하자, 심판이 입을 열었다.

"자, 남자 선수들, 모이세요."

우리는 스웨트를 벗어 던지고 나란히 섰다. 웨스가 나와 새미 사이로 끼어들었다.

"개운하냐?"

새미가 물었다.

"어."

웨스는 한결 기합이 들어가 있었다.

"여자애들이 너 못 봤어?"

"봤지. 코스에서 10미터 정도 떨어진 곳에 있었거든."

"그래서 어떻게 했어?"

산지트가 물었다.

"시침 떼고 '레이크뷰, 최고!' 하고 외쳤지."

"남자 선수들! 출발선으로! 신호총까지 이 분 남았습니다!"

심판이 외쳤다.

얼른 귀마개를 끼는데, 폭스 리지 중학교의 싱글렛을 입은 육중한 남자애가 내 왼쪽에 섰다.

"숲에 들어갈 때 조심해. 거긴 무법 지대니까."

그 아이가 속삭였다.

고맙다고 해야 하나 고민하는 것도 잠시, 심판 목소리가 들렸다.

"일 분 남았습니다!"

나는 귀마개를 귓속 깊이 찔러 넣었다.

"제자리에……. 준비……."

탕. 총소리는 역시 솜에 싸인 듯했다. 나는 안도의 한숨을 내쉬며 온몸의 긴장을 풀었다. 문제는 달리기를 깜빡한 것이었다.

"어서 가렴!"

심판 목소리가 흐리게 들렸다.

"가! 달려!"

"아! 고맙습니다."

나는 뛰어나가며 말했다. 귀마개를 뽑느라 필드를 지그재그로 나아갔다.

앞을 보니 모든 주자가 한데 엉켜 숲길로 접어들고 있었다. 아까 그 아이가 한 말의 의미를 알 것 같았다. 다들 선두를 다투느라 팔꿈치로 찌르고 밀치고 난리였다. 내가 숲으로 진입할 때쯤에는 아까 그 폭스 리지 아이와 나 둘뿐이었다. 우리 둘은 오히려 기를 쓰며 서로 길을 양보했다.

숲길은 진흙탕이었다. 안개비가 부슬부슬 내리는 탓에 땅은 미끄럽고 질퍽거려 전반적으로 역겨웠다. 아까 내가 발을 디뎠던 나무뿌리와 바위, 마른땅은 이미 진흙에 파묻혀 사라진 지 오래였다. 한 걸음 내디딜 때마다 진흙이 유니폼, 다리, 심지어 얼굴까지 튀었다. 아무리 닦아 내도 소용없었다. 눈앞에 보이는 것은 진흙, 또 진흙이었다.

뒤처져 있던 폭스 리지 아이는 어느새 내 뒤로 터벅터벅 따라붙었다. 어디선가 넘어진 게 분명했다. 온몸이 진흙투성이였다. 흡사 초콜릿 소스 통에 빠졌다 나온 것 같았다.

나는 손을 들어 전했다. 네가 거기 있는 것 안다고. 너와 같은 고통을 공유하고 있다고. 그 아이와 이 길을 함께하고 있다는 사실에 왠지 위안을 얻었다. 우리는 반은 걷고 반은 뛰며 몇 시간처럼 느껴지는 구간을 힘겹게 나아갔다. 진흙 위를 미끄러지고 철벅거리면서 마침내 숲길 끝에 도달했다. 하지만 포장된 길 역시 이제는 질퍽하고 미끈거려서 속도를 더 줄여야 했다.

저 멀리 결승선이 보일 때쯤, 폭스 리지 아이가 옆으로 왔다.

"난 히버라고 해."

그 아이가 헐떡이며 말했다.

"난 조지프."

나는 대답하며 생각했다. '이름이 히버라니. 이 친구의 삶도 쉽지 않겠구나.'

"동정의 응원 받을 준비해."

히버가 말했다.

"뭐라고?"

"동정의 응원. 곧 알게 될 거야."

코스의 마지막 구간에 다다르자 수많은 엄마들의 모습이 보였다. 다들 마치 고양이들과 강아지들이 왁스 칠된 바닥에서 미끄러지고 넘어지는 동영상을 보는 듯한 표정을 짓고 있었다. 안타까움과 웃음기가 섞인 얼굴. 히버가 제대로 짚은 듯했다. 그것은 동정이었다.

"옳지!"

호루라기를 든 한 남자가 외쳤다. 우리는 몇 초간 걷다가 다시 속도를 냈다.

"이제 누군가가 '잘한다'라고 외칠 거야."

히버가 말했다.

"그걸 어떻게 —."

"잘한다!"

낯선 이가 외쳤다.

"봤지? 동정의 응원. 자, 이제 먼저 가. 난 이 속도론 무리야."

히버는 몇 걸음 뒤로 처졌다. 내가 비틀거리며 결승선을 통과하자 드문드문 박수가 터져 나왔다.

히버가 내 뒤로 완주했다.

"다음에 봐."

히버는 터덜터덜 멀어져 갔다.

마침내 버스에 올라탔을 때 우리는 모두 남북 전쟁을 치른 얼굴이었다. 버스가 출발하자 코치가 입을 열었다.

"자, 다들 아까 조지프가 폭스 리지 남학생과 함께 뛰는 거 봤지? 모두에게 좋은 본보기가 되었을 거야."

"아무리 못하더라도 더 못하는 사람이 있으니 괜찮다고요?"

새미가 물었다.

"틀렸어, 새미. 누구나 서로 도울 수 있다는 거야. 다른 팀이라도 지지해 줄 수 있지."

"저는 새미가 말한 쪽이 더 마음에 드는데요."

웨스가 말했다.

그때 테레사가 웨스의 어깨를 두드렸다.

"아까 숲속까지 응원하러 와 줘서 고마워."

"진짜. 고마웠어, 웨스."

빅토리아가 덧붙였다.

빅토리아가 웨스 옆에 앉자 새미는 얼굴을 찌푸렸다. 마크는 손으로 자기 입을 턱 막고 웃음을 참았다.

"아, 그거, 별거 아니었어. 팀을 위해서라면."

웨스가 씩 웃으며 말했다.

21장

/

나는 한 번도 여자애 집에 가 본 적이 없다. 어쩌면 가 봤을지도 모르지만, 1학년 때 이후로는 한 번도 없다. 확실한 것은 정학을 당한 여자애 집에는 찾아가 본 적이 없다는 것이다. 그것도 나 때문에 남자애한테 주먹을 날려 정학을 당한 여자애의 집이라면 더더욱.

그런데 마침 오늘, T 코치가 훈련을 일찍 끝내 주었다. 어제 진흙 대회에서 살아남은 보상인 듯했다. 나는 집에 가지 않고 언더힐 대로를 걸어 무작정 헤더의 집으로 향했다. 언더힐 대로는 레이크뷰를 두 개의 퍼즐 조각처럼 나누는 구불구불한 도로인데, 보도라고는 풀이 난 좁은 흙길뿐이다. 비는 여전히 부슬부슬 내리고, 지나가는 차마다 나를 향해 거침없이 흙탕물을 뿌렸다.

레이크뷰의 이쪽 동네 집들은 큼직큼직한 석조 건물이었다. 구부러진 차고 진입로마다 회색 자갈이 자글자글 깔려 있었다. 테니스 코트와 미끄럼틀 딸린 수영장이 있는 집도 있었다. 울타리 너머로 미끄럼틀 손잡이가 반짝였다. 그에 비하면 헤더네 집은 작고 왜소했다. 바탕은 빛바랜 분홍색이고 창틀은 갈색이었다. 일부러 눈에 띄지 않으려 한 듯, 주변의 낙엽과 완벽하게 어우러진 외관이었다.

높은 철망이 헤더의 집 뒷마당과 클로버데일 골프장 사이를 가르고 있었다. 골프장의 잔디밭은 가을빛이 완연한 녹색이었다. 완만한 언덕 위에 자리 잡은 클럽하우스는 '내가 너보다 나아'라는 느낌으로 집들을 굽어보고 있었다. 어쩌면 헤더의 집은 그 시야에서 벗어나고 싶은 것인지도 몰랐다.

짧은 시멘트 길이 헤더네 집 대문으로 이어졌다. 나는 그 길 끄트머리에 멍하니 서 있었다. 멍청한 기분이 들었다. 전화부터 했어야 했다. 아니면 문자라도. 이렇게 무작정 찾아와서 망설일 바에야 뭐라도 했어야 했다. 헤더가 나한테 화가 났을지도, 속상할지도, 나처럼 한심한 겁쟁이는 처음이라고 생각할지도, 이 모든 게 내 탓이라고 여길지도 모르는데.

막 돌아서려고 할 때 대문이 열렸다. 헤더가 휴대전화로 누군가와 통화하면서, 나를 보고 들어오라고 손짓했다. 마치 매일 찾아오는 친구를 맞이하듯이.

"알았어. 걱정하지 마. 이제 아무도 때려눕히지 않을 테니까."

헤더가 전화기에 대고 말했다.

나는 눅눅한 낙엽들을 **자박자박** 헤치고 대문으로 향했다. 실내에 들어서기 전에 문간의 깔개에다 진흙투성이 신발을 벗어 두었다. 꼭 그런 규칙은 없는 집 같았지만. 어느 쪽이냐 하면 '그냥 들어와서 외투는 아무 데나 걸쳐 놔' 쪽에 가까운 집이었다.

어디선가 날카로운 피리 소리가 들렸다. 헤더가 손짓하는 대로 짧은 복도를 따라 부엌에 들어가니 파란 찻주전자가 김을 내뿜고 있었다. 헤더는 휴대전화를 스피커폰으로 바꿔 조리대 위에 올려 놓고는 자유로워진 두 손으로 주전자를 다른 버너로 옮기고 불을 껐다.

주전자 피리 소리가 멈추자 한 여자의 목소리가 부엌을 채웠다.

"여기 식물군을 네가 봐야 해! 정말이지 놀라워!"

헤더는 찬장을 열고 시리얼 상자들을 이리저리 뒤적이며 무언가를 찾았다. 나는 식물군이 뭘까 생각하고 있었다. 목소리는 이어졌다.

"*히비스커스 와이메아*라는 꽃이 있거든. 하루만 피고 지는 꽃이야. 단 하루! 하얀색으로 피어났다가 오후가 되면 분홍색으로 변하며 진단다. 오, 얘야. 얼마나 사랑스러운지 몰라."

"엄마 —."

헤더가 말하자 내 심장이 폴짝 뛰었다.

헤더의 엄마는 그 소리를 못 들었는지 말을 멈추지 않았다.

"닭들이 막 여기저기 자유롭게 돌아다녀."

그녀는 웃음 섞인 목소리로 말했다.

"그중에서도 수탉들! 테라스에서 식사하고 있으면, 테이블 위로 뛰어올라서 날 지그시 바라본다니까. 난초들은 또 어떻고! 그 색이나 향기가 어찌나 다채로운지……. 여기서 영화 「쥐라기 공원」 찍은 거 알지? 「남태평양」도! 여긴 매일 무지개가 떠. 그리고 하날레이라는 작은 마을이 있는데 ―."

"엄마."

헤더가 조금 더 크게 말했다. 그러고는 스위스미스 코코아 상자를 꺼내 조리대에 내려놓았다.

"― 하날레이! 노래 「퍼프 더 매직 드래곤」에 나오는 그곳!"

"엄마, 난 그런 거 몰라……."

그러자 헤더의 엄마는 노래를 부르기 시작했다. 비록 조리대 위의 휴대전화가 노래하는 것 같았지만.

"마법의 용 퍼프, 바닷가에 살고 있지요, 가을 안개 속을 뛰어다니며, 아름다운 섬 하날레이이이이이이이……."

헤더는 나를 힐끗 보고는 휴대전화로 손을 뻗었다. 그러나 나는 그 전에 듣고 말았다.

"나 벌써 이곳과 사랑에 빠진 것 같아, 헤더. 못 견딜 만큼 ―."

"엄마!"

헤더가 스피커폰을 끄며 외쳤다.

"제발, 그만 좀 해. 좋은 곳이란 거 알겠어. 듣기만 해도 아름다워. 근데……."

헤더가 또 한 번 나를 힐끗 봤다.

"누가 와서 그만 끊어야겠어."

헤더는 잠시 엄마의 말을 잠자코 들었다.

"같은 팀 애야."

좀 더 들었다.

"대회는 한 번. 응. 이겼어."

헤더는 엄마의 말이 끊임없이 이어지자 통화를 서둘러 마무리하려고 했다.

"알았어, 하지만……. 당연하지. 약속할게. 응. 응. 알았어. 나도. 끊어."

통화를 마친 헤더는 내가 뭐라고 말을 꺼내기도 전에 먼저 말을 걸었다.

"그 꼴은 다 뭐야?"

나는 아래를 내려다봤다. 세제 광고에 나올 만한 꼴이었다.

"진흙."

내가 어깨를 으쓱하며 대답했다.

"코코아 한잔해. 옷에 좀 흘려도 아무도 눈치 못 채겠다."

내가 고개를 끄덕이자, 헤더는 뒤돌아 선반에 놓인 머그잔 두 개를 꺼냈다. 내가 꺼내려면 발판이 필요했을 것이다.

"미안하다고 말하려고 왔어."

나는 헤더가 등을 돌린 틈에 말했다.

"왜?"

헤더가 뒤돌아보지 않고 물었다.

"그야 내가 찰리를 스스로 상대했다면 찰리가 너한테 그런 말을 하지 않았을 테고, 너는 걔를 때리지 않았을 테고, 정학도 당하지 않았을 테고, 어제 대회도 놓치지 않았을 테고, 나한테 화가 나지도 않았을 테니까."

헤더는 돌아서서 코코아 두 봉을 잡고 탁탁 흔들어 털었다. 내가 뜯을 때처럼 가루가 펑 흩날리지 않게끔.

"너한테 화 안 났는데."

"안 났다고?"

"어. 일단 그 덕분에 교장을 만날 수 있었으니까. 아, 확실히 바다소였어."

헤더는 볼과 입술을 부풀렸다. 바다소를 흉내 내는 게 분명했다.

"게다가, 끝장을 봐서 후련해."

헤더는 코코아 봉지 상단을 뜯고는 머그잔에 코코아 가루와 뜨거운 물을 부었다.

"찰리는 언젠가 결국 그 얘기를 꺼냈을 거야. 시간문제였어. 아마 클로버데일에서 주워들었겠지. 진실이 아닌 얘기들. 우리 엄마가 날 신경 쓰지 않는다거나, 집에 돌아오지 않을 거라거나 하는 말들."

혜더는 노란색 식탁 위에 머그잔 두 개를 올려놓고 티스푼을 하나씩 넣었다. 우리는 식탁에 앉았다.

"너희 엄마 어디 계시는데?"

내가 물었다.

"하와이. '하날레이의 땅.'"

혜더가 대답하며 고개를 절레절레했다.

"와, 거긴 멀잖아."

나는 더 할 말을 찾지 못했다. 그래서 덩어리가 진 코코아 가루를 티스푼으로 부수는 데 집중했다.

"우리 엄마는 멸종 위기에 처한 꽃에 관한 논문을 쓰고 있어. 식물학자거든."

"너희 아빠처럼?"

"뭐, 거의 비슷해. 아빠는 원예가야. 아빠는 식물을 키우고, 엄마는 연구하지. 아빠 말로는 그래. 둘은 퍼비시 송이풀 덕에 만났대."

"퍼…… 뭐라고?"

"퍼비시 송이풀. 메인주의 한 강둑에서 자라는 걸 누군가가 발견했나 봐. 멸종된 줄 알았던 식물이라 거기서 발견된 게 꽤 대단한 일이었대."

혜더는 일어나더니 냉장고 문에 붙어 있던 작은 사진을 떼어 건네주었다. 혜더의 엄마와 아빠, 그리고 퍼비시 송이풀인 듯했다.

작고 노란 꽃이 달린 아스파라거스 같았다. 그리 특별해 보이지는 않았다. 실은, 꽤 못생긴 식물이었다. 헤더의 아빠는 젊고 말라 보였고, 엄마는 무척 예뻤다.

"아무튼, 우리 엄마는 하와이에서 이 주 정도 있다가 돌아올 예정이었어. 그런데 이제 한 달은 된 것 같아……."

뒷말은 내가 들은 대로라는 듯 헤더가 휴대전화를 가리키며 어깨를 으쓱했다.

"아빠 말로는 내 주변을 자세히만 둘러봐도 흥미로운 것을 발견할 수 있다는데, 엄마는……."

헤더는 자기 코코아를 빤히 응시했다. 나도 내 코코아를 바라보았다. 이대로 한 시간 동안 코코아 침묵에 빠진 우리 둘의 모습이 그려졌다. 하지만 그때, 헤더에게 그동안 엄마 얘기를 한 번도 묻지 않은 것을 내가 얼마나 후회했는지 떠올랐다. 엉뚱한 말을 하고 싶지는 않았지만 아무 말도 하지 않는 것도 예의가 아닌 것 같았다. '내가 헤더라면 친구에게 무슨 말을 듣고 싶을까?'

마침내 내가 입을 열었다.

"엄마 많이 보고 싶어?"

헤더는 고개를 끄덕였다.

"익숙해져야겠지. 우리 엄마는 내가 열 살 때 희귀한 선인장을 연구하러 한 달 동안 뉴멕시코주에 가 있었어. 그 전에는 앵무새 꽃을 관찰하러 태국 어딘가에 있었고, 또 어딘가에서는 개구리를 잡아먹는 육식 식물을 연구했어."

"식물이? 개구리를 먹는다고?"

헤더는 고개를 끄덕였다.

"큰 벌레도 먹어. 때에 따라서는 쥐까지."

적어도 오늘 밤에 어떤 악몽을 꿀지는 미리 알게 되어 다행이다.

"엄마는 집에 돌아오면 또 다음 여행지를 고르느라 바빠."

헤더는 사진을 다시 냉장고 문에 붙여 놓고 식탁으로 돌아왔다.

"그래도 꽤 멋진 선물을 보내오곤 해. 뉴멕시코주에서는 깃털 모양 장식품, 태국에서는 보석 박힌 코끼리 장식품, 이번 하와이에 서는 사롱을 보내 준다네."

"사롱이 뭐야?"

"긴 치마 같은 거야. 꽃무늬."

"아."

나는 헤더가 긴 꽃무늬 치마를 입은 모습을 상상했다. 왠지 어울 리지 않았다. 하긴, T 코치가 스웨트 팬츠를 입은 모습도 익숙해지 기까지 시간이 좀 걸렸으니까.

"우리 엄마는 나를 자기처럼 블루베리 아가씨라고 생각하나 봐. 미식축구 선수한테 주먹이나 휘두르고 다니는 애가 아니라."

헤더는 한쪽 어깨를 으쓱하며 말했다.

"엄마가 나랑 함께한 시간이 좀 더 많았다면 나에 대해 더 잘 알 았겠지."

"저기, 블루베리 아가씨라도 찰리는 때리고 싶을걸?"

내가 일부러 활기차게 말했다.

"다들 네가 굉장하다고 생각했어. 네가 미식축구팀 구리다고 말했을 때 찰리 얼굴 진짜 장난 아니었거든."

헤더는 웃음을 참는지 한쪽 입꼬리가 살짝 씰룩였다.

"프랭크가 웨스한테 그랬대. 복도를 걸어가는 내내 찰리가 코피를 흘렸는데, 닦을 거라곤 갈색 종이 타월 요만큼밖에 없었다고."

헤더는 손으로 입을 가리고 고개를 절레절레했다.

"니콜 아브루치는 비위가 상해서 조퇴했어. 관리 아저씨는 복도를 닦느라 세제를 한 통이나 썼고. 대회 가는 버스 안에서도 다들 그 얘기만 했어."

마침내 헤더는 미소를 드러냈다. 의자를 살짝 뒤로 젖혀 긴 다리를 쭉 뻗고 팔짱을 꼈다.

"그래서, 대회는?"

"대회는 뭐?"

헤더가 내 팔을 주먹으로 툭 쳤다.

"어땠냐고."

"진흙투성이였지."

"개인 기록 나왔어?"

"간신히. 진흙탕에서 헤엄치는 기분이었어. 그래도 꼴찌는 아니었어. 히버라는 남자애가 있었거든. 나보다 느리더라고."

"이름이 히버야?"

헤더는 믿기지 않는다는 얼굴로 나를 바라봤다.

"응. 진짜로."

나는 헤더에게 연두색 귀마개와 동정의 응원, 웨스가 급하게 숲에 다녀왔던 일까지 말해 주었다. 다만 웨스 얘기는 다른 여자애들한테 비밀로 해 달라고 당부했다. 빅토리아가 신호총 얘기를 찰리에게 말하고 나서 후회했다는 이야기도 했다. 헤더도 재커리가 잘생기기는 했지만 약간 소름 끼친다는 여자애들의 의견에 동의했다. 나는 팀원 모두가 헤더가 없어서 아쉬워했고, 만약 참가했다면압승을 거두었을 거라고 말했다.

그때 멀리서 대문이 열리고 복도를 걸어오는 발소리가 들렸다.

"이쪽이에요, 아빠!"

헤더가 외쳤다.

나는 어떤 인물을 기대했던 걸까. 언젠가 헤더가 트랙에서 말한바를 바탕으로 흰 가운과 고글, 스프레이건으로 무장한 채 골프장의 잔디 부패나 곰팡이와 싸우는 미치광이 과학자를 상상했던 것같다. 하지만 부엌으로 들어온 헤더 아빠는 사진 속 모습과 얼추비슷하게 키가 크고 호리호리한 아저씨였다. 수염은 텁수룩했고, 말총머리에, 플란넬 셔츠와 커다란 작업 부츠 차림이었다.

"아빠, 이쪽은 조지프예요. 같은 크로스컨트리팀."

"죄수 면회 왔니?"

아저씨가 고개를 숙여 딸의 볼에 입 맞추었다.

"정학도 오늘로 끝이에요, 아빠. 이제 자유예요."

"그것참 다행이구나. 문 밑으로 식사를 밀어 넣어 주는 것도 슬슬 질리던 참이거든. 양철 컵이 쇠창살에 부딪히는 소리도."

헤더의 웃는 모습이 보기 좋았다. 아저씨는 냉장고로 가서 마운틴듀 캔을 꺼냈다. 왠지 말총머리와 플란넬 셔츠에 잘 어울리는 음료였다.

"엄마한테 전화 왔었어요."

헤더가 말했다. 아저씨는 캔 뚜껑을 딴 채 그대로 멈췄다.

"뭐래?"

"사롱을 보내 준대요."

"사롱?"

"긴 치마예요. 꽃무늬."

나는 자신 있게 대답했지만, 아저씨가 몰라서 물은 게 아니라는 생각이 뒤늦게 들었다.

"엄마는 하와이와 사랑에 빠진 것 같대요."

헤더가 말했다.

아저씨의 얼굴은 조금 전 헤더처럼 우울해 보였다. 왠지 분위기를 바꾸려면 내가 나서야 할 것 같았다. 별다른 생각이 떠오르지 않아서, 불쑥 이렇게 물었다.

"클로버데일의 나무좀벌레는 잘 퇴치되고 있나요?"

시험 때문에 암기해야 하는 것들과 달리, 어떤 단어들은 뇌리에 박혀 떠나지 않는다.

아저씨는 눈을 크게 뜨고 웃음을 터뜨렸다.

"그걸 어떻게 알았니?"

"헤더가 말해 줬어요. 아저씨가 그런 것들을 없앨 수 있다고요. 전문가라고요."

"그랬니?"

아저씨는 미소 지으며 헤더가 앉은 의자 뒤로 왔다.

"뭐, 없앤다기보단 쫓아내는 거지. 안타깝게도 나무 한두 그루는 잃게 생겼어. 전부 다 구하기엔 이미 늦었더라고. 하지만 봄에는 대부분 건강해질 거야. 이담에 코스에 놀러 오면 보여 주마."

"좋아요."

대답은 그렇게 했지만, 찰리가 회원으로 있는 골프 클럽에 과연 가고 싶을지 확신이 안 섰다.

"그럼, 나는 서류 작업 할 게 좀 있어서 가 봐야겠다. 조지프, 만나서 반가웠다."

아저씨가 식탁 위로 손을 뻗어 악수를 청했다. 아저씨의 손바닥은 노동으로 인해 거칠고 캔 음료로 인해 차가웠다. 아저씨는 내게 윙크도 보냈다. 나도 꼭 그런 윙크를 배우고 싶은데, 혼자 거울을 보고 연습할 때는 그저 눈에 뭐가 들어간 것처럼 보이기만 한다. 아저씨는 헤더의 머리에 입 맞춘 뒤 자기 코를 비비고 귀를 잡아당기고는 이내 복도로 나갔다.

"방금 그건 뭐야?"

내가 물었다.

"아, 야구 사인. 체리필드에 있을 때 아빠가 우리 야구반 코치였거든. 내가 좋아하던 사인인데, 별 의미는 없어. 그냥 상대 팀을 불안하게 하려고 하는 거야."

이제 정말 집에 가야 할 시간이었지만, 그 전에 헤더에게 다음 주 화요일에 프랑스어 쪽지 시험이 있다고 알려 주었다. 동사 활용에 관한 내용이었는데, 나는 도무지 헷갈리기만 했다. 프랑스인들은 외국인이 자기 나라말을 하는 게 싫은가?

"같이 공부할래? 월요일에 너희 집에 갈 수 있는데. 훈련 끝나고."

헤더가 제안했다.

"그래, 그럼."

나는 친구가 집에 오는 게 일상이라는 듯이 대답했다. 그리고 미소를 감추려고 코코아 컵을 한껏 뒤로 젖혀 마지막 한 모금을 마셨다. 달콤하고 걸쭉한, 제일 맛있는 부분이었다.

그날 밤 침대에 누워 생각했다. 헤더의 엄마가 여기서 가족과 함께하지 않는 것은 너무하다고. 어른이 되면 원칙도 바뀌는 걸까. 적어도 어느 정도는 포기해도 되는 걸까. 그렇다 해도 나는 사랑하는 사람만큼은 포기해서는 안 된다고 생각한다. 누구도 헤더를 포기해서는 안 된다.

이불 밑은 포근하고 따뜻했다. 집 안에서 창밖의 빗소리를 들으니 기분이 좋았다. 근육이 욱신욱신했다. 대회와 훈련 때문에, 그리고 헤더의 집에서 우리 집까지 뛰어왔기 때문에 생긴 근육통이었다. 처음부터 뛸 생각은 아니었는데, 나도 모르게 발걸음이 점점 빨라졌다. 헤더가 자기 아빠에게 한 말이 떠올랐다.

"엄마는 하와이와 사랑에 빠진 것 같대요."

운동화가 흙을 파고들 만큼 발에 힘이 들어갔다. 머릿속에 찰리의 목소리가 들렸다.

"우리 엄마는 날 아주 사랑하거든."

나는 길가의 돌을 걷어찼다. 땅을 박찰 때마다 허벅지가 조이고 팔이 거세게 흔들렸다. 아프면서도 상쾌했다. 이제껏 느껴 본 적 없는 기분이었다.

엄마가 내 방에 들어와 침대에 걸터앉았다. 엄마가 여기서 나와 아빠와 함께하지 않는 상황은 상상할 수도 없었다. 우리 엄마는 아무리 태국에서 지내고 싶어도 그렇게 말하지 않을 것이다. 가끔은 일이 잘 안 풀릴 때도 있고 내가 기대에 못 미칠 때도 있겠지만, 그렇다 해도 그 사실을 내게 말하지는 않을 것이다.

팔을 뻗어 엄마를 안고 싶었지만 참았다. 내가 갑자기 네 살짜리 아이처럼 안겨 들면 엄마가 진지하게 걱정할 테니까. 그래서 나는 근육이 뻣뻣해진 팔을 엄마 쪽으로 뻗은 채 베개에 얼굴을 묻어 버렸다. 마치 비밀스러운 포옹처럼. 엄마는 평소와 다른 점을 눈치 채지 못한 듯했다.

하지만 엄마가 갓등을 끄고 내 머리에 입을 맞추었을 때 나도 모르게 묻고 말았다.

"엄마, 엄마 아빠는 내가 달리는 게 보고 싶어요?"

엄마는 문간에서 멈췄다.

"물론이지!"

"마지막 대회는 레이크뷰에서 열린대요. 리그 결승전이에요. 오고 싶으면 와도 돼요."

엄마가 다시 침대로 돌아와 내 앞머리를 부드럽게 쓸어 넘겼다.

"우리가 가면 너무 긴장하지 않겠어? 한눈팔다가 나무에 부딪히는 거 아니야?"

분명 농담이었지만, 그럴 가능성도 무시할 수는 없었다.

"안 그러도록 노력할게요."

"그렇다면 가야지."

"그리고 엄마, 내가 저번에 말했던 여자애 기억나요? 축구할 때 찰리 자빠뜨렸다는 애요. 걔 이름이 헤더거든요. 걔도 같이 응원해 주실래요?"

내 머리를 만지던 손이 잠시 멈췄다. 엄마의 호기심이 어둠 속에서 반짝이는 게 느껴졌다.

"전학 온 지 얼마 안 됐고, 엄마랑 떨어져 지내거든요."

내가 설명했다.

엄마는 뭔가를 물으려는 듯 작게 숨을 들이쉬었지만 결국 입을 다물었다. 그러고는 그저 한 번 더 내 이마에 입을 맞추었다.

"물론이지. 누군지 가르쳐 주기만 해."

"그럴 필요 없어요. 보면 알거든요. 제일 빠른 애예요."

22장

/

이제껏 나는 친구를 사귀는 일이 그리 순조롭지 않았다. 부모님이 놀이 약속을 잡아 주던 어린 시절에도 나는 엄마가 데려다주지 않고 남의 집 엄마가 데리러 오면 마구 울어 젖혔다. 제이든 프롭스트라는 아이 집에서는 베이비시터가 '통나무 위 개미들*'이라는 간식을 주었는데, 진짜 개미가 아니라는 사실을 미리 일러 주지 않은 바람에 나는 베이비시터가 개미를 다 내쫓았다고 맹세하기 전까지 화장실에서 나가지 않았다. 리엄 맥퍼린이라는 아이는 새로 산 크레용을 못 쓰게 하는 대신 내게 부러진 크레용만 모아 놓은 상자를 따로 주었다. 그 안에는 파란색만 여덟 개에 빨간색은 하나도 없었다.

---

* 셀러리 위에 크림치즈나 땅콩버터를 바르고 건포도를 박아 넣은 간식.

일곱 살인가 여덟 살 때는 학교에서의 하루하루가 영원처럼 느껴졌다. 놀이 약속은 나머지 숙제 같았다. 도저히 풀리지 않는 문제가 하나 더 늘어난 셈이었다. 비디오 게임이나 야구 놀이에서 일방적으로 깨지기 위해 다른 아이 집에 가기는 싫었다.

그러나 누가 알았겠는가? 상황은 변할 수도 있다는 것을.

나는 헤더의 눈에 우리 집이 어떻게 비칠지 상상했다. 괜찮을까? 가족사진, 엄마가 냉장고 문에 덕지덕지 붙여 놓은 포스트잇…….

그리고 할아버지.

내가 사랑하는 할아버지지만, 만약 헤더 앞에서 부끄러운 얘기를 하면 어쩌지? 내가 연두색 콩을 무서워한다거나 쇼핑몰에서 땅콩 탈을 쓴 사람을 보고 도망갔다거나 하는 얘기를 하면 어쩌지? 나를 슈퍼히어로라고 부르거나 헤더에게 왜 그렇게 키가 크냐고 물으면 어쩌지?

그래서, 월요일 아침에 선수를 쳤다.

"할아버지."

나는 무심한 척 말을 걸었다.

"친구가 오늘 학교 끝나고 우리 집에서 같이 공부하재요. 프랑스어 수업 같이 듣는 여자애예요."

할아버지는 눈썹을 치켜올렸다.

"여자 친구냐?"

가장 염려했던 반응이다.

"아니요."

나는 불편하다는 듯이 단호하게 대답했다.

"그냥 프랑스어 수업 같이 듣는 애예요."

"똑똑한 애니?"

나는 고개를 끄덕였다.

"특히 프랑스어를 잘해요. 그리고 저랑 같은 크로스컨트리팀 소속이에요. 달리기가 진짜 빨라요."

"그럼 널 좋아하는 애로구나."

할아버지가 말했다.

"좋아하는 거 아니에요."

내 귀에도 애처로운 불평처럼 들렸다.

"그런 식으로 좋아하는 게 아니라, 내 말은, 사람들은 선택을 하거든. 걔는 널 놀릴 수도 있고 무시할 수도 있는데, 집까지 오겠다고 했잖아? 싫어한다면 절대 안 그러지."

"그냥 착한 애예요. 그뿐이에요."

이 일련의 질문은 내가 탐구하고 싶은 영역이 아니었다. 그래서 자꾸만 덧붙였다.

"아무튼, 별일 아니니까요."

"전혀요."

"신경 쓰실 필요는 없어요."

"그냥 미리 말해 두는 거예요."

그런 이유로, 훈련이 끝나고 헤더와 함께 뒷문으로 집에 들어섰을 때, 내심 할아버지가 산책이나 볼링이나 들새 관찰이라도 하러 갔기를 기대했다. 하지만 아니었다. 부엌 식탁 의자에 앉아 있는 할아버지의 뒷모습이 보였다. 식탁에는 노트북이 놓여 있었다.

"할아버지."

내가 말을 걸었다.

"잠깐만, 슈퍼히어로."

나는 할아버지가 부른 별명에 얼굴이 빨개지기 전에 서둘러 말을 꺼냈다.

"저기, 할아버지? 이쪽은 헤더예요."

우리 집 부엌에서 보니 헤더는 유난히 더 커 보였다. 본인도 그렇게 느꼈는지 헤더가 머리를 살짝 숙였다. 할아버지가 돌아보자 헤더는 쑥스러운 듯이 손을 살짝 들어 올렸다.

"헤더. 멋진 이름이구나."

할아버지는 나조차 놀랄 만큼 매력적인 목소리로 말했다.

헤더는 어깨를 으쓱했다.

"그렇게 생각하는 사람은 아무도 없을걸요."

"왜? 예쁜 소녀에게 어울리는 어여쁜 이름인걸."

할아버지가 그토록 낯부끄러운 말을 하다니 믿을 수 없었다. 하지만 헤더는 의외로 웃고 있었다. 내가 할아버지를 과소평가했나

보다. 혹은 일흔아홉 살쯤 되면 그런 말을 해도 괜찮은 것일지도 모른다.

"'헤더'라고 하면 왠지 연약하고 가냘플 것 같잖아요. 누구나 「헤더 온 더 힐」 같은 노래를 떠올리겠죠. 언덕 위에 핀 앙증맞은 꽃을 상상하면서요. 하지만 저를 실제로 보면……."

헤더는 두 팔과 한쪽 다리를 내밀며 자기가 얼마나 '안' 연약하고 '안' 가냘픈지 보여 주었다.

"글쎄."

할아버지는 버릇처럼 입을 달싹였다. 말을 뱉기 전에 입안에서 음미하듯이.

"헤더는 예쁜 보라색 꽃이기도 하지만 강한 식물이기도 하지. 웬만한 식물들이 다 포기한 땅에서도 자라는데, 해를 거듭할수록 더 강해진단다."

"맞아요!"

헤더가 외쳤다. 그리고 의자 하나를 빼서 할아버지 옆에 앉았다.

"정확해요! 스코틀랜드의 거친 들에서 자란대요. 심지어 알래스카에서도요. 전혀 연약하지 않다니까요!"

"그렇다면 완벽한 이름이구나. 조지프한테 들었는데 네가 달리기도 무척 잘한다면서? 그렇지, 조지프?"

헤더는 내가 있는지도 몰랐다는 듯 놀란 얼굴로 나를 쳐다보았다. 불쾌한 표정은 아니고 그저 놀란 얼굴이었다.

"뭐, 달리는 걸 좋아하긴 해요. 이번 겨울에는 포환던지기를 하고 봄에는 원반던지기도 하고 싶어요."

"헤더가 저번에 알려 줬는데, 원반던지기에서 금메달 딴 여자 선수가 있대요."

내가 끼어들었다.

"스테퍼니 브라운 트래프턴. 2008년······."

"베이징 올림픽."

헤더의 말을 내가 냉큼 이어받았다. 헤더한테 들었던 얘기가 기억나서였다.

"그래? 원반이 평평한 건가, 동그란 건가?"

할아버지가 물었다.

"평평한 거요. 무거운 프리스비 같은 거예요. 대포알처럼 동그란 건 포환이에요."

"조지프에게도 한번 권해 보지 그러니?"

두 사람은 나를 보더니 웃음을 터뜨렸다. 나를 보고 웃는 게 아니라······ 아니, 나를 보고 웃는 게 맞았다.

"아니요."

헤더가 갑자기 정색하고 말했다.

"조지프는 장거리 달리기를 할 거예요. 겨울에는 실내 트랙에서, 봄에는 야외 트랙에서요."

내가?

내가 머릿속으로 새로운 정보를 처리하는 동안 헤더는 할아버지의 노트북을 가리켰다.

"뭘 하고 계세요?"

헤더는 할아버지 곁으로 의자를 바짝 당겨 앉았다. 마치 오랜 친구처럼 자연스러워 보였다.

"실버 큐피드 사이트에서 자기 소개 정보를 갱신하고 있었지."

할아버지가 대답했다.

그 말이 내 주의를 끌었다.

"무슨 사이트요?"

"실버 큐피드."

"혹시 무슨 만남 사이트 같은 거예요?"

"같은 게 아니라 만남 사이트 맞아."

아마 내가 충격 받은 얼굴을 하고 있었나 보다.

"뭐야, 내가 빙고 게임이나 하고 있을 줄 알았어? 다른 노인네들이랑 구시렁구시렁 꺼억꺼억대면서?"

헤더는 설명이 필요하다는 얼굴로 나를 보았고, 나는 할아버지를 보았다.

"밥 먹고 나면 둘러앉아 괜히 구시렁구시렁하는 거지."

할아버지는 적절한 말을 찾으려는 듯 손을 빙빙 휘둘렀다.

"투정이나 불평 뭐 그런 거. 그리고 꺼억꺼억은 말이야."

할아버지는 길고 과장된 트림을 해 보였다.

나는 그 순간 식탁 밑이나 청소 도구함에라도 들어가 숨고 싶었는데, 헤더는 웃음을 터뜨렸다. 그리고 노트북 화면을 가리키며 물었다.

"좋은 분 찾았어요?"

할아버지는 어깨를 으쓱 올렸다. 올렸다 내리지 않고 올린 채 멈춘 상태였다.

"분명 모두 좋은 여성분들일 거다. 하지만 소피와 나는 오십삼 년 세월을 함께했잖니."

할아버지는 그제야 어깨를 떨구고 헤더를 바라봤다.

"'내 반쪽'이라는 말 알지? 소피는 내 반쪽이 아니라 내 사분의 삼쪽이었어. 아니, 팔분의 칠쪽쯤이었을 거다. 이제는 가끔 내 자신이란 게 남아 있기는 한지 모르겠어."

헤더는 손을 뻗어 할아버지의 팔뚝을 토닥였다.

"제 생각에는 많이 남아 있어요. 제가 아는 대부분의 사람들보다 훨씬 많이요."

할아버지는 헤더의 손에 자신의 손을 포갰다. 그 순간 나는 헤더가 그 위로 다른 손을 겹쳐 올릴까 봐 조마조마했다. 다행히도 그런 일은 없었다.

"자."

할아버지가 노트북 화면을 우리 쪽으로 돌렸다.

"난 낮잠을 좀 잘 테니, 프랑스어 공부 마치면 너희가 한번 알아

봐 주렴."

할아버지는 몇 걸음 떼고서 뒤를 돌았다.

"다만 취미가 골프라면 싫다. 해변에서의 긴 산책도 싫어. 왜 그리들 긴 산책을 좋아하는지. 해변이며, 숲속이며, 빗속이며……. 대체 누가 비 오는 날 산책을 하고 싶겠냐? 나는 영화나 오페라 관람 쪽이 좋다. 마라톤도 싫고. 그런 건 너희 둘에게 맡기마."

할아버지는 발길을 돌리며 덧붙였다.

"그리고 일흔아홉 살이라고 쓴 사람은 무조건 거르렴."

"하지만 할아버지도 일흔아홉 살이잖아요."

내가 말했다.

"장담하는데, 일흔아홉이라고 하는 사람들은 적어도 여든다섯은 됐을 거다."

"그런데 정말로 일흔아홉이면요?"

헤더가 물었다.

"그 사람이 여든이 될 때까지 기다려야지."

할아버지가 대답했다.

할아버지가 나가자, 우리는 문제지를 꺼내 프랑스어 공부를 시작했다. 헤더는 영어의 'be 동사'와 비슷한 '*être* 동사'의 변형을 각각 발음하는 법을 알려 주었다. 하지만 나는 *être*를 발음하는 것조차 버거웠다. 그다음에는 영어의 'are'에 해당하는 단어 세 가지와 'you'에 해당하는 단어 두 가지를 포함해 나머지 동사를 연습했다.

삼십 분쯤 지나자 내 머리는 'je suis(나는)'와 'tu es(너는)'와 'nous sommes(우리는)'으로 어지러웠다. 그러니 이쯤에서 할아버지의 노트북을 보기로 했다. 사이트에는 미소 짓고 있는 할머니들의 사진이 무척 많았다. 소개 정보에 적힌 나이는 예순 살에서 여든다섯 살까지 다양했다. 하지만 아무도 그렇게 늙어 보이지 않았다. 어쩌면 아주 오래전에 찍은 사진인지도 몰랐다.

나는 인상이 푸근한 한 할머니를 가리켰다. 쿠키가 담긴 접시를 들고 있었다. 쿠키 생김새가 우리 할머니가 만들어 주던 루겔러흐와 비슷해 보였다.

"이분, 느낌이 좋은데."

"안 돼, 잘 봐, 일흔아홉 살이야. 이분은 어때?"

헤더는 머리가 새빨갛고 비쩍 마른 할머니 사진을 클릭했다.

"아냐. 취미가 골프래."

내가 지적했다.

우리는 목록을 좀 더 훑어보았다. 할아버지 말이 맞았다. 해변에서 산책하기를 원하는 할머니가 많았다. 비를 좋아하는 할머니도, 일흔아홉 살도 수두룩했다.

이윽고 커다란 의자에 앉아 책을 읽는 백발의 할머니 사진이 우리 눈에 들어왔다. 찰스 디킨스의 『데이비드 코퍼필드』였다. 왠지 낯이 익었다. 나는 화면을 자세히 들여다보고 나서야 그 이유를 깨달았다.

"이분······."

헤더가 먼저 입을 뗐다.

"피시바인 선생님이야."

내가 말했다.

"학교 도서실의 피시바인 선생님?"

나는 고개를 끄덕였다.

"좋은 책, 영화, 음악."

헤더가 소리 내어 소개 정보를 읽었다.

"난롯가에서 마시는 코코아, 달이 빛나는 로맨틱한 밤······."

나는 헤더가 더 읽기 전에 노트북을 쾅 닫았다.

"웩."

"그래도 좋은 분 아니야?"

헤더가 물었다.

"그건 그런데······."

"선생님이라고 해서 외롭지 말란 법 있어?"

헤더가 말했다.

나는 느지막이 학교를 떠나 버스 정류장으로 향하던 피시바인 선생님의 모습을 떠올렸다.

"하지만 피시바인 선생님은 컴퓨터를 싫어하는데, 어째서 실버 큐피드에 있는 거지?"

"컴퓨터보다 외로운 게 더 싫은가 보지."

헤더의 말이 맞을지도 모른다. 하지만 나는 피시바인 선생님과 할아버지, 그리고 달이 빛나는 밤을 상상할 마음의 준비가 전혀 되어 있지 않았다.

"어쨌든, 우리 할아버지 마음에 들지는 않을 거야. 피시바인 선생님은 엄청나게 구식이거든. 새로운 것은 다 싫어하셔."

그때 변기 물 내리는 소리와 함께 할아버지가 부스럭대는 기척이 들렸다. 오늘 낮잠은 비교적 짧은 편에 들었다. 부엌에 들어온 할아버지는 대뜸 식탁 위에 놓인 메모지를 향해 삿대질을 했다. 메모지가 무슨 잘못이라도 한 것처럼.

"조지프, 적으렴. '고체 비누'라고. 고체 비누. 어떤 잘난 양반들이 비누 그릇에 모인 점액을 병에 담아 놓고 대단한 발견이라도 한 줄 아나 봐. 왜들 새로운 거라면 사족을 못 쓰는지. 난 옛날 그대로의 평범한 비누가 좋다고."

헤더가 손가락으로 노트북을 가볍게 두드리며 세상에 뭐 이런 멍청이가 다 있나 하는 표정으로 나를 바라봤다.

"으응, 네 말이 맞네. 그분은 너무 구식이지. 서로 싫어할 거야."

나는 할아버지가 주문한 대로 받아 적었다. '고체'를 특히 크게 쓰고 밑줄까지 쳤다. 할아버지는 내가 제대로 썼는지 내 어깨 너머로 확인했다.

"나는 이만 거실로 퇴장하마. 만나서 반가웠다, 헤더. 또 보면 좋겠구나."

할아버지는 가볍게 고개를 숙여 인사했다.

"혹시 이번 리그 결승전에 오세요?"

할아버지가 말없이 내 얼굴을 보자 헤더가 덧붙였다.

"조지프, 너 대회에 할아버지 초대 안 했어?"

"하려고 했어."

헤더는 성가신 남동생을 보는 표정으로 나를 바라봤다.

"할아버지, 오세요. 와 주셨으면 해요."

내가 말했다.

"그렇다면 가야지."

할아버지가 대답했다.

헤더는 거실로 향하는 할아버지에게 손을 흔들었다. 곧 거실에서 오페라 아리아가 들려왔다. 내 짐작으로는 이탈리아어였다. 그렇다고 프랑스어보다 쉬울 것 같지는 않았다.

헤더는 나에게 몇 번 더 'be 동사' 퀴즈를 냈다. 그러고 나서 시계를 봤다. 집에 갈 시간이 된 모양이었다. 헤더는 가방을 챙겨 들고 집을 나서기 전에 문간에 서서 부엌을 한번 둘러봤다.

"나 너희 할아버지 마음에 들어. 넌 행운아야."

헤더의 말은 왠지 할아버지에 대한 것만은 아닌 듯했다.

"내일 봐."

나는 집 앞 보도까지 헤더를 배웅했다. 헤더가 기다란 다리로 성큼성큼 걷다가 모퉁이를 돌아 사라지는 모습까지 보고 나서 집에 돌아와 거실로 향했다. 할아버지는 안락의자에 파묻혀 있었다. 나는 평소처럼 의자 팔걸이에 걸터앉았다.

"저도 할머니가 보고 싶어요."

그렇게 말하고 나니 할머니가 얼마나 그리운지 실감 났다. 할머니의 품, 할머니가 만든 건포도 케이크, 작은 하트와 꽃으로 꾸며 준 내 생일 카드, 음정이 안 맞는 노래까지, 전부 그리웠다. 울컥 눈물이 차올랐다.

"훌륭한 사람이었지. 초등학교 3학년 때 처음 만났단다."

"정말요?"

몰랐던 사실이다. 물론 나는 물어볼 생각조차 못 했다.

"오퍼먼 선생님 수업 시간에 너희 할머니가 내 옆자리에 앉았지. 나중에 알았는데, 내가 상급생한테 물려받은 수학 교과서에서 한 장이 뜯겨 나가 있었단다. 그래서 오퍼먼 선생님이 나한테 8번 문제에 답하라고 했을 때 나는 8번 문제가 없다고 했지. 선생님은 내 말을 믿어 주지 않았어."

"안 믿어 줬다고요?"

"전혀."

할아버지는 내게 몸을 기울여 속삭였다. 마치 지금도 누군가가 엿듣고 선생님에게 일러바칠까 봐 두렵다는 듯이.

"오퍼먼 선생님은 심술궂은 늙다리였어. 그런데 너희 할머니가 등을 꼿꼿이 세우고 이렇게 말하는 거야. '프레디의 책에는 그 페이지가 없어요.' 오퍼먼 선생님은 언짢아했어. 소피가 손을 들지도 않고 말했거든. 선생님이 우리 둘을 노려보는데, 너희 할머니가 다시 말했지. '프레디는 그 페이지가 없어요.' 오퍼먼 선생님은 소피를 교실 밖으로 쫓아냈어. '복도로 나가!' 나야 그런 꼴을 당한 적이 수도 없이 많았지만, 소피는 한 번도 없었거든. 그런데 날 위해 나선 거야!"

그 순간 할아버지는 여덟 살로 돌아간 것처럼 보였다. 먼 훗날 내 할머니가 될 작은 여학생과 사랑에 빠진 남자아이처럼.

"그럼 그때부터 운명인 걸 알았어요?"

"결혼까지 하게 될 줄은 몰랐지. 처음엔 그저 바라보기만 하고, 진땀도 좀 흘리고, 애도 좀 태웠지. 누구나 마찬가지야. 젊은 시절에는 그런 일들을 겪게 마련이거든. 그렇게 미래를 그려 가는 거야. 이제는……."

할아버지는 부엌 식탁에 놓인 노트북을 향해 손을 휘둘렀다.

"컴퓨터로 하는 저런 짓도 다 의미가 없다. 전부 다 허식이지. 소피를 대체할 사람은 영영 못 찾을 거다."

나는 무슨 말을 해야 좋을지 몰랐다. 실버 큐피드는 조금 망측하긴 하지만 어쨌거나 노력의 일환이다. 나는 할아버지가 슬퍼하지 않았으면 좋겠고, 포기하지도 않았으면 좋겠다.

"저기, 할아버지. 예전에 저 농구 연습에 데려다준 것 기억나세요?"

"그럼. 카우보이 부츠 양반이 이끌던 거 말이지?"

"네. 그때 저한테 포기하지 말라고 하셨죠?"

할아버지가 고개를 끄덕였다.

"그러니까, 할아버지도 포기하지 마세요. 찾을 수 있을 거예요. 꼭 할머니 같지는 않아도, 좋은 분을요."

할아버지는 그리 자신 있는 얼굴이 아니었다. 그래서 나는 숨을 들이마시고 좀 더 단호한 목소리로 말했다.

"할머니라면 할아버지가 그저 구시렁구시렁 꺼억꺼억하길 바라지 않을 거예요. 맞죠?"

그제야 할아버지는 웃으며 내 어깨를 반쯤은 두드리고 반쯤은 쥐고 흔들었다.

"조지프, 네 말이 옳다. 소피라면 혀를 찼을 거야."

그 순간 피시바인 선생님에 대해 말해 볼까 생각했다. 하지만 선생님이 과연 할아버지와 무슨 얘기를 할 수 있을까? 학교? 책? 듀이 십진법?

할아버지가 일어서자 의자가 휘청했다. 나는 팔걸이에서 떨어질 뻔했다.

"산책이나 해야겠다. 가게에 들러 고체 비누라도 사 올까 봐. 그 다음은 혹시 모르지, 다시 한번 큐피드 사이트를 시험해 볼지도."

할아버지가 떠난 뒤 나는 안락의자에 잠시 앉아 있었다. 그리고 내 방으로 갔다. 바닥에 손을 짚고 팔 굽혀 펴기를 했다. 윗몸 일으키기도 좀 했다. 여전히 욱신거리기는 했지만 처음 시작했을 때보다 열 번쯤 더 할 수 있었다. 팔 굽혀 펴기를 좀 더 하고, 다리 들어 올리기도 했다. 무진장 힘들었다. 오늘은 이만하면 됐다.

거울 앞으로 가 셔츠를 들어 올렸다. 내 몸을 지그시 응시했다. 처음에는 별다를 게 없어 보였는데, 얼핏 뭔가가 보이는 것 같았다. 기분 탓인가? 아마 그럴 것이다. 하지만 배에 힘을 주니 정말 뭔가가 보이는 듯했다.

그래, 틀림없다.

복근이다.

23장

/

브록턴 중학교에 가기 위해 올라탄 버스에는 미식축구 장비가 가득했다. 미식축구팀이 내일 경기를 위해 미리 실어 둔 것이었다. 그 말은 첫째, 냄새가 지독하다는 것과 둘째, 전처럼 넓게 퍼져 앉지 못한다는 것을 의미했다. 헤더는 평온해 보였다. 그저 다시 대회로 향하는 버스를 타게 되어 만족스러운 듯했다. 축구화를 뒤집어쓴 것 같은 냄새가 나는데도 말이다. 나는 마크 옆에 앉았고 산지트와 웨스가 함께 앉았다. 통로 건너편에서는 웬일로 새미가 과감하게 빅토리아 옆자리를 차지했다. 헤더는 T 코치 옆에 앉았다.

버스는 줄곧 흔들렸다. 목적지에 가까워져 마지막 모퉁이를 도니 전방에 브록턴 중학교 건물이 보였다. 모퉁이를 돌고 과속 방지 턱을 넘었는지 과속 방지 턱을 넘고 모퉁이를 돌았는지는 몰라도 어쨌거나 그 둘의 조합으로 버스는 광고 속 오프로드를 달리는 사

파리 지프처럼 덜컹거렸다. 다행히 안전띠 덕분에 대포알처럼 날아가지는 않았지만 창문에 머리를 부딪혔다. 두 번이나. 브리앤은 손에서 물병을 놓치면서 꽥 소리를 질렀다. 빅토리아는 "으익." 하고 진저리 치며 쏠린 어깨가 맞닿아 기뻐하는 새미를 떠밀었다.

버스가 학교 앞에 다다르자, 나는 창문 아래쪽 절반을 통해 밖을 내다봤다. 위쪽 절반은 정체를 알고 싶지 않은 땟국물로 뒤덮여 있었다. 브록턴 중학교는 레이크뷰와 전혀 달랐다. 레이크뷰는 교정을 중심으로 낮은 건물 세 채가 나란히 있고, 옥외 통로가 있어서 비에 젖지 않고 건물 사이를 이동할 수 있다. 반면 브록턴은 무슨 영국의 궁처럼 생긴 한 채의 거대한 석조 건물이었다. 교문은 짙은 색 나무문이었다. 두께가 30센티미터쯤 될 법하고 무거운 쇠 빗장이 걸려 있었다. 왠지 이 건물 안으로 들어가면 하루가 끝나기 전에는 못 나올 것 같았다.

버스가 **푸슉**, 하고 지친 신음을 내뱉으며 도착을 알렸다. 빅토리아가 새미를 밀어내며 나가려고 하는데 T 코치가 말했다.

"다들 여기서 기다려."

코치는 정문의 문짝 세 개를 하나씩 밀어 보았다. 전부 꿈쩍도 안 했다. 코치가 버스 운전사를 올려다보자 운전사는 어깨를 으쓱했다. 그때 모퉁이에서 어떤 홀쭉한 아이가 나타나더니, 건물 너머를 가리키며 코치에게 뭐라고 말했다.

"자, 집합 장소는 이 건물 뒤편이야. 각자 자기 물건 챙겨서 내리자."

T 코치가 다시 버스에 오르며 말했다.

우리는 줄줄이 버스에서 내려 건물 주위를 걷기 시작했다. 고개를 들자 건물 모서리에 조각된 얼굴들이 나를 내려다보고 있었다. 똑똑해 보이는 얼굴도 있고 근엄해 보이는 얼굴도 있었지만, 그중에서 최악은 치아 없는 입을 벌린 채 소름 끼치게 웃는 얼굴들이었다.

"가고일이야."

헤더가 말했다.

"뭐라고?"

헤더가 건물 위를 가리켰다.

"저 얼굴들. 가고일이라고 불러."

이제 가고일은 내가 두려워하는 것 목록에 정식으로 포함되었다. 순위로 따지면 어릿광대와 땅콩 탈 인형 사이 어디쯤일 것이다. 나는 걷는 동안 위를 보지 않으려고 노력했지만, 굳이 보지 않아도 가고일들이 돌로 된 얼굴과 얼어붙은 눈으로 나를 주시하는게 느껴졌다.

마침내 우리는 뒤뜰에 이르렀다. 학교 건물이 교정에 우중충한 그림자를 드리우고 있는 것 같았다. 공기는 차고 눅눅하며 하늘은 커다란 회색 솜뭉치 같았다. 아무튼 전반적으로 으스스했다.

우리는 잔디에 일렬로 선 브록턴 선수들을 지나쳤다. 짙은 녹색 싱글렛과 반바지를 입은 그들은 뼈와 살이 아닌 고무로 이뤄진 듯한 몸으로 스트레칭 하고 있었다. 추위도 느끼지 않는 듯했다. 머리 모양은 하나같이 옆이 짧고 가운데가 솟아 있었다. 키는 165에서 175센티미터 사이로 얼추 비슷비슷했다. 뚱뚱한 아이도, 안경 쓴 아이도 없었다.

"브록턴에는 고교팀도 있는데, 지난 십 년간 주 대회에서 다섯 번이나 우승했대."

헤더가 말했다. 이 팀을 보니 앞으로 그 기록에 다섯 번을 더 추가할 작정인 듯했다.

브록턴 코치가 호루라기를 불자 전원이 일제히 스트레칭을 멈췄다. 하도 절도 있게 일어서기에 나는 경례라도 할 줄 알았다. 코치는 브록턴 베어스라고 적힌 짙은 녹색의 스웨트 셔츠를 입고 있었다. 바다코끼리를 닮은 수염이 입을 덮고 있어서 음식은 어떻게 먹는지 궁금했다. 그래도 옷 속을 한가득 채운 배를 보니 다 방법이 있는 모양이었다.

"좋아, 주자들!"

브록턴 코치가 생각보다 높은 톤의 목소리로 외쳤다. 보스턴에 사는 몬티 삼촌과 약간 비슷한 목소리였다.

"포풍이 올지도 모른다고 하니까……."

"뭐가 와?"

마크가 속삭였다.

"폭풍."

헤더가 대답했다.

"따라서 코스 걷기를 생략하고 바로 경주에 돌입하겠다. 코스는 분명히 표시되어 있다. 필드를 가로지른 뒤 숲을 통과해 이곳으로 돌아온다. 어디로 가야 할지 모르겠다면 우리 주자들을 따라가라. 어차피 제일 빠를 테니까."

그는 자신의 유머에 껄껄 웃었다.

"그리고 폭풍이 오고 있으니 전원이 함께 달리는 것으로 하겠다. 남녀 동시에."

"농담이지?"

브리앤이 말했다.

"난 좋은데."

새미가 은근슬쩍 빅토리아 옆에 섰다.

"자, 다들 매너를 보여 주길 바란다. 레이디퍼스트는 무리겠지만."

"내기하실까?"

헤더가 중얼거렸다.

브록턴 코치는 하늘을 올려다봤다. 구름이 자욱해지고 공기는 무겁게 가라앉았다.

"좋아, 시작하자!"

코치의 말이 끝나자 브록턴 주자들은 심판이 지시하기도 전에 출발선에 나란히 섰다.

"일동, 정렬하세요! 남녀 모두!"

심판은 하늘을 걱정스럽게 올려다보고는 자신의 벗어진 머리를 긁적였다. 그러고 보니 심판은 자신을 닮은 나무 앞에 서 있었다. 나뭇잎은 대부분 주황색이었는데 우듬지 부근은 나뭇잎이 이미 시들고 날아가 휑했다.

내 옆에 선 여자애는 운동화 끈을 고쳐 매고 머리 고무줄을 고쳐 묶었다. 몇 명 건너 자리 잡은 헤더는 정면을 응시하며 양발을 번갈아 들어 올렸다. 마치 출발문에 선 경주마처럼.

"알립니다. 천둥소리가 들리면 바로 돌아오세요! 안전이 우선입니다!"

심판이 소리쳤다.

산지트는 내 옆에서 팔을 흔들어 털었다. 그 옆의 에리카는 긴장한 듯 몸을 웅크리고 있었다. 산지트가 어깨를 두드려 주자 에리카는 고개를 들어 싱긋 웃었다. 아무래도 산지트를 좋아하는 게 분명했다. 심판이 신호총을 들어 올렸다. 나는 허겁지겁 귀마개를 꺼내 귓속에 밀어 넣었다.

탕!

브록턴 남자애들이 달려 나갔다. 헤더도 선두 집단에 섞였다. 웨스와 새미가 따라붙으려고 기를 썼고, 나머지는 필드를 가로지르면서 흩어졌다. 제법 뒤처진 내 주변으로도 느리고 산만한 아이들이 몇 명 있었다. 몇몇 여자애들은 뛰는 둥 마는 둥 했다. 그저 나란히 발맞춰 가며 남자 아이돌 밴드 얘기를 하고 있었다.

나는 필드에 초크로 표시된 화살표를 따라가며 속도에 조바심 내지 않으려고 노력했다. 내가 웬만한 여자애들보다 뒤처진 것을 알게 되면 찰리 캐스트너가 뭐라고 놀릴지도 생각하지 않으려고 애썼다. 천둥소리에 귀 기울여 보았지만 아직은 흙 위를 구르는 발소리와 코치들이 자기 주자들에게 외치는 소리만 들렸다.

숲이 주자들을 한 명씩 삼키는 게 보였다. 등 뒤에서 가고일들이 노려보는 게 느껴졌다. 겨우 숲 입구에 도달했을 때 나는 이미 가쁜 숨을 몰아쉬고 있었다. 나무 아래는 마치 차양을 드리운 듯 어둑어둑했다. 바람이 마른 가지 사이를 휘돌며 머리 위에서 휘파람을 불었다. 이번 대회에 폭스 리지 중학교가 참가하지 않아서 아쉬웠다. 히버가 함께였다면 힘이 되었을 텐데.

나는 쉬지 않고 한 발을 다른 발 앞에 내디뎠다. 내 숨소리가 들렸다. 땀이 나기 시작했다. 실개천이 흐르는 코스라서 군데군데 작은 나무다리가 있었다. 다리를 건널 때 발밑에서 속 빈 **쿵쿵** 소리가 울렸다. 왠지 마음이 편안해지는 소리였다. 물은 잘게 부서지며 보글보글 흘렀다. 숨을 좀 고르려고 걷다 보니 거의 즐기는 기분이 되었다. 하지만 커브를 돌자 나뭇가지가 점점 듬성듬성하고 삐죽삐죽해지면서 그 사이로 저 멀리 학교 건물과 가고일들이 보였다. 대체 누가 아이들을 위한 건물에 그런 무서운 얼굴들을 조각해 놓왔을까? 다음 다리가 나왔을 때는 힘껏 달려서 건넜다. 틀림없이 그 밑에서 괴물이 덤벼들려고 도사리고 있었을 것이다.

코스는 오르막길로 이어졌다. 나는 꼴사납게 넘어지지 않으려고 애쓰며 앞으로 나아갔다. 그러다 보니 어느새 몇몇 주자를 따라잡았다. 몇 미터 이내에 나를 포함해 다섯 명쯤 있었다. 방향을 틀자 앞에서 달리던 두 명이 코스 오른쪽으로 이동했다. 뭔가를 피해 달리고 있었다. 가까이 가서 보니 뭔가가 아니라 누군가였다.

헤더였다.

헤더는 길가의 나무에 기대어 있었다. 처음에는 그저 한숨 돌리는 줄 알았다. 하지만 헤더라면 달리다가 멈출 리 없다. 절대로. 게다가 지금쯤이면 훨씬 앞서가야 했다.

나는 쿵쿵 뛰는 심장을 달래려고 숨을 골랐다.

"무슨 일이야?"

내가 곁으로 다가가 물었다.

"너 시합 중이야, 프리드먼. 왜 멈춰?"

헤더가 쏘아붙였다. 그제야 내 눈에 헤더의 왼쪽 무릎에서 피가 나는 게 보였다. 헤더는 다친 다리를 들고 오른쪽 다리로만 서 있었다. 뺨과 팔뚝에도 긁힌 상처들이 있었다.

"왜 멈췄냐면……, 근데 어떻게 된 거야?"

"브록턴 녀석이 팔꿈치로 밀쳤어. 내가 앞에서 안 비켜 줬거든."

"너, 브록턴 남자애들보다 앞서 있었어?"

물론 지금 그게 문제가 아니었지만, 그래도.

헤더는 말을 이었지만, 왠지 나는 헤더가 혼자 중얼거리는 것을 엿듣는 기분이었다.

"방심했어, 바보같이. 그냥 나도 확 밀어 버렸어야 했는데."

헤더는 팔꿈치로 잽싸게 찌르는 시늉을 하며 말했다.

"저 망할 덤불 속에 확 처박아 버릴걸!"

내 뒤에서 걸어오던 여자애들이 헤더의 말을 들었는지 후다닥 지나갔다.

헤더는 나뭇가지 하나를 집어 코스 한복판에 내동댕이쳤다. 그 다음이 내 차례일까 봐 은근히 움츠러들었다.

"우리 팀 나머지 애들은? 걔네도 너 봤어?"

내가 물었다.

헤더는 코스에서 벗어난 자기 뒤편 부근을 가리켰다.

"아까까지 저기 있었어. 못 봤을 거야."

"불러서 좀 도와달라고 하지……."

"시합 중이잖아. 너도 그렇고. 그러니까 그만 쳐다보고 가."

나는 움직이지 않았다.

"가라고!"

안 그래도 분노한 헤더를 보니 머무르는 게 더 겁났지만, 왠지 발이 떨어지지 않았다. 헤더는 화가 난 동시에 울 것 같은 표정이었다. 게다가 친구는 괜히 친구가 아니다. 내가 정말 친구라면 마땅히 도와줘야 한다.

"별 차이 없어. 어차피 난 꼴찌니까."

"넌 그게 아무렇지도 않아? 꼴찌여서 만족해?"

"만족하고 말 것도 없어. 그게 나니까."

멀리서 환호성이 들렸다. 브록턴 남자애들이 결승선을 통과한 모양이었다. 어쩌면 그 아이들은 진작 통과했고 여자애들 중에서 일등이 나왔는지도 몰랐다. 이제 누가 어디쯤이었는지도 헷갈렸다.

"그게 너라고? 넌 대체 왜 그래, 프리드먼? 맞설 생각은 안 해? 다른 애들이 짓밟게 놔두고, 공이 오면 피하기나 하고, 꼴찌여도 아랑곳하지 않고."

화가 나서 하는 말인 줄은 알았지만 순간적으로 가슴이 턱 막혔다. 실수로 공을 떨어뜨리자 찰리 캐스트너가 비웃었을 때처럼. 3학년 때 메리 리즈가 째려봤을 때처럼.

"아랑곳하지 않는 거 아냐."

"그럼 뭐라도 하든가!"

"예를 들면?"

나는 반쯤 악을 썼다.

"대체 내가 뭘 할 수 있는데? 마법처럼 운동선수로 변신이라도 할까? 아니면 7학년에서 제일 잘나가는 애로? 하루아침에 천재라도 될까?"

그대로 걸어가 버리고 싶었다. 아니면 달리거나. 어쨌건 헤더 말대로 나는 시합 중이었으니까. 헤더는 그냥 두고 가면 된다. 본인이 원한다면야. 나는 실제로 한 걸음 내디뎠다.

"맞서 싸울 수 있잖아. 피하지 말고 반격하라고."

헤더가 말했다. 그때 천둥소리가 들렸다. 타이밍도 좋지. 폭풍이 몰려온다면 헤더를 여기 두고 갈 수 없다. 사실 마음 깊은 곳에서는 헤더를 두고 가는 게 그리 내키지도 않았다. 나는 손을 내밀었다. 헤더는 도움을 받느니 내게 주먹을 날릴 기세였지만, 스스로 한 발짝 내디뎌 보더니 얼굴을 찌푸렸다.

"얼른."

내가 뻗은 손을 거두지 않자 헤더는 결국 내 팔을 잡고 오른발에 체중을 실었다. 헤더는 미식축구 경기나 전쟁터에서 다친 부상자처럼 내게 기댔다. 생각보다 버티기 힘들어서 하마터면 주저앉을 뻔했다. 하지만 내가 중심을 잡고 헤더도 균형을 맞추니, 그럭저럭 함께 절뚝이며 나아갈 수 있었다.

숲을 나오자 탁 트인 필드가 펼쳐지며 결승선이 보였다. 천둥이 우르릉거렸으나 소리는 꽤 멀리서 들려왔다. 벼락을 맞을 리는 없겠지만 무슨 일이 벌어져도 이상하지 않을 분위기였다.

T 코치가 우리를 향해 달려왔다. 우리가 결승선에 도착하기도 전에 T 코치는 우리 앞에 서 있었다.

"무슨 일이야?"

코치가 살짝 헐떡이며 말했다.

"찾으러 가려던 참인데!"

코치는 헤더를 내 어깨에서 자기 어깨로 옮겨 기대게 했다.

"어떤 녀석이 떠밀었어요."

헤더가 말했다.

"누가?"

T 코치가 물었다.

천둥이 또다시 우르릉거렸다.

"어떤 브록턴 애가요."

"누군지 지목할 수 있어?"

"모르겠어요. 다 똑같이 무식한 머리 모양을 하고 있어서."

T 코치가 뒤를 돌아보았다. 원정팀들은 서둘러 버스로 향하고 브록턴 선수들은 학교 건물 안으로 들어가고 있었다.

"여기 있어."

코치는 다시 헤더를 내게 장바구니처럼 떠넘기고 그들 뒤를 쫓아갔다.

T 코치의 발이 엄청 빨라서 놀랐다. T 코치가 브록턴 코치를 불러 세우자 그는 하늘을 가리켰다. T 코치는 그의 팔을 잡고 무언가 말했다. 그러자 브록턴 코치는 남자애들을 불러 모았다. 여기서도 브록턴 아이들이 모두 고개를 젓는 모습이 보였다. 한 명은 땅을 가리키며 어깨를 으쓱했다. 브록턴 코치는 어쩔 수 없다는 듯 양손을 맞잡고 T 코치에게 뭐라고 말했다. 그러고는 남자애들에게 들

어가라고 손짓했다.

그때 천둥소리가 크게 울렸다. T 코치가 우리를 향해 어서 버스로 돌아가라고 외쳤다. 마크가 반대쪽에서 헤더를 함께 부축했다. 브록턴 팀도 다시 건물로 향했는데, 그중 한 명이 뒤를 돌아보며 씩 웃었다. 그 순간 나는 그 녀석이라는 것을 직감했다. 헤더를 밀친 녀석이다.

우리는 헤더를 가운데 끼고 서둘러 버스로 향했다. 버스 문이 쉭 하고 닫히자마자 빗방울이 떨어지기 시작했다. 몇 초 지나지 않아 비가 억수같이 쏟아졌다.

"그쪽에서 뭐래요?"

나는 자리에 앉자마자 T 코치에게 물었다. 코치는 구급상자를 마구 뒤져 아이스팩을 꺼냈다. 왠지 엄마가 신경질적으로 부엌을 헤집는 모습이 연상되었다.

"다들 부정하더라. 여자애 하나가 넘어지긴 했는데 자기들이랑은 관계없다고 말이야."

"그쪽 코치가 그 말을 믿어요?"

웨스가 물었다.

"물론이지. 명문 브록턴이잖아. 천사들만 모아 놓은."

코치가 받아쳤다.

다들 찍소리도 내지 않았다. 나와 산지트는 눈을 크게 뜨고 서로를 바라봤지만 입을 여는 사람은 한 명도 없었다. 이런 분위기를 풍기는 부모를 둔 사람은 나뿐만이 아닌 모양이었다.

버스가 움직이기 시작하고 다들 안전띠를 채웠을 때, 헤더가 입을 열었다.

"그놈을 따라잡아 때려눕혔어야 했는데."

"전에도 그래서 결과가 참 바람직했지?"

T 코치가 으름장을 놓는 T 선생님의 목소리로 말했다.

나는 하마터면 웃을 뻔했다.

"아무튼 내일 다시 그쪽 코치한테 전화해 볼 거야. 그 애새끼는 가만두지 —."

중학생 열 명의 입이 동시에 떡 벌어지는 것을 눈치챘는지 T 코치는 말을 고쳤다.

"다시는 이런 일이 벌어지지 않도록 단단히 주의시켜야지."

T 코치에게 이런 면이 있는 줄은 몰랐다. 물론 T 선생님에게도. 어쩐지 마음에 들었다.

코치는 약간 거친 손길로 헤더의 발목에 아이스팩을 올렸다.

"일단 좀 대고 있고, 집에 가서 계속 찜질해. 그리고 아버지께 병원에 데려다 달라고 해. 리그 결승전까지는 시간이 넉넉하니까. 그저 가볍게 접질린 것뿐이길 바라자."

버스는 흔들리며 나아갔다. 비가 지붕 위를 두드리고, 파인 도로를 지날 때마다 창문에 물보라가 튀었다. 나는 헤더와 통로를 사이에 두고 앉았다. 헤더는 좌석 두 칸을 차지하고 앉아 한쪽 다리를 뻗고 발목 위에 아이스팩을 올려 두었다.

"코치 말 들었지, 헤더? 리그 결승전 전까지 잘 쉬라고. 그냥 접질렸을 거야."

헤더는 여전히 심기가 불편해 보였다.

"앞으로 내가 너 때문에 멈출 거라고는 기대하지 마. 시합 중에는 네가 넘어진대도 안 멈출 거니까."

"아니, 멈출걸."

내가 말했다.

"안 멈춰."

"멈춰."

버스 안에서 나눈 대화는 그게 다였지만 나는 내가 옳다는 것을 알았다. 헤더는 분명 날 위해 똑같이 할 것이다. 이미 그렇게 했었으니까.

24장

숲에서 헤더가 한 말을 잊었다거나 그 말이 옳다는 것은 아니다. 하지만 그 말이 어느 정도 진실이라는 점은 인정해야 했다. 나는 맞서 싸우지 않는다. 다른 아이들이 짓밟게 놔둔다. 공이 오면 피하기나 하고, 꼴찌여도 사실 크게 아랑곳하지 않는다. 그렇다고 아예 노력을 안 하는 것은 아니다. 실은 내 나름대로 꽤 노력했다. 그러나 접질린 발목에 미라처럼 붕대를 감고 등교한 헤더를 보니 그런 얘기를 할 때가 아닌 것 같았다. 암만 내가 하고 싶어도 말이다.

리그 결승전까지 남은 기간은 열흘이고, 헤더의 발목은 적어도 일주일 이상 쉬어야 했다. 의사 말로는 경주에서 달려도 좋을 만큼 회복될 확률은 반반이라고 했다. 나는 그 말이 이해가 안 갔다. 내가 보기에 의사의 말은 '긍정적인 결과를 기대해 봅시다.'와 다를 바 없었다.

한편 T 코치는 헤더를 보조 코치로 지명했다. 그 덕분에 헤더는 슬럼프에 빠지지 않고 팀 활동을 이어 갈 수 있었다. 코치는 우리에게 맹훈련에 대비하라고 일렀다. 이번 주는 수요일에도 훈련이 있었다.

히브리어 학교를 쉬어도 좋다고 부모님에게 허락을 받을 때만 해도 설레는 기분이었다. T 코치가 그날의 목표를 발표하기 전까지는. 백참나무 길을 달려서 올라가야 했다. 한 번도 아니고, 연달아 세 번이나.

차라리 베트 샬롬 히브리어 학교에서 토라* 축복문을 낭송하고 싶을 정도였다.

"이 언덕과 친해져야 해."

T 코치가 말했다.

"다른 팀들이 고전하고 있을 때 우리는 가볍게 뛰어오를 수 있게. 콧노래까지 흥얼거리면서."

과연?

우리의 새로운 보조 코치 헤더는 백참나무 길 정상에서 우리를 향해 소리 질렀다.

"새미, 보폭 일정하게! 자꾸 아장아장할래! 빅토리아, 넌 무슨 비련의 여주인공이야? 웨스, 에리카한테 추월당할 셈이야?"

* 유대교 경전

제일 심한 말은 이거였다.

"프리드먼! 그만 구시렁거려!"

내가 아니었다면 뜻도 몰랐을 거면서.

나는 헤더가 어서 다시 달릴 수 있기를 간절히 바랐다.

목요일에도 같은 훈련을 반복했다. 그리고 금요일은 T 코치가 백참나무 길에도 쉴 틈을 주자며, 새로운 훈련을 시도해 보고 싶다고 했다.

이름하여 파트*……렉.

"네?"

새미가 입을 헤벌린 채 눈썹을 치켜올렸다. 그런 이름이 존재한다니 믿을 수 없다는 듯이.

"방금 뭐라고 하셨어요?"

"파틀렉."

코치가 대답했다.

"이 훈련으로 체력, 속도, 민첩성을 함께……."

코치는 하늘을 보고 한숨을 내쉬었다.

"좋아, 웃어라. 이 분 준다."

코치가 시간을 재는 동안 웨스와 새미는 고개를 젖히고 풀밭을 구르며 깔깔댔다. 우리도 돌아가며 한 번씩 내뱉고 자지러졌다. 웃

---

* fart, 방귀.

음이 멎을 때마다 누군가가 "파틀렉이래."라고 말하면 또 한바탕 시작이었다. 특히 마크는 목에서 윙윙대는 소리로 발음해서 더 우스웠다. 처음에는 역겨운 척을 하던 에리카와 테레사도, 우리를 한심하다는 눈으로 바라보던 헤더도 결국 웃음을 터뜨렸다. 얌전한 에리카마저 자기 차례를 놓치지 않았다.

T 코치는 결국 이 분 이상 기다려 주었다. 마침내 우리의 폭소가 작은 키득거림과 콧바람 정도로 잦아들자, 코치는 파틀렉이 무엇인지 설명해 주었다. 웃음기가 쏙 들어갔다. 듣자 하니 스웨덴에서 발명된 일종의 고문 같았다.

먼저 준비 운동을 한다. 그러고 나서 잠시 뛰다가, 빨리 걷다가, 다시 뛴다. 그러다가 코치가 지시하면 전속력으로 달려야 한다. 다시 좀 더 뛰다가 짧은 보폭으로 달린다. 마치 뒤에서 누군가가 앞지르려고 할 때처럼. 그다음은 다시 전속력으로 뛴다. 그러고 나서 다시 처음부터 끝까지 반복한다. 몸이 과일 젤리, 아니면 청어 절임, 아니면 뭐든 그 밖의 물컹물컹한 스웨덴 음식처럼 느껴질 때까지.

그렇게 금요일과 월요일에는 파틀렉을 했다. 집에 가면 종아리와 허벅지를 비롯해 온몸의 근육이 쑤셨고 저녁도 먹기 전에 냉장고 안 음식을 반쯤 먹어 치웠다.

그래도 화요일에는 또 새로운 단어를 배웠다. 이번에는 좋은 단어였다. 테이퍼링. 연습량을 줄인다는 뜻이다. 그것도 파격적으로.

대회까지 우리는 테이퍼링을 하기로 했다. 몸의 긴장을 풀기 위해 짧고 가볍게 달리는 이른바 '털어 내기'만 했다. 금요일에 열리는 리그 결승전을 위해 체력을 비축하자는 것이었다. 테이퍼링은 내가 가장 좋아하는 단어가 되었다.

훈련을 마치고, 나는 학교 안으로 돌아갔다. 얼마 전부터 해야겠다고 생각한 일이 있어서였다.

나는 나흘 전부터 책가방에 『소년이여, 몸짱이 되자!』를 넣고 다녔는데, 이제 더는 집에 들고 가지 않기로 마음을 굳혔다. 내 몸은 조금도 피트 파워처럼 변하지 않았을뿐더러 앞으로도 그렇게 될 것 같지 않았다. 하지만 피트 파워도 아마 파틀렉은 모를 테니 내가 피트 파워보다 나은 구석이 하나라도 있다는 점에 만족하기로 했다.

도서실에 도착해 문을 열었다. 피시바인 선생님은 보이지 않았다. 안으로 들어가 사무실을 빼꼼히 들여다보았다. 아무도 없었다.

그때 도서실 문이 열리고 피시바인 선생님이 사무실로 다가오는 발소리가 들렸다. 나는 선생님이 나를 보고 놀라지 않도록 잘 보이는 곳으로 나와 말을 걸었다.

"안녕하세요, 피시바인 선생님."

어쨌거나 선생님은 놀랐다.

"오, 조지프."

선생님은 한 손을 심장 부근에 댔다.

"누가 올 줄은 몰랐단다."

나도 선생님이 나 때문에 심장 마비로 쓰러지는 일만큼은 피하고 싶었다. 나는 책을 들어 보였다.

"이거 반납하러 왔어요. 반납대에 올려 두면 되나요?"

"아니, 그냥 내 책상 위에 두렴. 저 레이저 기계가 또 말썽이거든."

선생님은 바코드 인식기를 향해 썩 꺼지라는 듯 손을 휘둘렀다.

"재밌게 읽었니? 그 책?"

재밌다는 말이 적절한지는 잘 모르겠지만, 이렇게 대답했다.

"네, 뭐, 도움이 된 거 같아요. 저 요즘 크로스컨트리 경주를 하거든요."

"와, 대단한걸? 이제 엄연한 운동선수로구나."

"그건 아니지만요."

대답은 그렇게 했지만 듣기에 나쁘지는 않았다.

"컵라면 좀 줄까?"

선생님은 사무실에 들어서며 물었다.

컵라면 따위 전혀 먹고 싶지 않았다. 그 미끌미끌하고 꼬불거리는 면발 때문만은 아니었다. 먹게 되면 선생님과 마주 앉아 대화할 수밖에 없는 데다가 이제 피시바인 선생님을 보면 실버 큐피드에 올라온 프로필밖에 떠오르지 않기 때문이다.

"감사하지만, 집에 가야 해서요."

나는 손목시계도 안 찼으면서 괜히 손목을 보고 급한 척했다.

"숙제가 많거든요."

내가 덧붙였다.

그러나 선생님의 책상 위에 『소년이여, 몸짱이 되자!』를 올려놓다가 그만 액자 하나를 쓰러뜨리고 말았다. 허둥지둥 잡으려다 보니 두 개가 더 쓰러졌고, 이내 액자들은 도미노처럼 줄줄이 쓰러졌다. 안타깝게도 내 손은 그 속도를 따라잡지 못했다.

"정말 죄송해요."

나는 액자를 작고 얄팍한 지지대로 세우려고 애썼다. 하지만 하나를 바로 세우면 또 하나가 쓰러졌다.

"그대로 둬도 괜찮아, 조지프. 정말로. 이미 낡은 액자들인걸. 오래된 사진들이지."

나는 손에 들린 사진을 내려다봤다. 피시바인 선생님이 모자 쓴 남자와 함께 낡은 배에 타고 있었다. 선생님은 내 손에서 액자를 살며시 거두어 갔다.

"이니시보핀."

피시바인 선생님은 마법의 주문처럼 중얼거렸다.

"네?"

"이니시보핀이라는 섬에 갔었어. 남편이랑. 둘이 함께한 마지막 여행이었지. 아일랜드에서 이니시보핀이라는 작은 외딴섬을 찾아갔단다. 남편은 오 년 전에 세상을 떠났어."

선생님은 나를 지그시 바라보았다.

"잠시 얘기 좀 들어 주겠니?"

책상 위를 난장판으로 만들어 놓고 그냥 가는 것도 예의가 아니었지만, 남편이 죽었다는 말을 들은 직후라면 더더욱 그랬다. 나는 의자에 앉았다. 다행히 미끄러운 회색 의자가 아니라 나무 의자였다.

선생님은 사진을 가리켰다.

"이 녹슨 페리 좀 보렴. 중간에 가라앉지 않을까 얼마나 걱정했는지. 그래도 무사히 도착했지. 우린 자전거를 빌려 타고 양 떼 목장을 지나 절벽 끝까지 갔단다. 곳곳에 양이 있었어. 긴 털이 빗물에 흠뻑 젖어 있었지. 양동이 속 대걸레처럼 꽉 짜고 싶을 정도로. 그곳 사람들은 빨래를 빨랫줄에 널어 말리더구나. 빨간색, 주황색, 초록색이 새파란 바다를 배경으로 펄럭였지."

피시바인 선생님은 사서가 아니라 시인이 되는 편이 나았을지도 모른다.

"멋진 곳이었겠네요."

"아, 정말 아름다웠지."

선생님은 그 당시를 회상하듯 허공을 아련하게 응시했다. 그래서 나는 이어지는 말에 깜짝 놀랐다.

"그리고 내가 탄 자전거가 바위에 부딪히는 바람에 타이어에 펑크가 났지."

"오, 이런."

"그래서 더 잘된 거야! 가끔 행운은 최악의 상황에서 찾아오거든. 우리는 돌아가는 페리를 놓쳐서 그곳의 작은 민박집에서 하룻밤 묵었단다. 저녁 식사로 감자 부추 수프에 아일랜드 전통 갈색 빵을 먹었지. 아주 완벽했어. 내 자전거가 바위에 부딪히지 않았다면 그렇게 아름다운 낙조와 보름달은 보지 못했을 거야……."

달이 빛나는, 로맨틱한 밤.

"여행 좋아하니, 조지프?"

"저는……, 잘 모르겠어요."

내 정신은 이니시보핀의 달빛 비치는 절벽에서 가까스로 헤어나와 도서실로 돌아왔다.

"버몬트주랑 플로리다주에는 한 번씩 가 봤어요. 이니시보핀은 가 본 적 없는데, 가 보고 싶네요."

"그러니? 나는 이제 거기까지 가기엔 너무 늙었단다."

피시바인 선생님은 한숨을 쉬었다.

"내 딴에는 꽤 터프한 할머니라고 자부하지만, 아티, 그이가 없다면 역시 힘들겠지."

"저희 할아버지도 비슷한 말을 했어요. 그런 사람은 다시 못 찾을 거라고……."

나는 입을 꾹 다물었다가 다시 이어 말했다.

"선생님은 그렇게 늙지 않았어요."

나는 시계 없는 손목을 다시 한번 확인하고 말했다.

"이제 정말 가야 해요."

"그래그래. 이제 잡지 않으마."

피시바인 선생님은 여전히 사진을 든 채 이니시보편을 회상하고 있었다. 조금 뒤면 홀로 집에 돌아가서 좋아하지도 않는 컴퓨터로 실버 큐피드 사이트를 들여다볼지도 모른다.

나는 할아버지가 할머니를 얼마나 그리워하는지 떠올렸다. 분명 피시바인 선생님도 비슷한 기분일 것이다. 해 뜨는 집 실버타운의 에디 할아버지도. 새삼, 셋 다 혼자가 되었다는 게 너무하다고 느껴졌다.

그때 내 입에서 제대로 생각해 보지도 않은 말이 튀어나왔다.

"피시바인 선생님, 금요일에 저희 크로스컨트리 대회 구경하러 오실래요?"

"너희……."

"크로스컨트리 대회요. 시즌 마지막 경기거든요. 여기, 레이크 뷰에서 열리고요, 트랙 근처에서 출발해요. 다른 학교 선수들도 참가해요. 리그 결승전이라서요."

"네가 우승할 것 같니?"

"저요? 아니요!"

피시바인 선생님은 당황한 눈치였다. 하긴 이길 가망이 없는 경기에 누군가를 초대하는 것도 조금 이상하기는 하다. 나는 열심히 해명했다.

"저는 그렇게 잘 달리진 못해요. 그런데 개인 기록이란 게 있거든요. 전보다 조금이라도 나아지려고 노력하는 거예요. 저는 개인 기록을 목표로 하고 있어요."

"그런 스포츠라면 내 취향이지. 부모님도 오시니?"

"아마도요. 그리고, 할아버지도요."

내가 덧붙였다.

"멋지구나. 나도 가도록 노력하마."

나는 웃는 얼굴로 고개를 끄덕이고 엄지를 세워 보였다. 그리고 도서실을 나왔다. 실버 큐피드, 난롯가에서의 코코아, 외로움을 모두 무사히 모른 척하고서.

25장

/

벌써 목요일이다. 리그 결승전은 내일이고, 나는 프랑스어 교실 밖에서 헤더를 기다리고 있다. 헤더는 오전에 진찰을 받으러 병원에 갔다. 적어도 나는 그렇게 알고 있다. 헤더는 이제 훈련 때마다 조금씩 우리와 함께 뛰었다. 하지만 내일 대회에서 뛰려면 의사에게 허락을 받아야 했다. 아까부터 나는 헤더가 복도에 나타나 의사에게 허락을 받았다고 말하는 모습을 상상했다. 이제 보조 코치는 아니지만 인정사정 봐주지 않겠다며 경고하는 모습도.

평소에 나는 웬만하면 이런 공간에 머물지 않는다. 경험상, 학교 복도에 가만히 서 있는 것은 화를 자초하는 일이었다. 밀쳐지거나 부딪히거나 먹다 남은 컵케이크의 표적이 되었다. 아니면 자기들끼리 팔꿈치로 쿡쿡 찌르며 소곤대는 것을 눈앞에서 봐야 했다. 내가 유치원 때, 아니면 6학년 때, 아니면 바로 어제 얼마나 멍청한 짓을 했는지에 대해서 말이다. 나는 교실 문에 최대한 가까이 서 있었다. 혹시 찰리와 재커리가 내 앞으로 지나간다면 피할 곳을 확보해야 하니까. 찰리의 코와 헤더의 주먹이 만난 뒤로 그 둘은 웬만하면 나에게 시비를 걸지 않았지만, 언제 또 '프리드먼 잡기' 게임을 재개할지는 모르는 일이다.

그래도 아직까지는 순조로웠다. 실은 아까 대니엘 사이밍턴이 나를 보고 고개를 끄덕였다. 긍정적인 느낌으로. 게다가 빌리 헤이워드는 "어이!" 하고 인사까지 했다. 나는 어떻게 반응해야 할지 몰라 그냥 한 손을 들어 올렸다. 그럭저럭 잘 넘어간 듯했다.

내가 뜻밖의 인기를 곱씹는 동안 복도는 점점 한산해졌다. 그러고 보니 곧 수업 종이 울릴 시간이었다. 의사가 지각이라도 했나? 혹시 헤더에게 나쁜 소식을 전했나? 의아함이 불길함으로 번지자 나는 헤더가 늦을 이유, 대회에서 달리지 못하게 될 이유를 하나씩 떠올리기 시작했다. 혹시 발목이 다 안 나았나? 아니면 다 나았는데 진료실을 나와 계단을 내려가다가 넘어져서 팔이라도 부러졌나? 혹시 화장실에 갇혔거나 배탈이 난 걸까? 온갖 '혹시'가 머릿속을 스쳐 지나갔다. 결국 단념하고 프랑스어 교실에 들어가려던 그때, 저 멀리 복도를 걸어오는 헤더가 보였다.

가만히 서 있자니 좀이 쑤셨다. 발끝으로 바닥만 콩콩 찍다가 결국 헤더 앞으로 달려갔다. 나는 테리어 강아지처럼 헤더의 소매를 잡아당기고 싶은 충동을 간신히 뿌리쳤다.

"그래서? 의사가 뭐래? 다 나았대? 달려도 된대?"

"글쎄."

헤더의 대답은 확신에서 한참 멀리 있었다.

"무슨 뜻이야? 달릴 수 있다는 거야, 없다는 거야?"

"오늘 쪽지 시험 있잖아."

헤더는 나를 지나쳐 교실 문으로 향했다. 나는 헤더 앞을 가로막았다.

"의사랑 얘기해 봤어? 그가 뭐래?"

"그가 아니라 그녀야. 달려도 된대. 이제 됐지?"

나는 헤더가 어째서 저기압인지 알 수 없었다.

"그럼 잘된 거잖아, 맞지?"

"나보고 살살 달리래."

"그거야 문제없잖아. 한 발로 뛰어도 네가 제일 빠를걸?"

내가 안도하며 말했다.

"스테퍼니 브라운 트래프턴이라면 살살 달리는 것 따위는 안 할 거야."

헤더가 우뚝 멈춰 고개를 떨궜다.

"어젯밤에 엄마가 전화했어. 이사 오래. 하와이로."

바로 그때 수업 종이 귓전을 때렸다. 심장이 쿵쿵 뛰기 시작했다. 하필 스피커 바로 아래 서 있기도 했지만, 그보다 헤더가 방금 한 말이 믿기지 않아서였다.

눈앞에서 교실 문이 열렸다. 그러나 들어갈 수 없었다. 무리였다. 그저 시간이 좀 더 필요했다. 헤더는 그림 연습장과 색연필이 담긴 플라스틱 상자를 들고 있었다. 나는 엉겁결에 머릿속에 떠오른 유일한 생각을 행동으로 옮기고 말았다. 그대로 손을 뻗어, 색연필 상자를 잡고, 뚜껑을 열어, 내용물을 전부 바닥에 쏟아 버렸다.

"메 에튀디엉."

라벨 선생님이 노래하듯 말하며 문가로 다가왔다.

"엉트레 부, 실 부 플래."

놀랍게도 나는 그 말을 알아들었다. 선생님은 "우리 학생들, 어서 들어오세요."라고 말했다.

이내 선생님의 시선이 바닥을 향했다. 색연필이 여기저기 흩어져 있었다. 주황색 색연필은 복도 저 멀리 굴러가 있고 한두 자루는 더러운 사물함 밑으로 들어간 듯했다. 나는 최대한 죄책감 어린 표정으로 입을 열었다.

"오, 마담, 쥬 스이…… 음…… 스투피드. 쥬……(오, 선생님, 저는…… 음…… 어리석었어요. 저는……)."

나는 미친 사람처럼 팔을 휘저으며 내가 실수로 헤더의 색연필을 쏟았다고 몸짓으로 설명했다.

"에 쥬……(그래서 제가……)."

그리고 헤더와 나를 번갈아 가리키며 내가 헤더를 도와 색연필을 줍겠다고 팬터마임으로 전달했다. 나는 양해해 달라는 듯이 손바닥을 마주 댔다.

"두 *미뉘트*, *실 부 플래*(이 분만, 부탁드려요)."

내 입에서 몇 마디라도 프랑스어가 나와서 충격을 받았는지 아니면 내 연기력에 감명을 받았는지 모르겠지만, 선생님은 우리 둘을 향해 고개를 끄덕였다.

"*에 비앙. 매 비트, 비트*(알았다. 하지만 빨리, 빨리)!"

선생님이 문을 닫자마자 헤더가 나를 돌아봤다.

"방금 뭐야?"

"생각난 게 이거밖에 없었어."

"뭘 어쩌겠다고?"

"어쩌겠다고……는 나도 모르겠어. 무슨 일인지 파악하려고?"

헤더는 사방에 흩어진 색연필을 바라보았다. 여섯 개쯤 줍더니 색연필을 꽃다발처럼 들고 벽에 기댔다. 그러고는 그대로 바닥으로 미끄러지듯 주저앉았다. 나도 몇 개인가 줍다가 그 곁에 가서 섰다. 똑같이 벽을 타고 미끄러지려고 했는데, 생각처럼 되지 않았다. 나는 중심을 잃고 엉덩방아를 찧었다.

"아이고. 그래서 어떻게 됐어? 너희 엄마 말야. 뭐라고 하셨어?"

"처음에는 그 히비스커스 얘기를 또 하더라고."

"그 색이 바뀐다는 꽃?"

헤더가 고개를 끄덕였다.

"그걸 자기가 얼마나 사랑하는지 계속 말하는 거야. 하와이의 모든 것과 사랑에 빠져서 도무지 떠날 엄두가 안 난다고."

나는 아무 말도 하지 않았다. 그저 헤더가 말을 이어 가기를 기다렸다.

"엄마 생각엔 거기 있으면 우리 모두 행복할 것 같대. 왔으면 좋겠대. 아빠랑 나랑."

"아예 거기서 살자고?"

헤더는 고개를 끄덕였다.

"하지만 거긴 여기서 몇만 킬로미터나 떨어진 곳이잖아."

나는 열 살 아이처럼 흥분해서 새된 소리를 냈다.

"아빠는 엄마더러 돌아오라고 했어. 금방 하와이에 질려서 또다른 곳에 가고 싶어 할 거라면서. 결국 싸우더라. 둘이 그렇게 언성을 높이는 건 처음 봤어."

헤더는 상자를 열어 색연필 다발을 도로 집어넣었다.

"넌 가고 싶어?"

내가 물었다. 답을 듣는 게 두려웠지만.

헤더는 어깨를 으쓱했다.

"어쨌든 셋이 함께 있을 수 있잖아. 듣자 하니 무척 아름다운 곳인 것 같고. 엄마 말로는 거의 매일 날씨가 화창하대. 사시사철 서핑할 수도 있고, 야자수랑 코코넛도 있고."

나는 코코넛이 머리에 떨어지거나 햇볕 때문에 피부암에 걸리거나 서핑하다가 상어 밥이 될지도 모른다고 말하고 싶었다. 너희 엄마가 태국이나 뉴멕시코, 아니면 개구리를 잡아먹는 식물이 있는 곳으로 가자고 하면 어쩔 거냐고 묻고 싶기도 했다. 사실 이렇게 외치고 싶었다. "가지 마! 난 네가 안 갔으면 좋겠어! 가지 마!"

지각을 알리는 두 번째 종이 울리자 헤더가 몸을 일으켰다. 복도를 걸어가 과학실 앞까지 굴러간 주황색 색연필을 집어 들었다. 나는 내 뒤의 사물함 밑을 뒤져 두 자루를 더 찾아냈다. 사물함 밑은 역겨웠지만 먼지 덩어리와 모래를 피해 간신히 두 손가락으로 색연필을 집어 올릴 수 있었다.

헤더가 다시 입을 열었다.

"내가 이해할 수 없는 건 사람이 사람을 사랑해야지, 어떻게 장소를 사랑하냐는 거야."

나는 피시바인 선생님과 할아버지를 떠올렸다. 사랑하는 사람이 없는 장소가 그들에게 얼마나 허전한가. 헤더 엄마에게는 그렇지 않은 모양이었다. 아니면 이제야 깨달았는지도 모른다.

"내일 밤에 다시 전화한대. 나보고 그때까지 생각해 보래. 그런데 뭐라고 해야 할지 모르겠어."

헤더가 말했다.

나조차도 믿기 힘들었지만 나는 답을 알고 있었다. 어쩌면 단 하나의 옳은 조언이었다.

"네 속마음을 얘기해."

그 속마음이 뭔지도 안다면 더 좋겠지만.

우리는 교실 문 앞에 섰다. 헤더가 문을 열기 전에 말했다.

"까먹지 마. *재, 튜아, 누재봉, 부재뷔.*"

"뭐?"

"쪽지 시험 말이야. *재, 튜아, 누재봉, 부재뷔.*"

"아, 아, 응. 알았어."

헤더를 따라 교실에 들어가자 라벨 선생님이 빨리 앉으라고 손짓했다. 다들 이미 쪽지 시험을 시작한 상태였다. 영어의 'have 동사'와 비슷한 '*avoir* 동사'에 관한 문제였다. 'be 동사'와 비슷한 '*être* 동사'와 맞먹을 만큼 어려웠다.

나는 첫 번째 문제를 확인했다.

As-tu une amie? (당신은 친구가 있나요?)

나는 답을 적었다.

Oui, j'ai une amie. (네, 저는 친구가 있습니다.)

부디 정답이기를 바랐다.

26장

/

"나 속이 안 좋아."

웨스가 말했다.

과연 지금 썩 속이 좋은 사람이 있을까 싶었다. 리그 결승전 당일 오후 3시 45분이니까. 하지만 확실히 웨스는 다른 팀원들보다 더 상태가 안 좋아 보였다. 우리 레이크뷰에 열 개 중학교팀이 모였다. 저마다 빨강, 파랑, 주황, 초록, 보라색의 유니폼을 입고 가슴팍에 자기 학교 이름을 큼직큼직 내걸고 있었다. 어젯밤에 나는 잊지 않고 싱글렛을 빨았다. 다만 세탁기 안에 이미 할아버지의 새빨간 티셔츠가 들어 있던 탓에 레이크뷰 표범의 하늘색은 연보라색이 되고 말았다.

웨스는 끙끙대며 배를 문질렀다.

"점심때 뭐 먹었어?"

새미가 물었다.

"체리 맛 팝타르트."

"설탕 입힌 거?"

마크가 물었다.

"당연하지. 그리고 사물함에 있던 감자 칩도 좀 먹었어."

"바비큐 맛?"

"피클 맛."

"네가 짱이다."

새미가 말했다.

결승선으로 좁다랗게 이어지는 구간을 따라 밧줄로 묶인 장대가 늘어서 있었다. 밧줄을 장식한 레이크뷰의 하늘색 깃발들이 바람에 나부꼈다. 그 주위로 사람들이 몇만 명은 모인 것처럼 보였다. 몇 분마다 '흑표범', '곰', '말벌' 같은 말들이 함성으로 터져 나왔다. 7학년팀과 8학년팀이 함께 참가한 학교가 대부분이었으나 우리 학교는 올해부터 이 대회에 참가했으니 7학년팀뿐이었다. 경주 순서는 7학년이 먼저였다.

나도 축제 분위기에 가담하려 해 봤지만 소용없었다. 어제 헤더는 훈련에 나오지 않았다. 코치가 발목을 생각해서 쉬라고 하긴 했지만, 헤더는 누가 쉬라고 했다고 쉴 아이가 아니었다. 헤더는 내 문자 메시지에 답장하지도 않고, 오늘 프랑스어 수업과 과학 수업에 모두 지각했고, 내가 말을 걸기도 전에 교실을 빠져나갔다. 프

랑스어 쪽지 시험에서 내가 무려 B+를 받았다고 말할 겨를도 없었
다.

그리고 곧 리그 결승전이 시작되는데 헤더는 보이지 않았다.

모든 원정팀은 코스 걷기를 했다. 필드를 가로질러 숲을 통과한
다음 백참나무 길을 올라갔다가 체육관 뒤로 돌아오는 코스. 실제
경주에서는 숲에서 나머지 구간까지 한 번 더 반복하게 된다. 빅토
리아가 원정팀 여자들을, 산지트가 남자들을 이끌었다.

T 코치는 조금 떨어진 곳에서 클립보드를 들고 참가자 명단을
확인하고 있었다.

나는 코치에게 다가갔다.

"코치님."

코치는 검지를 치켜들더니 삼 초 정도 뒤에 명단에서 눈을 떼고
나를 돌아보았다. 웃는 얼굴이었지만 나는 그 안에서 약간의 걱정
을 읽었다. 평소에 웃을 때처럼 두 눈가가 자글자글하지 않았다.

"헤더가 안 왔어요."

내가 말했다.

"나도 안다."

"어제 헤더랑 얘기했는데, 헤더의 엄마가…… 아마도……."

코치는 고개를 끄덕였다.

"알아. 나한테도 말해 줬어."

그리고 손목시계를 확인했다.

"그래도 대회에는 나오겠다고 했어. 헤더가 이 대회를 얼마나 중요하게 생각하는데."

코치가 내 어깨에 손을 올리며 말을 이었다.

"지금 헤더는 삶에서 여러 가지 복잡한 일들을 겪고 있단다."

"코치님!"

새미가 외쳤다.

"남자가 먼저예요, 여자가 먼저예요?"

코치는 새미의 질문을 잠시 미루어 두고 내 얼굴을 살폈다.

"괜찮니?"

"아마도요."

하지만 상황이 달랐으면 하는 마음은 어쩔 수 없었다.

"헤더는 괜찮을 테니 걱정하지 마. 그리고 조지프, 너는 훌륭한 경기를 펼칠 거야. 개인 기록 말이야. 너라면 분명 잘 해낼 거야."

코치는 새미와 나머지 팀원들을 돌아보았다.

"여자가 먼저다."

코치는 내 어깨를 한 번 꽉 쥐었다가 놓고서 다들 모이라고 손짓했다. 시합 전에 주자들에게 기합을 불어넣는 시간이었다.

모두 빙 둘러서자, 산지트가 입을 열었다.

"어, 왜 헤더가 없지?"

테레사는 평소에 헤더가 스트레칭을 하던 나무 쪽을 돌아보고는 물었다.

"코치님, 헤더는 어딨어요?"

"걱정하지 마. 반드시 올 테니까."

T 코치가 대답했다.

T 코치의 남편이 조지와 링고를 데려왔다. 두 마리 불도그는 우리 틈을 비집고 들어와 T 코치의 양옆에 경호원처럼 앉았다. 나는 링고 옆에 앉아 목에서 어깨로 이어지는 부분을 쓰다듬었다. 투실투실하고 단단하면서도 부드러웠다. 나를 올려 보며 헤벌쭉 웃는 링고를 보니 기분이 조금 나아졌다. T 코치는 링고 너머로 내 어깨를 툭툭 쳤다. 이제부터 하는 말을 잘 새겨들으라는 듯이.

코치는 우리 모두를 자랑스럽게 생각한다고, 다들 굉장히 많이 발전했다고, 우리 학교에서 중학생 리그 결승전을 주최하는 것은 처음이며 그 뜻깊은 대회에 참가했다는 것을 우리는 평생 기억하게 될 거라고 말했다. 그리고 마지막 조언을 했다.

"다들 지금까지 얼마나 열심히 해 왔는지 떠올려 봐. 백참나무 길을 몇 번이나 달려 올라갔는지. 파틀렉은 또 어땠는지."

새미는 이번에도 웃음을 참지 못했다.

"오늘은 다른 때보다 주자가 많아서 좀 낯설 거야. 출발 직후에는 팀끼리 뭉쳐서 빠르게 달렸으면 해. 숲으로 들어갈 때 좋은 자리를 선점해야 하니까. 그때부터는 천천히 가도 좋아. 자기 속도로 달려. 너희는 코스를 알잖아. 두 번째 바퀴를 위해 체력을 아껴 둬. 그리고 마지막에는."

코치는 양손을 번쩍 들었다.

"쏟아부어."

코치는 우리 한 명 한 명의 얼굴을 돌아가며 지그시 바라보았다.

"나는 너희가 서로 힘이 되어 주리라 믿는다. 남자들은 여자들을, 여자들은 남자들을 응원해 줘. 나는 결승선에 있으마. 중간 지점까지는 따라갈 건데 어차피 내가 없어도 잘할 거야. 너희는 한 팀이란 걸 잊지 마. 그리고 최선을 다해 힘차게 달려. 내가 당부할 말은 여기까지다. 너희도 그대로만 따라 주렴."

코치는 우리를 한 번 더 둘러보았다.

"너희는 누구보다 코스를 잘 알고 있어. 숲길도 빠삭하지, 언덕길도 달려 봤지, 당황할 일은 없을 거야. 자기 실력에 당황하지 않는 한!"

코치는 손뼉을 쳤다.

"자, 그럼 스트레칭으로 몸부터 풀고, 좋은 경주를 펼쳐 보자!"

나는 주위를 둘러보았다. JFK, 폭스 리지, 뉴 킹스필드, 햄프턴, 크로스 리버, 이글턴이 보였다, 사립 중학교 두 곳도 참가했다. 하비어 프렙과 세인트 앨로이시어스. 이름만으로도 무시무시했다.

그리고 브록턴. 내가 가방을 벗어 둔 나무 근처에 브록턴 남자팀이 옹기종기 모여 있었다. 그중 한 명이 떠들어 댔다. 가까이 가니 '우승'이니 '위치 선정'이니 하는 말이 들렸다. '약골들'이란 말이 나오자 모두 웃었다.

누군가가 내 어깨를 툭 쳤다. 나는 한 3미터쯤 펄쩍 뛰었다가 돌아보았다. 히버였다. 짙은 보라색 싱글렛 안에 연두색 티셔츠를 받쳐 입고 있었다. 마치 거대한 피스타치오 열매 같았다.

"안녕."

히버가 인사했다.

"안녕."

"그 후로 좀 빨라졌어? 난 아니거든."

히버가 말했다.

"아마도. 많이는 아니고 조금."

"그럼 괜히 내 옆에서 달리지 말고 먼저 가. 나는 왠지 점점 느려지기만 하거든."

"어쩌면 오늘부터 빨라질지도 모르지."

"그래, 어쩌면."

심판이 호루라기를 불었다.

"여자 선수들, 줄 서세요!"

레이크뷰의 하늘색 유니폼을 입고 나란히 선 여자애 넷을 보자 목이 콱 메었다.

"제자리에!"

심판이 외쳤다. 나는 황급히 가방을 뒤져 귀마개를 찾았다. 마지막 남은 한 쌍이었다.

"준비……."

나는 귀마개를 밀어 넣은 귀를 양손으로 힘껏 누르고 눈을 감았다.

탕!

키득거리는 소리가 들렸다. 눈을 뜨니 오른쪽으로 브록턴 남자애들이 보였다. 여자 경주가 아니라 나를 보고 있었다. 한 명은 자기 귀를 감싸고 눈을 질끈 감으며 내 흉내를 냈다.

나는 녀석들을 애써 무시하고 귀에서 귀마개를 뽑아 가방에 달린 주머니에 조심스레 넣었다. 경주 전에 다시 사용할 수 있도록.

"저기."

히버가 말을 걸었다.

"저 여자애 좀 봐."

일어나서 두 눈의 초점을 맞추기까지 몇 초 걸렸다. 확실히 오른쪽 저 멀리서 빠르게 다가오는 하늘색 유니폼이 보였다. 필드 중앙까지 도달하려면 남들의 두 배 거리를 달려야 했다. 붕대를 두른 발목과 달리 머리카락은 자유롭게 휘날리고 긴 두 다리는 거침없이 날아다녔다. 그 아이는 순식간에 필드 끝까지 질주해, 숲에 들어갈 때쯤에는 거의 선두였다. 전혀 '살살' 달리지 않았다. 그럴 거라고 생각도 안 했지만.

"헤더!"

나는 나무 사이로 쏙쏙 사라지는 주자들을 향해 소리쳤다.

"힘내, 헤더!"

내 목소리가 닿을지는 모르겠지만 목이 터져라 외쳤다.

이제 관중은 중간 지점인 체육관 근처로 우르르 몰려갔다. 이따가 숲을 빠져나온 주자들이 지날 장소였다. 그때까지 아직 몇 분 남았지만 다들 가장 좋은 자리에서 관람하고 싶어 했다.

"가 보자."

내가 말하자 히버가 쿵쾅거리며 따라왔다.

"아까 그 애, 여자 친구야?"

히버가 물었다.

"아니, 그냥 친구."

"그게 어디야. 넌 걔가 일등 할 것 같아?"

"웬만하면 일등 하니까."

내가 대답했다.

"이야, 네 삶이 부럽다."

히버가 말했다. 나는 잠시 어안이 벙벙했다. 내 삶이 대체 어느 틈에 그런 말을 들을 정도로 발전한 걸까?

사람들이 모두 체육관 모퉁이에 모여 있었다. 곧 주자들이 나와 탁 트인 코스를 몇백 미터쯤 달린 뒤 다시 숲에 들어갈 것이다. 기다리고 또 기다리자, 마침내 주자들이 나타났다.

헤더가 선두였다. JFK 여자애가 바짝 따라붙었지만 헤더에게는 상대가 되지 않았다. 발목 부상의 여파는 전혀 느껴지지 않았다. 그렇게 보이는 것뿐일지도 모르지만.

나는 목청껏 외쳤다.

"헤더! 가자, 헤더!"

새미와 웨스도 헤더를 연호하고 있었다. 마크와 산지트, 그리고 히버까지 동참했다.

헤더가 속도를 올렸다. 다시 숲으로 들어갈 때쯤 JFK 주자는 한참 뒤떨어져 있었다. 곧 빅토리아와 테레사가 숲을 나왔다. 그리고 일이 분쯤 뒤 브리앤과 에리카도 모습을 드러냈다.

다시 주자들이 돌아올 때까지 몇 분이 남아 있었다. 나는 사람들을 둘러보며 할아버지나 엄마 아빠, 아니면 피시바인 선생님이라도 있나 찾아보았다. 아무도 눈에 띄지 않았다.

그때 누군가가 눈에 들어왔다. 헤더의 아빠였다. 언덕 위 크고 앙상한 단풍나무 밑에 서 있었다. 나는 다른 아이들을 떠나 아저씨에게 달려갔다. 시간이 많지 않았다.

"이쪽이에요."

나는 아저씨를 코스 쪽으로 끌고 갔다. 말할 틈도 주지 않았다. 그저 헤더가 결승선에 들어오는 모습을 아저씨가 봤으면 했다. 헤더도 자기 아빠를 봤으면 했다.

모두가 모여 있는 자리, 다들 맨 먼저 주자를 보려고 기다리는 자리가 아니라 결승선 쪽으로 아저씨를 데려갔다. 결승선으로 주자를 인도하는 밧줄 옆에 서 있으면 헤더가 아빠를 못 보고 지나칠 리 없었다.

"헤더가 저기서 나올 거예요."

나는 그렇게 말하고서 서둘러 자리를 떴다. 아저씨가 입을 열기 전에, 나와 눈을 맞추고 내가 듣고 싶지 않은 소식을 알려 주기 전에. 헤더의 다음 경주가 하와이에서 열릴지도 모른다는 생각은 하고 싶지도 않았다.

나는 다시 팀에 합류해 주자들이 체육관 모퉁이를 돌아 나오기를 기다렸다.

그리 오래 기다릴 필요도 없었다. 왼쪽에서 함성이 들려오기 시작했다. 선두 주자의 모습을 가장 먼저 볼 수 있는 자리였다. 주자는 모퉁이를 돌아 우리 눈앞에도 나타났다.

헤더였다.

우리는 큰 소리로 헤더의 이름을 연호했다. 새미는 펄쩍펄쩍 뛰고 산지트는 "가! 끝까지 힘내!"라고 외쳤다. 모퉁이를 돈 헤더가 필드를 가로질러 밧줄 구간으로 향했다.

다른 여자애들은 모퉁이도 채 돌지 못했다. 누가 봐도 우승은 정해져 있었다.

그런데, 헤더가 결승선으로 질주하지 않고 점차 속력을 떨어뜨렸다. 몇 보 걷더니 아예 멈췄다. 코스 한복판에서. 헤더는 아빠를 바라보고 있었다. 이상한 행동을 하는 자기 아빠를. 아저씨는 양 주먹을 위아래로 번갈아 교차하고 있었다. 오른쪽 주먹 위로 왼쪽 주먹을, 왼쪽 주먹 위로 오른쪽 주먹을.

이것도 상대 팀의 눈을 속이기 위한 의미 없는 사인일까? 하지만 그럴 리 없었다. 사인을 보는 사람은 헤더뿐이었으니까. 다른 누군가를 속이기 위한 사인이 아니었다. 오직 헤더에게 보내는 사인이었다.

이대로라면 JFK 주자에게 금방 따라잡힐 게 뻔했다. 헤더는 다시 달려야 했다. 그러나 꼼짝도 하지 않았다. 달릴 기미조차 없었다. 그 대신 자기 아빠에게 걸어가 두 팔을 벌렸다. 아저씨는 헤더를 끌어안았다. 밧줄과 작은 하늘색 깃발이 둘 사이에 끼였다. 아저씨가 무언가 말하며 결승선을 가리켰지만 헤더는 고개를 저었다. 무슨 일인지 파악하고 싶었지만 무리였다. 헤더는 우는 것처럼 보였다. 기뻐서 우는지 슬퍼서 우는지 나로서는 알 수 없었다.

"쟤 지금 뭐 해?"

새미가 소리 질렀다.

"왜 멈춘 거야?"

마크가 물었다.

또다시 터져 나온 함성에 돌아보니, JFK 주자가 체육관 건물 뒤에서 나타났다. 햄프턴 주자가 그 뒤를 쫓고 있었다.

"추월당할 거야!"

웨스가 소리쳤다.

"헤더, 가!"

내가 외쳤다.

"헤더! 달려야 해! 곧 따라잡힌다고!"

마크가 소리 질렀다.

모두들 큰 소리로 응원하고 있어서 우리 목소리가 묻혔을 수도
있다. 아니면 헤더는 다른 주자들이 추월하든 말든 상관없었는지
도 모른다.

당황한 표정으로 헤더를 지나친 JFK 주자가 사력을 다해 밧줄
구간을 지나 결승 테이프를 끊었다. 햄프턴 주자도 헤더를 추월했
다. 그때 아저씨가 헤더의 머리에 입 맞추며 무슨 말인가 했다. 헤
더는 고개를 끄덕이고 눈물을 훔쳤다. 헤더가 뒤돌아 녹색 유니폼
들을 확인했다. 브록턴 주자 셋이 빠르게 다가오고 있었다.

세 사람은 헤더를 앞지를 수 있다고 생각했는지 더욱 속도를 올
렸다. 헤더를 잘 모르는 것이다. 마음을 다잡은 헤더가 결승선을
향해 날 듯이 질주했다.

내가 아는 헤더로 돌아온 듯했다.

아니면, 내가 알던 헤더로.

27장

/

남자 팀원들과 함께 나머지 여자애들을 기다렸다. 테레사와 빅토리아는 그리 늦지 않았고 몇 분 지나지 않아 브리앤과 에리카도 모습을 드러냈다. 우리는 환호성을 지르며 그들이 필드를 가로질러 결승선 너머에서 모이는 모습을 지켜보았다.

심판이 호루라기를 불었다.

"7학년 남자팀, 십 분 남았습니다!"

속이 울렁거렸다. 조금 전의 함성과 응원으로 머릿속이 가득 차서 이미 경주를 열 번은 치른 듯한 기분이었다. 나는 심호흡하며 가방을 벗어 둔 곳으로 갔다. 그러고는 귀마개를 꺼내려고 가방에 달린 주머니에 손을 넣었다.

없다.

가방을 열어 전부 구석구석 뒤졌지만 어디에도 없었다. 다시 주

머니들을 확인했다. 분명 여기 뒀는데. 틀림없이. 손이 떨리기 시
작했다. 상황이 줄줄이 꼬일 때처럼 낭패감이 엄습했다.

　그때 코웃음 치는 소리에 고개를 들었다. 브록턴 남자애 두 명이
나를 보고 있었다. 둘은 내가 쳐다보자 돌아서서 과장되게 웃음을
참는 시늉을 했다. 차라리 대놓고 웃는 편이 나았다. 그사이 또 다
른 브록턴 남자애가 다가왔다. 이제 확실히 알아볼 수 있었다. 헤
더를 밀쳤던 녀석이다.

　"왜 그래? 뭐 잃어버렸어?"

　녀석이 말을 걸었다.

　"귀마개. 가방 안에 넣어 놨는데."

　내가 대답했다.

　녀석은 손바닥을 펴 엉망으로 찌부러진 연두색 뭉치 두 개를 내
밀었다.

　"이런, 미안."

　미안하다는 말과는 정반대로 들리는 말투였다.

　"바닥에 떨어져 있더라. 난 껌인 줄 알았지."

　녀석이 귀마개를 내 발치에 떨어뜨렸다.

　"어쩐지 맛이 고약하더라니."

　녀석은 그대로 등을 돌리려다가 생각을 바꾼 모양이었다.

　"세탁이 잘 안 됐나 봐?"

　나는 내 싱글렛으로 뻗어 오는 녀석의 손을 탁 쳤다.

"너무하네."

녀석은 상처받은 척했다.

"어쨌든, 경주 잘해."

그러고는 브록턴 팀으로 뛰어 돌아갔다.

나는 씹다 버려진 귀마개를 주워 들었다. 잔뜩 찌그러진 데다가 흙투성이였다. 주먹을 꽉 쥐고 땅바닥에 내동댕이치려던 그때 누군가가 내 어깨에 손을 올렸다. 펄쩍 놀라 뒤돌았다.

"할아버지!"

"아직 안 뛴 거 맞지? 내가 놓친 거 아니지?"

"네, 아직이에요. 안 놓쳤어요."

나는 웅얼거렸다.

아무렇지 않은 척하려고 했는데 할아버지의 걱정스러운 얼굴을 보니 갑자기 모든 게 울컥했다. 귀마개와 시합 그리고 헤더까지. 헤더는 떠날지도 모르는데 브록턴 녀석들 같은 놈들은 끝까지 남는다는 현실이 서러웠다. 찰리 캐스트너에게서 벗어난다 해도 브록턴 녀석이 그 자리를 대신하겠지. 브록턴 녀석에게 벗어나도 또 다른 녀석이 나타날 테고. 녀석들은 앞으로도 계속 나타나고, 툭하면 시비를 걸고, 언제나 어김없이 이길 것이다.

"왜 그러니?"

할아버지가 물었다.

"엄마 아빠도 금방 올 거야. 아빠가 탄 열차가 좀……."

나는 손바닥을 펴서 귀마개를 보여 주었다.

"이것들은 뭐냐?"

"귀마개요."

나는 그대로 귀마개를 땅바닥에 떨어뜨렸다.

"망가졌어요. 심판이 신호총을 쏠 때, 저는 이게 없으면 온몸이 굳어 버려요. 출발도 못 할 거예요."

한번 입을 열자 말이 줄줄 쏟아져 나왔다.

"출발한다 해도 형편없을 거예요. 브록턴이 이기겠죠. 걔네는 항상 이기니까요. 저는 보나 마나 꼴찌를 할 테고 할아버지도 엄마 아빠도 민망해하겠죠. 제가 느리고 멍청해 보일 테니까요."

"얘야, 진정하렴."

할아버지가 말했다.

"그리고 헤더는 떠날지도 모르고……."

"헤더?"

"하와이로 이사 갈 수도 있대요."

"남자 선수들! 오 분 남았습니다!"

심판이 외쳤다.

"알았다. 이따가 헤더랑 얘기해 보자꾸나. 일단 지금은 시합을 치러야 해. 그러니까, 신호총이 뭐 어쨌다고?"

"소리가 너무 커요. 기절할 만큼요."

"네가 집중하면 —."

"아니요! 할아버지는 몰라요! 귀마개 없이는 못 한다고요!"

"할 수 있다. 내가 알아. 너무 겁먹을 것 없다, 슈퍼히어로."

나는 그 말에 폭발하고 말았다.

"전 슈퍼히어로가 아니에요! 그렇게 부르지 좀 마세요! 전 슈퍼히어로랑은 완전히 딴판이라고요!"

내가 할아버지에게 그렇게 대든 것은 처음이었다. 할아버지는 놀라긴 했어도 화가 난 것 같지는 않았다. 할아버지는 내 양어깨를 잡고 나와 눈을 맞췄다.

"누가 뭐래도 넌 슈퍼히어로야."

벗어나려 했으나 할아버지는 나를 더 꼭 붙들었다.

"들어 봐. 왜 너에게 귀마개가 필요하다고 생각하니?"

"그야 무서우니까 —."

"아니야! 그건 네가 다른 사람들보다 더 많이 듣기 때문이다. 다른 사람들보다 더 많이 보고, 더 많이 느끼기 때문이라고. 나는 너의 그런 점이 좋아. 그게 네가 지닌 초능력이야. 내가 괜히 그렇게 부르겠냐?"

"배트맨 복장 때문 아니었어요?"

"아니! 네가 지닌 그 신비로운 능력 때문이야. 너의 초감각 말이다. 네 남다른 마음씨도 그렇고. 그것만으로도 너는 충분히 슈퍼히어로란다."

"하지만 귀마개가……."

"그것 없이도 할 수 있어."

"못 해요."

그렇게 말하자마자 T 선생님의 실망한 얼굴이 떠올랐다.

"할 수 있어. 해 봐. 분명 할 수 있어."

"그래도 느릴 텐데요."

"지난번에 네가 나한테 그 개인 기록인지 뭔지 얘기하지 않았니? R 선생이 말해 줬다던."

"T 선생님, 아니 T 코치님이에요."

내가 정정했다.

"아무튼, 그걸 목표로 하는 거잖아? 개인 기록."

"7학년 남자팀! 출발선으로!"

심판이 외쳤다. 이미 다들 출발선에 모여 있었다. 레이크뷰의 하늘색 유니폼이 눈에 띄었다. 새미와 마크가 나를 찾아 두리번거리고 있었다.

"어서 가렴. 난 네가 달리는 걸 보러 왔단다. 어서!"

나는 심호흡을 하고 출발선으로 가 새미와 산지트 사이를 파고들었다. 대열 한쪽에서 브록턴 녀석들이 가운데 자리를 확보하려고 팔꿈치를 휘두르고 있었다.

"안 오는 줄 알았잖아!"

산지트가 말했다. 안심한 목소리였다.

"귀마개를 잃어버렸어."

내가 말했다.

"오 이런, 얘들아!"

산지트가 마크를 잡아당겼다.

"얘 귀마개 잃어버렸대."

"그럼 조지프를 가운데 세우자. 귀마개가 없으니까."

마크가 말했다.

새미와 웨스가 내 오른쪽에, 산지트와 마크는 내 왼쪽에 섰다.

"걱정하지 마. 우리랑 같이 출발하면 되니까. 잘 따라오기만
해."

"남자 선수들, 제자리에!"

심판이 외쳤다.

손바닥으로 귀를 덮었다. 남자애들이 달라붙어 나를 에워쌌다.
양옆에서 팀원들의 존재가 느껴졌다. 나는 너무 티 나게 떨지는 않
으려고, 계속해서 숨을 쉬려고 노력했다.

"준비!"

심판이 외쳤다. 나는 있는 힘껏 귀를 막았다.

탕!

앞으로 나아가는 것 같기는 한데, 몸이 먼저 나가고 다리는 겨
우 쫓아가는 느낌이었다. 알고 보니 산지트는 내 왼쪽 팔에, 새미
는 내 오른쪽 팔에 팔짱을 끼고 그대로 달리고 있었다. 눈앞은 온
통 쿵쾅거리는 발과 날아다니는 팔꿈치 천지였다. 맹세컨대 발밑

의 땅이 흔들렸다. 어쨌거나 나는 최대한 빠르게 발을 굴렀다.

내가 안정을 찾자 새미와 산지트는 내게서 팔짱을 풀었다. 나는 두 사람 뒤에 겨우 따라붙었고 우리 팀은 불안정하게나마 뭉쳐 있을 수 있었다. 비록 산지트가 누군가에게 뒤꿈치를 밟혀 신발이 반쯤 벗겨지긴 했지만 말이다. 웨스는 속에서 뭔가가 올라온다고 중얼거렸다. 우리는 그럭저럭 괜찮은 속도를 유지했다. 하지만 한참 앞에서 브록턴이 여유롭게 선두를 달리고 있었다. 예상은 했지만.

브록턴 팀 전원이 숲속으로 사라지자 나머지 팀들은 자리다툼을 벌여야 했다. 적어도 다섯 팀이 엎치락뒤치락하는데, 하나뿐인 숲길 입구는 턱없이 좁았다. 입구까지 서로 밟고 밟히는 치열한 경주가 벌어졌다. 우리 팀은 가까스로 하나로 뭉쳐 JFK를 제쳤으나 마지막 순간에 햄프턴이 비집고 들어와 우리를 앞섰다. 다들 자리 싸움에 시간을 빼앗겼다. 아마 그사이 브록턴 녀석들은 이미 숲을 통과해 백참나무 길을 절반쯤 올라갔을 것이다.

마침내 숲에 들어서자 다들 속도를 줄였다. 지금부터는 자기 속도로 안정된 달리기를 이어 나가야 한다. 숲 다음은 언덕, 그다음에는 체육관 뒤를 돌아 다시 한 번 왕복이다.

숲속에서는 주자들의 소리만 들렸다. 쿵쿵거리는 발소리와 헐떡이는 숨소리. 나는 마크와 새미를 따라 계속 움직였다. 넘어지지 않도록 조심하며, 꼬불꼬불 이어진 숲길을 따라 백참나무 길로 향했다. 이 숲을 처음 달리던 때가 떠올랐다. 덤불에 걸린 채 낙엽

더미에 주저앉아 있었더니 헤더가 나를 찾으러 와 주었다. 그때 얼마나 그만두고 싶었던가. 헤더가 없었다면 정말로 그만두었을 것이다. 그런데 이제 헤더는 떠날지도 모른다. 그럼 나는 또다시 홀로 남겨지겠지.

숲에서 백참나무 길로 넘어가는 길목에서 코치 몇 명이 차량을 통제하고 있었다. 그 덕분에 대회가 열리는 줄 모르고 자녀를 데리러 온 학부모의 차에 치일 일은 없었다. 나는 길 위에서 언덕을 올려다봤다. 곳곳에 주자들이 있었다. 색색의 유니폼이 한눈에 들어왔다. 브록턴의 초록색만 빼고. 녀석들은 이미 정상을 찍고 체육관 뒷길을 달리고 있을 것이다.

주변에서 불평이 터져 나왔다. 너무 가파르다고. 이건 너무하지 않냐고. 하지만 우리에게는 그저 백참나무 길일 뿐이었다. 수도 없이 뛰어오른 그 언덕길. 나는 천천히 올라간다고 생각했는데, 의외로 몇 명인가 앞질렀다. 이 언덕과 친해져야 한다고 했던 T 코치의 말이 이제야 와닿았다.

저 멀리서 누군가가 "브록턴!" 하고 외치는 소리가 들려왔다. 녀석들이 두 번째 바퀴를 돌려 다시 숲으로 들어선 게 분명했다.

웨스는 감자 칩 때문에 곤욕을 치르는 얼굴이었지만 꾸역꾸역 앞으로 나아갔다. 산지트는 어느새 신발을 고쳐 신었다. 우리 팀은 각자 흩어져 자기 속도대로 가고 있었다. 정상에 거의 다다랐을 무렵에는 잠시나마 마음이 편안해졌다. 모든 게 잘 마무리되리라는 느낌이 들었다.

그때 또다시 함성이 들려왔다. 브록턴 녀석들이 숲을 빠져나와 백참나무 길을 두 번째로 오르기 시작한 것이다. 녀석들도 자기들이 선두이고 누구도 따라오지 못하리라는 것을 알고 있었다. 다만 이제 일등 완주자를 가리기 위해 팀 안에서 자기들끼리 겨루고 있었다.

나는 체육관 뒤편으로 이어지는 오솔길로 접어들었다. 길 위에는 주자들뿐이었다. 체육관 건물 모퉁이를 돌기 전까지는 구경꾼도, 코치도, 부모도 없다. 폭이 좁아 여럿이 뭉쳐서 달릴 수도 없고, 추월하기도 쉽지 않은 길이다.

발소리가 들려 힐끗 돌아봤다. 브록턴 주자였다. 내 귀마개를 망친 녀석, 헤더를 밀친 바로 그 녀석이었다. 언덕길을 달린 직후라 숨이 가쁘긴 했지만 나는 비켜서지 않고 계속 달렸다. 녀석이 내 뒤를 쫓아오는 게 싫었다. 그것도 두 바퀴째인 녀석에게 따라 잡히기는 싫었다.

발소리가 점점 가까워졌다. 팔꿈치가 닿았다. 녀석이었다.

"비켜."

녀석이 말했다.

나도 모르게 녀석의 팔꿈치를 받아쳤다. 그러고는 파틀렉 훈련을 떠올리며 녀석이 앞지르지 못하도록 좁은 보폭으로 빠르게 내달렸다.

"비키라고, 바보야. 귀마개 때문에 아직도 삐쳤냐?"

"아니. 헤더."

내가 대답했다.

"뭐라고?"

"저번 대회 때."

나는 헐떡였다. 평상시보다 훨씬 빠른 속도였다.

"그때 네가 내 친구 밀었잖아."

"이렇게 말이지?"

어느 정도 예상했기에 아슬아슬하게 녀석의 팔꿈치를 피할 수 있었다. 하마터면 핀볼처럼 체육관 벽에 부딪혀 튕겨 오를 뻔했다.

내가 속도를 약간 줄이자 다른 브룩턴 주자들도 내 뒤로 따라붙었다.

"넌…… 하아, 하아……, 반칙을 저질렀어!"

나는 다른 아이들에게 들릴 만큼 큰 소리로 말했다.

"무슨 일이야, 트레이?"

"별일 아냐. 이 자식이 안 비키잖아."

트레이가 말했다.

"지난번, 컥, 대회에서."

나는 씨근덕거렸다.

"쟤가 밀었던 여자애가 발목 부상을…….."

숨이 달려 말을 마치지 못했지만, 브룩턴 녀석들은 내 말을 알아들었다.

"트레이, 여자애를 민 게 너였어?"

한 녀석이 말했다.

"아니, 안 밀었어."

트레이가 말했다.

"밀었어."

내가 반박했다.

"걘 그냥 넘어진 거야."

"네가 팔꿈치로 밀었잖아."

다리가 죽을 만큼 아팠지만 녀석이 추월하도록 내버려 둘 수는 없었다.

"걔가 먼저 방해했거든."

"너, 설마 여자애 하나를 못 제쳤어?"

또 다른 아이가 말했다.

"그냥, 하아, 여자애가, 하아, 아니거든."

내가 헐떡이며 말했다.

"실망이다, 트레이."

오솔길은 곧 막바지였다. 이제 모퉁이를 돌면 코치들과 부모들이 한데 모여 누가 먼저 나올까 기대하고 있을 것이다. 나는 트레이의 인내심이 한계에 다다른 것을 느꼈다. 나를 앞지르고 싶어 안달이 난 것도. 하지만 나는 좁은 길 한복판에서 후들거리는 다리로

버텼다. 이윽고 건물 모퉁이에 다다랐을 때쯤 나는 속도를 살짝 줄였다. 아주 살짝. 옆구리에 녀석의 팔꿈치가 느껴졌으나 이번만큼은 반격하지 않았다. 하고 싶어도 할 수 없었다. 그렇게 모퉁이를 돌아 탁 트인 장소로 나온 순간, 내 몸은 휙 떠밀렸다.

느낌상 꽤 오랫동안 공중에 머물렀던 것 같다. 브록턴의 초록색으로 옷을 맞춰 입은 부모들, 햄프턴의 주황색으로 페이스페인팅을 한 사람들이 눈에 들어왔다. 레이크뷰의 하늘색과 폭스 리지의 보라색도 있었다. 떨어지면서 그들의 얼굴이 경악으로 물드는 것을 보았다. 그중에서도 브록턴 코치의 얼굴이 압권이었다. 이윽고 나는 퀴퀴하고 젖은 낙엽 더미 위에 엉덩방아를 찧으며 생각했다. '임무 완수.'

28장

/

    브록턴 주자 한 명이 멈춰 서서 나를 잡아 일으켰다. 그 아이는 결승선으로 질주하는 트레이를 바라보며 고개를 절레절레 저었다. 브록턴 코치는 클립보드에 뭔가를 적고 있었다. 새미의 목소리가 들렸다.

    "조지프, 어서 일어나."

    새미도 힘을 보태 나를 일으켜 세웠다. 그사이 주자들 몇 명이 우리를 지나쳤다. 빠른 아이들은 두 바퀴째였지만 대부분은 나처럼 아직 한 바퀴째였다.

    나는 무릎에 묻은 흙을 털었다. 한쪽 무릎이 까져서 피가 비쳤지만 아무래도 상관없었다.

    "조지프!"

    헤더였다. 관중 사이에서 내 이름을 외치고 있었다. 꽤 멀리 떨어져 있었지만 헤더가 다 봤다는 걸 알 수 있었다. 이로써 나는 헤더의 복수를 한 셈이다.

"개인 기록!"

헤더가 외쳤다.

"깨 버려!"

다리는 여전히 후들거렸지만, 더 많은 주자가 나를 지나치기 전에 또다시 숲으로 이어지는 필드 위를 비틀거리며 나아갔다. '반죽음'이라는 말의 진정한 의미가 와닿았지만 모두가 지켜보고 있으니 여기서 그만둘 수는 없었다. 계속 달려 숲속으로 들어서자 군중의 함성이 사라졌다.

또다시 정적이었다. 다들 뿔뿔이 흩어져 달렸다. 무리 지어 달리는 팀은 없었다. 그저 포기하지 않으려고 고군분투하는 주자들뿐이었다. 숲 안은 그늘이 져서 시원했고, 달리면서 보니 나무들이 온통 흐릿하게 들썩였다. 쭉 뻗은 숲길 위를 다람쥐 한 마리가 쪼르르 가로질렀다. 난데없이 나타난 수많은 중학생 때문에 잔뜩 골이 난 것 같았다. 낙엽이 발밑에서 바스러지는 소리와 뒤따르는 주자가 내뱉는 희미한 숨소리만 들렸다. 나는 쉬지 않고 터벅터벅 나아갔다.

조금 전의 사건과 응원의 함성을 뒤로하니 숲속은 놀랄 만큼 평화로웠다. 내 머리는 '계속 가, 계속 가.'라고 말하는데 내 몸은 '뭐라고? 미쳤어?'라며 반발했다. 하지만 이번만큼은 다른 것을 걱정할

여력이 없었다. 오직 끝까지 달리는 것밖에는.

백참나무 길로 접어들 때, 나는 해를 등지고 언덕을 올려다봤다. 처음 이곳을 올라갔던 때가 기억났다. 옆구리가 쑤시고 중력이 몸을 잡아끌었다. 물론 지금은 그때보다 튼튼해졌고 이곳을 셀 수 없이 많이 올라갔다. 하지만 언덕은 여전히 가파르고 나는 지쳤으며, 과연 완주할 수 있을까 확신이 안 섰다.

어쨌거나 나는 한 발을 다른 발 앞에 내딛기를 반복했다. 언덕 꼭대기에서 새미와 웨스가 보였다. 어느새 웨스는 컨디션을 되찾은 모양이었다. 나를 기다리고 있을 사람들을 떠올렸다. 헤더. T 코치. 할아버지. 어쩌면 엄마 아빠도 늦지 않게 도착했을 것이다. 나는 완주를 생각했다. 개인 기록을 생각했다.

드디어 체육관 뒤로 이어지는 좁은 길이 나왔다. 이제 얼마 남지 않았다. 브록턴 주자는 한 명도 보이지 않았다. 다들 이미 오래전에 완주한 것이다. 관중이 기다리고 있을 테니 모퉁이를 돌 때 밝은 얼굴을 하고 싶었다. 하지만 온몸이 쑤셨고, 특히 아까 부딪힌 궁둥이와 무릎이 아팠다. 나는 그저 밧줄 구간을 거쳐 결승선까지 가는 데만 정신을 집중하기로 했다.

할아버지의 목소리가 가장 먼저 들렸다.

"거의 다 왔어, 조지프!"

헤더 목소리가 그 뒤를 이었다.

"힘내!"

이어서 여자애들이 이구동성으로 외쳤다.

"가, 조지프! 잘한다!"

이번에는 다른 목소리가 들렸다.

"힘내렴, 조지프!"

피시바인 선생님! 선생님을 까맣게 잊고 있었다!

저 멀리 새미와 웨스가 보였다. 마침 결승선을 통과하고 있었다. 내 앞에 있는 두 명은 나보다 힘겨워 보였다. 괴로웠지만 안간힘을 다해 나를 몰아붙여 그 둘을 앞질렀다. 나는 그대로 전력 질주해 휘청거리며 결승선을 통과하고는 바닥에 쓰러졌다.

T 코치는 펄쩍펄쩍 뛰며 손뼉을 쳤다. 조지와 링고가 동시에 달려들어 내 몸 위로 불도그 콧김을 퍼부었다. 웨스가 가리키는 대로 코스를 돌아보니 마크와 산지트가 밧줄 구간으로 들어오고 있었다. 나는 겨우 몸을 일으켜 그 둘을 응원했다. 마침내 둘이 결승선을 통과하자 우리는 함께 숨을 고르며 남은 경주를 지켜봤다. 깜짝 놀랐다. 우리 뒤로 스물다섯 명 정도가 잇따라 들어왔다. 무려 스물다섯, 어쩌면 그보다 더 많은 주자가! 우리 뒤로!

산지트가 게토레이를 한 컵 가져와 내게 건네주었다. 손이 너무 떨려서 마시기조차 힘들었다. 여자애들은 모두 필드 반대편에서 신호를 기다리고 있었다. 남자 경주가 끝나야 결승선에서 다 같이 만날 수 있다.

하지만 경주는 아직 끝나지 않았다. 저 멀리 체육관 뒤편에서 고독한 주자가 나타나 결승선을 향해 비척비척 다가왔다. 히버였다. 관중들은 모두 자기 아이들과 짐을 챙기느라 바빠 동정의 응원조차 보내지 않았다.

나는 어떻게든 다리를 움직여 산지트와 마크를 잡아 세웠다.

"히버!"

내가 외쳤다. 그리고 내 딴에는 가장 동정처럼 들리지 않는 동정의 응원을 보냈다.

"너 상태가 심각해! 아주 최악이야! 하지만 완주할 거야! 할 수 있어! 반드시!"

그러자 새미와 웨스도 동참했다. 히버의 팀원들도 모여들었다.

"할 수 있어, 히버!"

"끝까지 힘내!"

히버의 발걸음에는 큰 진전이 없었다. 그저 느릿느릿 움직였다. 하지만 얼굴에는 생기가 돌고 양미간이 힘껏 구겨졌다. 간신히, 그러나 꾸준히 나아갔다. 우리는 결승선으로 향하는 히버를 옆에서 따라갔다. 속도는 매우 느렸지만 우리는 보조를 맞췄다. 한 발, 한 발, 무거운 발걸음을 따라서.

마침내 히버가 결승선을 넘자, 우리는 환호성을 터뜨렸다.

"잘했어! 개인 기록! 개인 기록!"

실제로 달성했는지는 모르겠지만.

정신을 차리고 보니 한 발짝도 더 움직일 수 없었다. 바닥에 주저앉을 기운도, 그렇다고 일어서 있을 기운도 없었다.

이동해도 괜찮다는 신호가 떨어지자마자, 모든 팀의 여자애들이 우리를 향해 파도처럼 몰려왔다.

"와, 꿈만 같다."

새미가 중얼거렸다.

우리는 금세 여자애들에게 둘러싸였다. 여기저기서 서로 하이파이브를 하고 방방 뛰어다녔다. 에리카는 곧장 달려와 산지트를 부둥켜안았다. 산지트는 깜짝 놀라 멈칫하더니, 이내 활짝 웃었다. 드디어 눈치챈 모양이었다.

그때 누군가가 내 몸을 번쩍 들어 빙빙 돌렸다.

"훌륭한 경주였어, 프리드먼! 네가 해냈어!"

그토록 쉽게 공중에 들려 올라간 것은 살짝 부끄러웠지만, 헤더가 나를 무척 자랑스러워하는 것 같아서 그러려니 했다. 헤더가 땅에 내려 줬을 때는 피곤하고 후들거릴 뿐만 아니라 어지럽기까지 했다. 내가 잔디에 드러눕자 헤더는 내 옆에 털퍼덕 앉았다. 그리고 곧바로 떠들기 시작했다.

"틀림없이 개인 기록 달성이야. 기분 최고지?"

제대로 대답하기에는 숨이 모자랐다.

"어어."

나는 고개를 끄덕였다.

헤더는 목소리를 약간 낮췄다.

"그리고 아까 트레이랑 있었던 일 말이야."

"누구?"

나는 정신이 흐릿했다.

"트레이. 그 브록턴 녀석. 네가 타이밍을 제대로 맞췄어."

헤더가 속삭였다.

"걔 어떻게 됐는지 알고 싶지 않아?"

"왜? 혼났대?"

"DQ 됐어."

나는 젖 먹던 힘까지 끌어모아 고개를 겨우 5센티미터 정도 들어 올렸다.

"그게 뭐야?"

"실격."

헤더는 얼굴에 번지는 미소를 숨기지 않았다.

나는 돌연 힘이 솟구쳐 상체를 벌떡 일으켰다.

"실격?"

"스포츠 정신에 어긋나는 행동을 했다고."

"정말이야?"

"장난해? 팔꿈치로 그렇게 세게 밀쳤는데. 눈 달린 사람이면 다 봤을걸."

T 코치의 목소리가 스피커를 통해 울려 퍼졌다.

"십 분 뒤에 시상식을 거행하겠습니다! 참가자 전원은 결승선에 모여 주시기 바랍니다. 십 분 뒤 시상식입니다!"

가야만 하는 분위기였다. 딱히 코치의 지시를 거부할 이유가 없다면. 하지만 어떻게 움직이느냐가 문제였다. 어떻게 하면 두 발을 딛고 일어설 수 있을까? 어떻게든 최선을 다해 보려고 하는 그때, 헤더가 내 어깨에 손을 올렸다.

"잠깐. 나 할 말 있어."

그 순간, 눌러 왔던 것들이 물밀 듯이 밀려들었다. 헤더가 떠날지도 모른다는 사실, 헤더가 아빠에게 안기던 모습, 헤더의 아빠가 보내던 사인, 헤더가 울던 모습까지.

"아까 엄마하고 얘기했어."

헤더가 말했다.

"아까? 내가 알기로는 오늘 밤에 ──."

"그랬지. 그런데……, 엄마 생각 때문에 아무것도 못 하겠더라고. 집중이 안 돼서. 너도 그런 적 있어? 도무지 집중이 안 될 때?"

"난 매일 그런걸?"

"아, 그래."

헤더는 웃음을 감추려고 입을 가렸다. 자기가 누구랑 얘기하는지 잠시 잊어버렸나 보다.

"아무튼, 오늘 경주도 있고 그래서……, 도저히 밤까지 못 기다리겠더라고. 그래서 수업 마치자마자 집에 가서 엄마한테 전화했지. 셋이서 얘기했어. 엄마랑, 아빠랑, 나랑."

"넌 뭐라고 했어?"

내가 물었다. 속으로는 '제발 남아. 제발, 제발 남아라.'라고 중얼거렸지만.

"네 말대로 속마음을 얘기했어. 나는 여기가 좋고 다시 이사 가고 싶지 않다고. 하지만 셋이 함께 지낼 수 있는 방법이 하와이로 가는 것뿐이라면 그렇게 하겠다고."

나는 아무 말도 하지 않았다. 하지만 내가 만약 그 상황이었다면, 그게 엄마 아빠와 함께할 수 있는 유일한 길이라면, 나 역시 그렇게 말했을 것이다.

"이런저런 얘기를 나눴어. 제대로. 충분히. 이상하게 들리겠지만, 우리가 그렇게 얘기를 나눈 건 이번이 처음이야. 엄마는 내가 전혀 몰랐던 것들도 말해 줬어. 자기가 어떻게 과학자가 되었는지도. 엄마는 애초에 블루베리 아가씨가 되고 싶지도 않았대."

"진짜?"

"진짜로! 그저 할머니를 기쁘게 해 주려고 그랬대. 엄마도 나랑 아빠랑 함께 지내던 때가 정말 그립다고 했어. 그리고 나도 엄마한테 내 얘기를 해 줬어. 학교라든지, 그림이라든지, 육상팀이라든지……. 나다운 것들에 대해."

"여러분, 시상식까지 오 분 남았습니다! 결승선으로 모이세요!"

T 코치가 외쳤다.

"그래서……."

내가 입을 열었다.

"그래서, 내가 집에서 나올 때까지도 엄마 아빠는 계속 통화를 하고 있었어. 둘 사이에도 해결해야 할 문제들이 있을 테니까. 하지만 앞으로 어떻게 되든 전보다 낫겠다는 생각이 들더라고. 어떻게든 잘 풀릴 거라고. 그리고 나서 아슬아슬하게 여기 도착했지."

"그럼 아직 모르는 거네. 여기 남을지 아니면……."

헤더는 고개를 저었다.

"아까 아빠를 보기 전까지는 나도 몰랐어."

"아저씨는 이렇게 했어."

나는 아저씨의 손동작을 흉내 냈다.

헤더가 빙그레 웃었다.

"야구 사인. 홈이라는 뜻이야. 주자가 삼루에 있다면 '홈으로 뛰어.'라는 의미지."

나는 여전히 이해가 안 갔다.

"엄마가 집으로 돌아온다는 의미야."

그 말을 들은 순간, 나는 단숨에 벌떡 일어날 수 있을 것만 같았다. 실제로는 일어나다 말고 다시 주저앉았지만.

"하와이는 크리스마스에 가기로 했어."

헤더가 나를 보고 웃으며 말했다.

"엄마가 *히비스커스 와이메아*랑 난초랑 무지개를 보여 주겠대. 그리고 셋이 함께 집으로 돌아올 거야."

헤더는 몸을 숙이더니 잔디에 한 송이 남은 작은 클로버꽃을 뽑아 손가락 사이로 빙글빙글 돌렸다.

"엄마는 앞으로도 여행을 다닐 거야. 그래야만 하니까. 하지만 나랑 시간을 더 많이 보내고 싶어 해. 내가 달리는 걸 보고 싶대. 나는 엄마한테 레이크뷰가 무척 마음에 든다고 했어. 뭐, 찰리 캐스트너랑 브록턴 녀석들이 있긴 하지만. 파틀렉도 있고."

여태껏 긴장하고 있어서인지, 여러 감정을 눌러 참고 있어서인지, 헤더가 "파틀렉"이라고 말하자마자 웃음이 터졌다. 헤더도 마찬가지였다. 나는 피로와 어지러움과 안도로 벅차오른 나머지 머릿속에 신호총이 열 발쯤 울려 퍼진 기분이었다.

헤더가 손을 내밀었다. 문득 지난 9월에 숲속에서 헤더가 도와줘서 가시덤불을 벗어난 기억이 떠올랐다. 내가 손을 맞잡자 헤더는 내 몸무게가 일 그램도 안 나간다는 듯이 나를 가볍게 일으켜 세웠다.

"가자. 시상식."

헤더는 결승선 주변에 모인 사람들 무리로 향했다.

"그럼 넌 삼 등으로 만족해?"

나는 헤더의 옆에서 절뚝이며 물었다. 다리가 아직 제대로 말을 듣지 않았다.

헤더는 잠시 고민하더니 입을 열었다.

"물론 이기는 게 좋지. 하지만 다른 중요한 것들도 있으니까. 이기는 것보다 다른 게 더 중요할 때도 있고. 오늘이 그랬어. 그러니까, 응. 삼 등으로 만족해. 다음번엔 무조건 일등이야."

할아버지가 다가와 내 머리를 쓰다듬었다. 일부러 헤더와 이야기할 시간을 벌어 준 듯했다.

"잘했다, 슈퍼히어로. 헤더 너는 한 마리 가젤처럼 뛰더구나."

"타조 쪽이겠죠."

헤더가 대답했다.

"그럼 이제……."

할아버지는 나와 헤더를 번갈아 봤다.

"안 간대요."

내가 말했다. 그러고는 나도 모르게 입을 벌리고 웃었다.

그때 참나무 아래서 갈팡질팡하는 피시바인 선생님의 모습이 눈에 들어왔다.

"할아버지, 잠깐 이쪽으로 오세요. 소개하고 싶은 분이 있어요."

내가 할아버지를 잡아당기자 헤더도 따라왔다. 나는 마지막 기력을 다해 피시바인 선생님에게로 절뚝이며 걸어갔다.

"조지프!"

선생님이 외쳤다.

"나는 달리기가 이렇게 박진감 넘치는 경기인 줄 몰랐다. 그 히버라는 친구는 인기가 장난 아니던데?"

"피시바인 선생님, 이쪽은 저희 할아버지예요. 액체 비누랑 골프를 싫어하고 이탈리아 오페라를 좋아하세요. 할아버지, 이쪽은 우리 도서실 사서 피시바인 선생님이에요. 컴퓨터랑 바코드 인식기를 싫어하고 이니시보핀이라는 섬을 좋아하세요."

할아버지가 씩 웃자, 피시바인 선생님이 먼저 입을 열었다.

"오페라를 좋아하신다니 무척 반갑네요. 저는 저랑 제 앵무새, 루치아노가 마지막 남은 오페라 팬인 줄 알았거든요."

"파바로티 팬이신가 봐요?"

할아버지가 물었다.

"예, 그쪽은요?"

"그야 물론이죠. 코렐리를 가장 좋아하긴 합니다만……."

"아, 라다메스는 정말 끝내줬죠."

"아이다도 그렇게 생각했을 겁니다."

나는 코렐리도 라다메스도 누군지 모르지만, 두 사람에게는 이 대화가 엄청나게 재미있는 모양이었다.

호루라기 소리가 났다. T 코치의 목소리가 확성기를 통해 울려 퍼졌다.

"7학년 시상식을 거행하겠습니다. 7학년 선수 전원은 서둘러 결승선에 모여 주시기 바랍니다! 8학년 경기가 곧 시작될 예정입니다."

할아버지와 피시바인 선생님은 계속 얘기를 나누고 있었다. 선생님이 "요즘 애들은 친구들에게 문자 메시지를 보내기 전까지 자기가 무슨 생각을 하는지조차 몰라요."라고 말했다. 이어서 할아버지가 랩 음악과 조지 거슈윈에 대해 뭔가 얘기하자, 선생님은 웃음을 터뜨렸다.

나는 헤더를 쳐다봤다. 웃음을 꾹 참고 있었다. 슬슬 갈 때가 된 듯했다.

"할아버지, 이따가 봐요. 결승선 쪽에서 시상식을 한다니까 다녀올게요."

할아버지가 나를 향해 엄지를 치켜들었지만 내 말을 제대로 들었는지는 알 수 없었다.

헤더와 나는 트랙을 가로질러 팀원들에게 합류했다.

"시상식을 뭐 하러 봐? 어차피 상은 브록턴에서 다 쓸어 갈 텐데."

새미가 투덜거렸다.

"브록턴에 나쁜 애들만 있는 건 아니야. 한 명은 중간에 멈춰서 날 도와줬는걸."

내가 말했다.

"게다가 선착순 열 명까지 메달을 준대. 그럼 헤더가 하나 받을 거잖아."

브리앤이 말했다.

"그러니까 예의는 지켜."

빅토리아가 새미를 툭 치며 덧붙였다. 새미는 전혀 개의치 않는 눈치였다.

T 코치와 심판은 클립보드와 타이머를 보며 대화하고 있었다. 마침내 T 코치는 고개를 들고 외쳤다.

"자, 여러분, 훌륭한 대회였습니다! 오늘 우리 레이크뷰에 모여 주셔서 감사합니다. 그럼 여자 개인 10위까지 발표하겠습니다."

T 코치의 호명에 따라 여자 선수들이 메달을 받으러 시상대에 올라갔다. 헤더의 이름을 부를 때도 코치는 변함없는 목소리를 유지했으나, 나에게는 무척 뿌듯해하는 코치의 마음이 전해졌다.

단체상은 2위까지 주어졌다. 1위는 브록턴, 2위는 JFK 팀이 가져갔다.

이어서 남자 개인 순위가 발표되자 브록턴 선수들이 줄줄이 시상대로 올랐다. 트레이만 빼고. 그 모습을 보니 살짝 통쾌했다. 10위 안에는 JFK 선수 두 명과 햄프턴 선수 한 명, 세인트 앨로이시어스 선수 한 명도 있었다.

남자 단체상도 역시 브록턴이 1위였다. 한 명이 메달을 몰아서 받은 뒤 팀원들에게 뜨거운 감자처럼 돌렸다. 나는 슬슬 할아버지와 피시바인 선생님을 찾으러 가려는 참이었다. 코치의 발표가 이어졌다.

"남자 단체 2위는……, 레이크뷰입니다!"

우리는 서로 얼굴만 마주 볼 뿐 꼼짝도 하지 않았다.

"올라와서 메달 받으세요, 레이크뷰!"

새미가 먼저 T 코치를 향해 달려가자 나머지도 하나둘 뒤따랐다. 나는 너무 놀라서 발이 안 떨어졌다. 아니, 어떻게? 어떻게 우리가 2위지? 그 많은 팀 중에 어떻게 우리가 2등으로 들어왔다는 거지?

돌아온 팀원들이 방방 뛰며 서로 하이파이브를 했다. 산지트가 내 손에 메달을 쥐여 주었다.

"자, 조지프. 네 거야."

나는 메달을 내려다봤다. 받은 날부터 금박이 벗겨지기 시작하는 플라스틱 가짜 메달이 아니었다. 빨강 하양 파랑 색깔의 리본이 달린 무거운 금속 메달이었다.

심판이 8학년 여자팀을 부르는 소리가 들렸다. T 코치가 우리 곁으로 돌아와 우리를 한 명 한 명 끌어당겨 단체 포옹을 했다.

"이 메달, 코치가 일부러 조작한 거 아니죠?"

내가 물었다.

"조지프! 내가 어떻게 조작을 하겠니? 엄연히 기록을 합산한 결과가 있는데!"

"하지만 우리 중 한 명도 10위 안에 못 들었는데요."

"그건 상관없어. 각 팀의 상위 주자 다섯 명의 순위를 합산했을 때 숫자가 작은 쪽이 이기는 거야. 주자가 다섯 명이 안 되는 학교도 있어. 도중에 그만두는 애들도 있으니까. 시합은 각자 뛰지만 다섯 명 미만이면 팀으로 인정되지 않거든. 그런가 하면 팀에서 두 명은 빠른데 나머지가 한참 뒤떨어지는 경우도 있고. 언덕을 보자 마자 포기한 애들도 있어. 그렇게 종합해 보니 브록턴이 1위였고 너희가 2위였어. 걸 스카우트 출신의 명예를 걸고 맹세해."

T 코치는 세 손가락을 펴 들고 경례했다.

"네 활약이 눈부셨지! 널 그렇게 빨리 달리게 해 준 그 브록턴 녀석에게 감사해야겠는걸?"

마크가 나를 보고 말했다.

헤더가 내 손에서 메달을 가져가 목에 걸어 주었다. 헤더는 이미 자기 메달을 걸고 있었다.

그때 엄마 아빠가 나타났다. 아빠는 숨을 헐떡이고 있었다. 말없 이 손가락으로 주차장 쪽을 가리키며 여기까지 뛰어왔다는 뜻을 전달했다.

엄마는 내 메달을 응시했다.

"2등! 조지프! 우리는 설마……, 꿈에도……."

"오, 그 메달 이상으로 대단한 경주를 펼쳤죠."

T 코치가 말했다.

가엾은 아빠는 쓰러지기 일보 직전이었다.

"미안……, 헉헉……, 늦어서……, 헉헉……, 열차가 멈추는 바 람에……."

아빠가 전달할 수 있는 말은 고작 그뿐이었으나 나는 두 사람을 봐서 마냥 기뻤다. 둘 다 늦지 않으려고 최선을 다했으니, 경주를 보여 주지 못했어도 그리 아쉽지 않았다.

"괜찮아요, 아빠. 이다음에 또 달리는 거 보러 오세요. 겨울이나 봄에요. 이번에는 할아버지가 전부 지켜봤으니까 얘기해 주실 거예요."

"할아버지는 어디 계시니?"

엄마가 물었다.

나는 아까 할아버지를 피시바인 선생님과 함께 남겨 둔 나무 쪽을 가리켰다. 할아버지는 나무에 기대어 한껏 무게를 잡고 있었다. 마치 제멋에 취한 고등학생처럼.

"같이 계신 분은 누구니?"

엄마가 물었다.

"피시바인 선생님이요. 우리 도서실 사서 선생님이에요."

엄마는 뭔가 설명이 필요하다는 눈으로 나를 바라봤다. 조만간 얘기해 줘야지.

"왠지 방해하고 싶지 않네. 혼자 알아서 잘 돌아오시겠지. 조지프, 태워 줄까?"

"음, 괜찮다면 저는 좀 더 있다 갈래요. 스트레칭하면서 긴장 좀 풀고, 8학년 경주도 구경하고 싶어서요. 집에는 걸어갈게요."

"그러렴."

"아빠 잘 챙겨 주세요."

내 말에 엄마는 씩 웃었다. 두 사람은 나를 여러 번 번갈아 포옹

하고 나서야 발길을 돌렸다. 아빠는 절뚝이며 주차장으로 향했다.

엄마 아빠가 멀어지자 나는 메달을 손에 쥐고 무게를 느껴 봤다. 묵직하고 단단했다. 진짜였다.

나는 '프리드먼표 걱정의 법칙'을 떠올렸다. '언제나 미처 생각지 못한 문제가 발생한다. 그리고 반드시 그것에 당하고 만다.' 하지만 그래도 괜찮다. 그 문제를 극복할 것이며 또 다른 것을 마주할 테니까. 그리고 다시 또 다른 것을. 그 또한 극복할 것이다. 그리고 언젠가 깨닫게 되리라. 미처 생각지 못한 그 문제가 실은 최고의 일이었다는 것을.

잔디에 등을 대고 누워 하늘을 바라봤다. 가슴 위로 메달의 묵직함이 느껴졌다. 구름이 오후의 미풍을 따라 찬찬히 흘러갔다. 햇살이 온몸에 내리쬤다. 나는 조지프 프리드먼. 레이크뷰의 표범, 크로스컨트리 메달리스트다.

에필로그

/

헤더의 주먹맛을 본 뒤로, 찰리는 우리를 딱히 건드리지 않는다. 가만 보면 우리가 유치원생 때부터 귀 따갑게 들어 온 '또박또박 말로 해'가 만능 해결책은 아닌 듯하다. 그래도 누군가의 얼굴에 주먹을 날리면 여러모로 골치 아픈 일들이 생길 테니 웬만하면 또박또박 말로 하는 편이 이롭다고 본다.

체육 수업은 축구에서 소프트볼, 이어서 발야구로 바뀌었다. 간혹 날씨가 궂은 날에는 실내에서 배드민턴을 친다. 배드민턴은 그나마 내가 긴장을 풀고 임하는 경기다. 상대방이 아무리 세게 쳐 봤자 그 작은 공에 크게 다칠 리 없으니까.

그런데 오늘, 드살보 선생님은 달리기를 할 거라고 했다.

전원이 트랙에 모이자 선생님이 입을 열었다.

"좋아, 제군들, 우리에게도 새 트랙이 생겼으니 한번 제대로 밟아 봐야겠지? 오늘은 1.5킬로미터 달리기다. 자, 나는 경주가 아니라 달리기라고 했다. 다들 현명하게 행동하길 바란다. 알아서들 자기 속도에 맞춰 달려라. 여기 우리 학교 크로스컨트리팀 주자가 몇 명 있으니까…….”

찰리가 주먹에다 기침하는 척하며 “찌질이들.”이라고 내뱉었으나 드살보 선생님은 못 들은 척했다.

“……그 친구들이 어떻게 달리는지 참고해도 좋다. 전력 질주는 금물. 트랙 네 바퀴다. 마지막 두 바퀴를 위해 힘을 아낄 것. 자, 이제 줄 서! 호루라기를 불면 출발이다.”

나란히 줄을 서면서, 나는 첫 체육 시간을 떠올렸다. 그때 축구장에서 헤더를 처음 봤는데.

그 후로 참 많은 게 변했다.

헤더는 12월에 하와이에 간다. 돌아올 때는 부모님과 함께일 것이다. 우리 할아버지는 에디 할아버지를 위해 해 뜨는 집 실버타운으로 돌아갔다. 그 둘은 어제 메트로폴리탄 오페라 극장에 다녀왔다고 한다……. 피시바인 선생님을 데리고!

지난주에는 책으로 인물 조사하기 숙제를 돌려받았다. 나는 B를 받았다. 내가 선택한 인물은 멥 케플레지기라는 마라톤 선수였다. 아프리카에서 자라 미국 시민권을 얻고 뉴욕 마라톤 대회와 보스턴 마라톤 대회에서 우승을 거머쥔 인물이다. 걷지도 못할 정도로 심각했던 골반 부상을 딛고서 말이다. 숙제하는 데 참고한 자서

전은 도서실에서 찾았다. 듀이 십진분류 번호는 796.42K였다. 에르난데스 선생님은 원래 상당히 깐깐한데, 내가 멥은 그냥 멥으로 통하지 아무도 성을 부르지 않는다고 설명하자 놀랍게도 그냥 넘어가 주었다. 그 덕분에 매번 케플레지기라는 글자를 쓰는 고충을 덜 수 있었다.

드살보 선생님이 호루라기를 입가로 가져갔다. 나는 주위를 둘러보았다. 나무들이 노랑, 주황 잎으로 물들어 울긋불긋했다. 끄트머리가 빨간 잎도 있었다. 겨울 한기를 머금은 바람이 느껴졌다. 관중석 밑에서 다람쥐 한 마리가 눈에 띄었다. 살진 도토리를 묻으려고 맹렬히 땅을 파헤치고 있었다. 호루라기가 삑 울리자 다람쥐는 쏜살같이 달아났다.

찰리도 마찬가지였다. 나와 세 명 정도를 사이에 두고 떨어져 있었는데, 총알처럼 튀어 나가며 나를 향해 외쳤다.

"나중에 보자, 얼간이."

그 뒤를 빌리와 재커리가 바짝 따라붙었다. 엄청나게 빨랐다. 말릴까 하다가 뭐, 그냥 내버려 뒀다.

헤더는 산뜻하게 출발했지만 찰리만큼 빠르지는 않았다. 찰리가 돌아보며 씩 웃었다. 나도 천천히 발을 뗐다. 아직 지난 대회의 여파가 가시지 않은 데다가, 뭔가를 증명하고 싶은 마음도 없었다.

"살살 달려, 이 녀석들아, 네 바퀴라고!"

드살보 선생님이 외쳤다.

물론 찰리와 친구들은 그 말을 듣지 않았다. 서로 웃고 밀치고 앞서거니 뒤서거니 하며 첫 바퀴를 빠르게 질주했다. 곧 나를 지나칠 듯해서, 그들의 소리가 가까워지자 나는 트랙 바깥으로 살짝 빠져 그들이 먼저 지나가게 했다.

　"잘 달리는데!"

　내가 쾌활하게 말했다. 찰리는 떨떠름한 표정을 지었지만, 역시나 뭐라고 받아치기에는 숨이 달리는 듯했다.

　일 초 뒤에 헤더가 나타났다. 우리는 짧은 눈빛을 교환했다. 머잖아 역전이다.

　트랙 저 멀리, 찰리 삼총사의 속도가 눈에 띄게 느려지고 있었다. 잠시 숨을 고르는 척하지만 내 눈은 못 속였다. 헤더는 그들을 가볍게 제치고 이내 속도를 올렸다. 몸이 한결 가뿐해진 나도 슬슬 페이스를 회복했다. 발밑의 트랙은 단단했다. 그간 언덕과 나무뿌리를 숱하게 넘나들어서인지 트랙 위는 식은 죽 먹기였다. 벌써부터 실내 동계 훈련이 기대됐다. 상상이 안 간다. 건물 안에 트랙이 통째로 있다니! 그러다가 봄에 육상 경기가 열리면 여기서 트랙 위를 달리고, 헤더의 원반던지기도 볼 수 있겠지.

　어느덧 찰리를 따라잡았다. 찰리는 옆구리를 문지르고 있었다. 몹시 결린 모양이었다. 찰리와 그 뒤를 흐느적대며 따르는 녀석들을 지나치면서 나는 애써 입꼬리를 끌어 내렸다. 헤더가 마지막 바퀴에서 전속력을 냈다. 팔다리가 안 보일 정도였다. 에너지를 발산

하듯 머리카락을 마구 휘날리며, 헤더는 이변 없이 일등으로 완주했다.

나는 전속력을 내지 않고 여유롭게 완주했다. 찰리를 거의 한 바퀴쯤 뒤로 떨어뜨려 둔 채. 찰리는 옆구리를 부여잡고 절뚝거리며 달리더니 결승 지점을 통과하자마자 트랙 중앙에 주저앉아 숨을 골랐다.

생각해 보니 비웃어 줄 만도 했다. '하하, 누가 누굴 보고 약골이래?'라고 빈정댈 수 있었다. 팔을 치켜들고 폴짝폴짝 뛰며 「위 아더 챔피언」을 부를 수도 있었다. 약 올릴 방법은 무궁무진했다.

헤더를 쳐다봤다. 헤더는 턱을 까딱하며 나에게 모든 영광을 양보했다.

나는 찰리 캐스트너에게 다가갔다.

"괜찮아. 너무 급하게 뛰어서 옆구리가 결린 거야. 나도 처음엔 그랬어."

내 말에 찰리가 고개를 치켜들고 뭔가 지독한 말을 내뱉으려고 했다. 하지만 그러기 전에 내가 손을 내밀었다. 찰리는 힐끗 주위를 훑었다. 선생님을 비롯해 다들 우리를 지켜보고 있었다.

툭하면 약자를 괴롭히는 녀석들에게도 넘지 말아야 할 선이 있다. 패배를 깔끔히 인정하지 않는 것은 그 선을 넘는 짓이다. 선을 넘어가면 구질구질한 패배자 영역에 제 발로 들어서게 된다. 그래서 찰리는 일부러 내 손을 잡아 끌어당겨 나를 땅바닥에 내리꽂지 않았다. 나도 안간힘을 다해 찰리를 일으켜 세웠다. 보아하니 아직도 옆구리가 쑤시는 듯했다.

"바나나 챙겨 먹어. 옆구리 결림에 좋으니까."

그리고 덧붙였다.

"칼륨이 부족해서 그래."

드살보 선생님이 다가와 양손을 찰리와 내 어깨에 각각 짚었다.

"둘이 잘 지내는 모습이 보기 좋구나. 안 그래도 파파시안 코치한테 들었는데, 이번 겨울에 찰리가 실내 육상에 합류한다지?"

찰리의 표정을 보니 별로 달가운 눈치는 아니었다.

"투포환 맞지, 찰리?"

찰리가 고개를 끄덕였다.

나는 헤더를 쳐다봤다. 헤더는 두 손으로 얼굴을 가리고 있었다. 손을 내리자 함박웃음이 드러났다.

이번 겨울은 흥미진진할 것 같다.

감사의 말

/

먼저, 나를 작가의 길로 이끌어 준 선생님들께 감사드립니다. 에이커스 씨, 존스턴 씨, 벤저민 씨, 고든 씨, 지어마티 씨, 언제나 고맙습니다.

니콜 제임스가 에이전트가 되어 준 날은 무척 기뻤습니다. 에리카 핀켈이 편집자가 되었을 때는 더할 나위 없었죠. 내가 찾던 완벽한 단어를 선물해 준 앤 헬트젤을 비롯 에이브럼스 출판사의 멋진 팀 덕분에 무척 든든했습니다. 조지프와 헤더, 그리고 나를 믿어 준 모든 이에게 감사를 전합니다.

매켄지 케이든헤드와 제시카 벤저민, 내 글쓰기 동료들, 그리고 우리를 한자리에 모아 준 얼리사 카푸칠리에게 천 번의 포옹을 보냅니다. 여러분의 조언과 격려, 무엇보다 우정이 없었다면 나는 이 책을 만들어 내지 못했을 것입니다.

내 마음속 원조 T 선생님을 비롯해 우리를 슈퍼히어로로 만들어 주는 모든 교사, 코치, 팀원, 부모, 조부모, 친구에게 무한한 영광을 돌립니다. 그리고 늘 내게 놀라움과 감동을 안겨 주는 보비 애셔와 달리기를 사랑하는 이 세상 모든 사람들에게 특별한 감사를 전합니다.

내 유년 시절을 안전하고 해맑고 다정하게 채워 준 어머니와 아버지, 그리고 어른이 되는 걸음걸음을 믿음직스럽게 이끌어 준 언니 마시에게 사랑과 감사를 보냅니다.

그리고 마지막으로 남편 헨리와 우리 아들 보비, 벤지, 애덤에게 내 모든 사랑을 전합니다. 덕분에 나는 날마다 긍지와 행복을 느끼는, 세상에서 가장 운 좋은 사람이 되었습니다.

작가 인터뷰

/

1. 『우리가 함께 달릴 때』와 주인공 조지프의 이야기는 어떻게 떠올렸나요?

제가 크로스컨트리라는 스포츠를 사랑하는 이유 중 하나는 아무리 운동 신경이 없는 사람도 할 수 있다는 점입니다. 조지프는 스스로 세상에서 가장 운동 신경이 없다고 생각하는 아이죠. 7학년 첫날 스포츠팀에 들어가게 되는 일은 꿈에도 상상하지 못했을 것입니다. 저는 그런 아이의 관점에서 이야기를 하고 싶었습니다. 불안, 혼란, 자신감 부족을 포함해 조지프가 보고 느끼는 세상을 표현하고 싶었어요. 이야기를 써 나갈수록 조지프는 독특한 개성과 여러 특징을 발전시켜 나가는데, 그와 함께 힘과 용기도 얻게됩니다. 또한 헤더와 할아버지가 이야기에 스며들면서 저는 이들의 공통 주제를 깨달았습니다. 주변의 기대가 우리를 얼마나 억누르는가 하는 것이지요. 따라서 인물들이 각자 세상의 기대치와 화합하려고 애쓰는 과정을 담아내고자 했습니다.

2. 처음 이야기를 쓸 때 결말을 알고 있었나요? 아니면 집필 도중에 많은 변화가 있었나요?

정말 흥미로운 질문이군요. 물론 저는 조지프가 성장하고 승리하기를 바랐지만, 그 과정이 어디까지나 현실적이었으면 했어요. 팀에 들어가서 갑자기 자신의 숨은 재능을 발견하고 모든 게 '괜찮아'지기를 바라지는 않았죠. 그렇다고 해서 스포츠 정신을 잘 지켰다며 위로상 같은 걸 안겨 주고 싶지도 않았고요. 헤더를 위해 용기를 내면서 자신을 위해서도 뭔가 증명해야 하는데, 이야기 안에서 드러난 성격과 T 코치와 팀원들에게 배운 점을 살려서 보여 줘야 했죠. 이제껏 많은 대회를 경험해 보니(제 아들 셋은 모두 크로스컨트리를 했습니다), 빠른 주자들이 한 바퀴 이상 거리를 벌리며 느린 주자들을 가뿐히 넘어서는 것은 흔한 일이더군요. 그래서 조지프가 마지막 대회에서 빠른 주자들과 마주치는 대목을 그려 낼 수 있었죠. 하지만 그 지점에서 정확히 무슨 일이 일어나는지 알아내는 데는 꽤 오래 걸렸습니다. 그러다가 제 아들이 코치로 있는 중학교 대회에 응원을 하러 가게 됐어요. 결승선에서 지켜보니 가

장 빠르지 않아도 '승리'를 얻는 길이 여러 가지가 있다는 걸 알게
되었죠.

3. 달리기라는 소재를 선택한 이유는 무엇인가요?

크로스컨트리와 육상 종목은 농구팀, 축구팀, 야구팀에서 탈락
한 아이들을 모두 품는 스포츠입니다. 7학년쯤 되면 학교 대표팀
에 선발되지 못해 속상해하는 스포츠 꿈나무들이 많죠. 그런 아이
들은 달리기 종목에서 자신의 '팀'을 찾곤 합니다. 물론 남녀를 불
문하고 달리기가 정말 뛰어나서 크로스컨트리와 트랙 경기를 선
택하는 아이들도 많습니다. 그래서 한 팀 안에 재능과 기량이 골고
루 섞이게 되지요. 저는 PR, 개인 기록이라는 개념도 무척 좋아합
니다. '최선을 다하라'라는 메시지는 물론 멋지지만, 개인 기록을
위해 애쓰는 것은 그 이상의 의미가 있습니다. 발전하고, 그만두고
싶은 충동을 이겨 내고, 실력을 유지하거나 그보다 나아지는 것을
목표로 삼게 되지요. 물론 다른 사람과 경쟁하는 것도 좋습니다.
달리기도 얼마든지 박진감 넘치는 경기가 될 수 있어요! 하지만
조지프 같은 아이에게는 개인 기록을 목표로 하는 일이 무척 중요
합니다. 출발선으로서요. 그리고 솔직히 저는 달리기에도 재미있
는 요소들이 나올 수 있다고 생각했어요. 트랙 위의 거위 똥, 숲길

에서의 진흙 레이스, 손바닥만 한 러닝 쇼츠들처럼요. 게다가 말이죠, '파틀렉'이란 용어가 있는 스포츠라면 누구나 읽고 싶어 하지 않겠어요?

4. 조지프는 좀처럼 되는 일이 없는 삶을 살다 T 선생님의 격려에 힘입어 조금씩 변해 가는데요, 작가님에게도 그런 선생님이 있나요?

이 책에 도움을 주신 분들께 '감사의 말'을 쓰면서 문득 가장 먼저 감사해야 할 분들이 제가 사랑했던 선생님들이란 걸 깨달았습니다. 초등학교부터 대학교까지 통틀어서요. 모두 다정하고, 독특하고, 따뜻한 분들이었죠. 실제로 제 초등학교 1학년과 5학년 선생님께 이 책의 초고를 보내 드리기도 했습니다. 그분들과 다시 연결되는 것은 멋진 경험이었죠. 사실 저는 선생님의 도움이 많이 필요한 학생은 아니었어요. 조지프와는 달리 학업과 학교생활은 쉽고 자연스럽게 다가왔죠. 조지프를 격려해 주는 T 선생님은 사실 제 아들이 다닌 학교의 통합 교육반 교사인 낸시 타넨바움 선생님을 모델로 했습니다. 개성이 무척 강한 분으로, 학생들을 사랑하고 다재다능하며 혈기 넘치는 선생님이었죠. 조지프 같은 아이를 마음으로 이해하는 분이었어요. 아이들을 '자기' 아이처럼 품고 엄마 호랑이가 새끼를 보호하듯 아이들을 위해 싸워 주는 분이었죠. 안

타깝게도 몇 년 전 돌아가셨는데, 제자들과 학부모들은 그분을 영원히 잊지 못할 거예요. 만약 그분이 『우리가 함께 달릴 때』를 읽었다면 T 선생님이 자신과 무척 닮았다는 사실을 알아보셨을 것 같아요. 그랬다면 저 만큼이나 T 선생님을 좋아해 주셨으리라 믿어요.

5. 7학년 남자아이의 내면을 포착하는 데 어려움은 없었나요?

최근에 글쓰기 모임을 함께하는 지인 중 하나가 제가 조지프와 무척 비슷하다고 하더군요. 저는 ADD 성향도 없고, 7학년 남자아이도 아니고, 친구를 사귀는 데도 딱히 어려움을 겪지 않습니다. 하지만 과연 걱정이 많고 사물을 독특하게 바라보는 편이긴 해요. 작중에서 찰리의 축구화가 벌 위로 내려앉는 대목을 예로 들면, 조지프가 보인 반응이 딱 제가 보였을 법한 반응이에요. '가엾은 벌! 찌부러졌을까? 갇혔을까? 내가 살릴 수 있을까? 제발 무사하길.' 아마 저는 조지프의 성격을 통해 그런 생각을 확장해 나갔던 것 같아요. 저는 또한 세 아들의 엄마로서 아이들의 삶을 깊이 들여다보고, 아이들의 이야기에 귀를 기울이려고 노력했어요. 그래서인지 중학교의 복도와 스포츠 세계가 익숙하게 다가왔답니다.

6. ADD 성향이 없는 독자들이 이 책을 통해 (재미 말고도) 무엇을 얻었으면 하나요?

독자들이 이 책을 읽고 다른 사람에게 기회를 주는 것에 대해 생각해 봤으면 해요. 타인뿐 아니라 자신에게도요. ADD는 그저 조지프의 일면이에요. 사람은 각자 자기 자신만의 특징과 차이와 재능이 있기 마련입니다. 조지프는 다른 아이들보다 훨씬 예민한 아이죠. 아마 독자들은 조지프의 상황을 자신에게 대입해 이해하려 애쓰고 한번씩 피식 웃기도 할 거예요. 그를 통해 어떤 상황에서든 웃을 수 있다는 메시지를 얻었으면 합니다. 또한 저는 독자들이 성별이나 외모, 성공을 향한 주변의 기대에 대해 생각해 보았으면 해요. 물론 재미도 얻길 바랍니다. 끝까지 미소 지으며 읽었으면 좋겠습니다.

7. 요즘은 어떤 작업을 하고 있나요?

또 다른 청소년 소설을 쓰고 있습니다. 이번에는 여자아이의 관점에서 풀어 가는 이야기예요. 아직 집필 중이라 자세히 말하긴 어렵지만, 중학교 달리기에서 중학교 뮤지컬로 무대를 옮겼다고만 말해 둘게요.

8. 마지막으로 독자에게 전하고 싶은 말이 있나요?

　『우리가 함께 달릴 때』는 제가 처음으로 출판한 소설입니다. 아주 오랜 기간 작업했고, 출간되기를 기다려 왔죠. 이토록 열광적인 반응을 얻게 되어 실로 감개무량합니다. 어떤 아이들은 여름 방학 숙제로 읽을 책이 산더미였는데『우리가 함께 달릴 때』는 시간 가는 줄 모르고 읽었고, 무척 좋았다고 말해 주었죠. 그 얘기를 듣고 가슴이 뭉클했습니다.

옮긴이의 말

/

이 소설의 원제는 'Sidetracked'로, 우리말로 하면 '옆길로 샌' 정도로 풀이됩니다. 달리기라는 소재를 은근히 연상시키면서도 본의 아니게 매번 엉뚱한 길로 빠져 버리는 조지프의 상황이 단적으로 드러나는 제목이지요.

"사람들은 내가 ADD 진단을 받았다고 하면 집중을 못 하는 줄 아는데, 꼭 그렇지도 않다. 오히려 나는 집중을 꽤 잘하는 편이다. 엉뚱한 데 해서 그렇지." (17면)

작가 다이애나 하면 애서는 중학교 통합 교육반에서 만난 아이들을 관찰한 경험을 토대로 조지프가 맞닥뜨리는 문제를 현실적으로 묘사합니다. 낯선 촉감이나 큰 소리에 과민 반응하거나 의자에 제대로 앉아 있지 못하는 조지프의 모습은, 잘 모르는 사람 눈에는 우스꽝스러워 보일 수 있지만, 엄연히 주의력 결핍 장애의 특성입니다. 이러한 특성은 학교생활에서 더욱 두드러집니다. 조지프는 선생님이 지시하는 내용을 이해하지 못하거나 반 친구와 대화하다가 흐름을 놓쳐서 의사소통이 단절되는 경험을 반복합니다. 그래서 열등감과 불안함 같은 부정적인 감정에 익숙하며 자신의 욕구나 의견을 표현하기 어려워합니다.

"내게 중학교에서의 하루하루는 뭐랄까, 황소 달리기 축제와 비슷하다. 텔레비전에서 본 적이 있다. 스페인 팜플로나라는 곳에서 일 년에 한 번 열리는 축제인데 사람들이 거리에 황소 떼를 풀어 놓고서 허겁지겁 달아나거나 뒷골목에 몸을 숨긴다. 안 그랬다가는 들이받혀 죽을 테니까. 내가 느끼는 기분이 바로 그거다. 쫓아가고, 피하고, 숨을 데를 찾으려고 애쓰고." (17면)

이처럼 정서적으로 위축된 조지프는 개성 있는 주변 인물들의 영향으로 조금씩 변해 갑니다. '남자애들보다 빠르고 강한 여자아이'로 조지프에게 강렬한 첫인상을 준 헤더는 조지프가 문제를 피하거나 포기하려 할 때마다 무심하게 일침을 가합니다. 조지프가 극복해야 할 것은 문제 자체가 아니라 습관과 타성이라는 점을, 편견 없이 같은 눈높이에서 알려 줍니다. 하지만 늘 굳세고 당당한 헤더도 자기 나름의 상처를 지니고 있습니다. '여자아이'답지 않은 외모와 운동 실력으로 또래의 놀림을 받아 왔으며, 항상 바쁜 엄마와 떨어져 살아 결핍을 느끼면서도 어리광 한번 부리지 못했지요. 조지프는 헤더의 마음을 헤아려 보며 서툴게나마 위로를 전하고, 헤더도 조지프의 진심 어린 조언에 힘입어 엄마에게 속마음을 털어놓게 됩니다.

> "(도망가도) 소용없어. 걔들은 어떻게든 괴롭힐 방법을 찾아내니까."(123면)

한편 조지프의 할아버지는 나이가 숫자에 불과하다는 듯이 행동합니다. 조지프는 할아버지를 보면서 노년의 삶 또한 학교생활과 별반 다르지 않다고 생각합니다. 노년기에 접어들어도 어디서나 남과 나를 구분 짓기 좋아하는 무리가 있고, 자신은 끝까지 벗어나지 못하리라고 낙담하지요. 하지만 무기력에 가려진 조지프의 장점을 일깨워 주는 것도 할아버지입니다. 사실 주의력 결핍 장애를 가진 아동은 집중력과 참을성이 부족하다는 점만 주목받지만, 그 이면에 남다른 상상력과 왕성한 호기심, 뛰어난 공감 능력을 지니고 있거든요.

> "아니야! 그건 네가 다른 사람보다 더 많이 듣기 때문이다. 다

른 사람들보다 더 많이 보고, 더 많이 느끼기 때문이라고. 나는 너의 그런 점이 좋아. 그게 네가 지닌 초능력이야."(272면)

그런가 하면 조지프를 육상부에 반강제로 입단시키고 지속해서 자신감을 불어넣는 인물은 바로 통합 교육반 T 선생님입니다. 크로스컨트리팀의 T 코치이기도 한 그는 달리기에서 중요한 것이 속도나 순위가 아니라 완주라는 점을 줄곧 강조합니다.

"오늘 기록이 얼마였든, 내일은 그보다 더 좋은 기록을 내면 돼. 각자 최선을 다하는 거야. 다른 누구도 아닌, 자신의 최선을."(74면)

이처럼 조지프를 저마다의 방식으로 응원하는 사람들이 있기에 조지프의 앞날이 그리 어두워 보이지 않습니다. 이들이 보여주듯이 주의력 결핍 장애는 혼자만의 의지와 노력으로 극복해야 할 문제가 아니며 주변의 사소한 배려와 격려의 한마디가 큰 힘을 발휘합니다. 남보다 느리고 약하다는 이유로 조지프를 깔보고 괴롭히는 찰리와 그런 행동을 보고도 묵인하는 드살보 선생님 같은 인물은 우리 주변에도 흔합니다. 우리는 조지프를 둘러싼 인물들을 통해 바람직한 태도를 생각해 볼 수 있습니다.

크로스컨트리는 우리에게 다소 생소한 스포츠 종목입니다. 정해진 트랙이 아닌 다양한 자연 지형을 달리는 장거리 경주라는 점, 순위 경쟁보다 개인 기록을 중시하는 점에서 조지프의 성장을 그려 내기에 이보다 더 탁월한 소재가 있을까요? 조지프의 삶은 몸과 마음에 깊이 뿌리박힌 열패감을 떨치고 오르막과 내리막, 진흙탕과 나무 덤불을 자기 속도로 뚫고 나아가는 과정 자체일지도 모릅니다. 하지만 혼자만의 싸움은 아닙니다. 곁에서 함께 달리며 힘을 북돋아 주는 사람들이 있으니까요. 리그 결승전에서 귀마개를 잃어 불안에 떠는 조지프를 보호하는 팀원들, 자신보다 느린 히버의 옆에서 끝까지 보조를 맞추는 조지프의 모습은 뭉클함을 전해 줍니다.

가끔은 우리도 자신에게, 그리고 서로에게 잠시 샛길로 빠져 돌아가도 된다고, 속도보다 완주가 중요하다고, 조금 늦어도 좋으니 포기하지 말라고 응원해 줬으면 합니다. 하루가 다르게 변화하는 세상에서 혼자만 뒤처지는 것 같아 불안하고 초조한 모든 분들에게 『우리가 함께 달릴 때』가 잠시나마 훈훈한 위로가 되기를 바랍니다.

창비청소년문학 99

우리가 함께 달릴 때

초판 1쇄 발행 • 2021년 1월 29일
초판 3쇄 발행 • 2023년 1월 9일

지은이 • 다이애나 하먼 애셔
옮긴이 • 이민희
펴낸이 • 강일우
책임편집 • 구본슬 최은영
조판 • 신혜원
펴낸곳 • (주)창비
등록 • 1986년 8월 5일 제85호
주소 • 10881 경기도 파주시 회동길 184
전화 • 031-955-3333
팩시밀리 • 영업 031-955-3399 편집 031-955-3400
홈페이지 • www.changbi.com
전자우편 • ya@changbi.com

한국어판 ⓒ (주)창비 2021
ISBN 978-89-364-5699-3 43840